主題學

理論與實踐

抽象與想像力的衍化

陳鵬翔 著

目錄

序

陳鵬翔

比較文學中的主題學是我唸完博士班後的一個研究重點，最近檢索起來，發覺在這一個範疇內，我已寫了十來篇中英文論文，而且有一半以上都曾在國內外的國際會議上宣讀，發表之後的修訂本不是在國外發表，就是在國內的國際性學報像《中外文學》或 Chinese Culture 等上頭刊登，專業則專矣，可是對一般讀者來說，則未必都有機緣讀到。這次先挑選出九篇，詳加校訂錯誤，湊合在一起成書，至盼能獲得讀者的喜愛，以及方家的指教。

八十年代以來，把主題學理論的研究與實踐擺在中西比較文學這麼樣一個視角下來推展，筆者允爲第一人，而大陸的年輕學者王立博士受到我的啓發，在漢文學的範圍之內，已先後寫出《中國古代文學十大主題》、《中國古典文學九大意象》、《中國文學主題學》四册以及《中國古代復仇文學主題》（1998）一共七本著作以及整百篇論文，其在艱苦奮鬥之後，大抵已建構出「中國古代文學主題學體系的大廈」（李炳海語，頁4）。王立之外，港台大陸及海外華文學界，散簡零篇以及皇皇鉅構，亦不時展現在吾人眼前。這種興盛的局面跟西方學界自九十年代以來重新積極推展主題學研究就成了相互輝映。不過，坦白講，這種表面的興發似仍有改進的空間，因爲不管在華文世界還是在西方學界，有許許多多看似主題學研究的論文都僅僅只是主題研究或是主題史研究，一來尚未做到比較，二來也尚未眞正把主題學理論應用上去。這麼一來，我又不得不把李漢亭（李奭學）十三年前講過的一段話引錄於後：

> 跨國性的主題學論題，應該是台灣可以大量墾拓的對象，因為中國在文化上主導東亞數千年，民俗故事或一般觀念給予四鄰的影響相當充沛。若以接受而言，印度佛教母題影響中國文學處同樣不少。種種因緣皆顯示台灣學者擁有足夠的文化資源，可以在跨國性的主題學領域中發揮所長。然而，事實遠非如此：專書不論，單篇論文處理的仍以本國民俗主題母題的演變為主，跨出門檻者極少，原因何在？（頁 53）

李奭學這個呼籲一去已十二、三年，爲何能眞正做到比較的論文還是這麼少見？

筆者在過去寫作這些中西比較主題學論文時，其間所遭遇到的艱辛眞不足爲外人道，做得最辛苦的是在撰寫兩篇有關中西主題學的理論時的那些年，做第一篇論文時，台灣尚未解嚴開放觀光，同學張漢良兄適時給我提供蘇俄結構主義者薛柯夫和宋可夫斯基的影印文章，這實在令我感激。1983～84 年我首次到美國（當時去了夏威夷大學）當訪問學者，首次見識到人家的圖書館不僅圖書資料豐富，而且那種積極服務推展研究的做法，可眞叫我眼界大開。這時我已開始蒐集影印，採購薛氏、朱氏以及其他蘇俄結構主義者像雅克愼和洛特曼（J. Lotman）等人的著作，然後慢慢進入記號學和詮釋學、敘事學和自傳文類等等範疇，一邊影印裝訂採購資料，一邊閱讀，這樣一年匆忙之間就過去了，回到台北住處樓下，那兩大廂書籍，重到幾乎都扛不上五樓來。

回到我撰寫第二篇主題學理論的文章來，這時我不僅要繼續蒐集有關主題學的資料，而是還要尋索有關王昭君的所有資料。記得有一次爲了找一本叫做《王昭君的傳說》的書，在技窮之下，我就寫了一封信給出版這本小册子的湖北省興山縣文化館，文化館基本禮數還是有的，回信說這本册子爲「非賣品」，恕無法賣給我。我在無計可想之下，有一次在台北見到巴黎來的陳慶浩博士，向他提到我想向鄺慶歡情商影印上提這本小册子（因爲她曾到過興山縣，其書目中列有此一小册子），一問之下，才知鄺已因病仙逝，她的資料都留在萊頓大學中國文學教授尹維德（Wilf L. Idema）那兒，不過他建議我不妨去信尹教授探詢一下，沒想到這一試竟然成功，尹教授不僅僅影印了給了我指定要的那兩本有關王昭君的小册子，而且還捎來一封短信，說明影印費可以免寄了。這才叫做「禮失而求諸野」，尹的慷慨作爲可眞叫人感到溫馨。另一本《王昭君傳說》（1983），則是兩位編者之一的吳碧雲女士親自寄贈，林幹等編著的《昭君與昭君墓》（1979）則是李元洛教授在長沙幫我弄到，再由張默兄攜回台北給我。此外，現任教香港中大中文系的鄺艮樹兄，任教香港浸黛大學中文系的林幸謙博士（我以前的碩士生）等都曾幫我影印到極爲珍貴的有關王昭君傳說的資料。然後就是耶魯大學在東亞系的孫康宜教授（1995 年時她是系主任，也是我的 sponsor），由於她，我才有機會在耶魯研究圖書館浸淫兩個多月，影印到一些相當難得找到的文獻。還有時任加拿大亞伯達大學比較文學系副教授（現任香港科技大學人文學系教授）的高辛勇兄，他也常幫我弄到珍貴的資料。

除了上提非常艱辛、歷時好幾年的尋索資料以外，我在撰寫〈自然詩與田園詩傳統〉時，至少曾得到老友張振翺（張錯）和王潤華兩位兄長幫忙影印資料、訂購書籍。在撰寫〈中英山水詩理論與當代中文山水詩的模式〉時，長沙市作協的李元洛教授竟然拆解了好幾本現當代山水詩選，然後把相關篇章寄給我，其盛情好意眞叫我銘感五中。此外，我當年的一些學生像賴秀娟和許儷粹等以及在德州大學（奧士河總校）就讀土木工程的么弟慶龍，他們都曾幫過我找資料。

對於上提這些熟悉與不熟悉的朋友以及過去的學生，在此，我向他／她們致以誠摯的感激，假使不是他／她們適時予以援助，這本書裡的許多文章都不太可能寫得那麼徹底。也謝謝陳大爲博士幫我校對最後三、四篇論文。（2001、4、30 台北）

附　　註

①李炳海，〈《中國古代復仇文學主題》序〉《中國古代復仇文學主題》，長春：東北師大，1998。頁 1-4。

②李漢亭，〈台灣比較文學發展與西方理論的歷史觀察〉《當代》第 29 期（1988）：頁 48-59。

中西文學裡的雄偉觀念

這篇文章旨在探討雄偉這觀念在中國和西方文學裡的演變。爲了澄清它，我們將在討論過程中舉出一些例證來分析。

朗占納斯（Longinus）的〈論雄偉〉（*On the Sublime*）①約作於西元一世紀，是西方探討雄偉這美學觀念最早的文獻。他寫作此文之動機是爲了駁斥西西里修辭學家昔希里爾士（Caecilius）的著作〈雄偉論〉。朗氏的論文作後掩埋了一千五百餘年，一直到 1554 年羅伯特里（Francis Robortelli）在巴爾（Basle）重印它，才又引起人家的重視。1652 年，約翰霍爾（John Hall）把它翻譯成英文，並定標題爲〈論雄辯之極致〉（*Of the Height of Eloquence*）。但在 1674 年以前，我們都無法證明它已獲得應有的重視。到 1674 這一年，法國詩人及評論家布瓦洛（Nicolas Boileau-Despréaux）把它譯成法文（標題爲*Peri Hupsous*）出版，並給它詮釋，這才引起時人之注意，而修辭雄偉這個觀念也開始受到英國人之重視。

朗占納斯的〈論雄偉〉可分成四十四節。在第一節裡，作者指出，昔希里爾士無法攫住議論之要點，以致無法把這些要點傳送給讀者。要之，昔氏的失敗可歸之於兩要素：第一，昔氏的著作並未指明討論的課題；第二，它沒有指出作者是運用何種方法來討論。換言之，它只牽涉到瑣碎細節，卻未指出重點來，並竭力發揮它們。

朗氏在討論雄偉時，他最爲關注的是作者必須有一個兼容並蓄的靈魂，怎麼樣經由某些後天學來的技巧，在作品中獲取雄偉的氣象。他這種對修辭雄偉的强調，處處在文章裡顯示出來。這也就難怪當浸淫在十七世紀新古典主義氣氛下的布瓦洛來翻譯解釋這篇論文時，他一邊極力强調修辭雄偉，而同時卻處心積慮在削弱任何可能令人聯想到自然雄偉之提示和章節。爲了討論方便起見，現在還是讓我們來看看朗氏如何給雄偉下定義以及預料它在作品裡的重要性。首先，他把「雄偉」界定爲「表現上的某種優越」。第二，他認爲，最偉大的詩人作家不從別處而是從雄偉處獲取名聲與不朽。第三，他以爲：

> 崇高的語言對聽眾的影響不是說服他們，而是使其入神。由於對我們有一種魅力，它超越了純粹只為了說服人而令人滿足的事務。說服力我們通常可以控制，但是雄偉的影響力卻給我們帶來無以抗拒的力量，而且統馭每一個聽眾。同樣地，我們在創造和事務的恰適安排上看到技巧，此一技巧之出現，不是一兩件事務的安排，而是許多事務的整個構造肌理辛辛苦苦得來的結果，而恰如其時地閃現的雄偉，就像雷霆一樣，把面前的東西驅散，而且同時把演說者的能力充分顯示出來。（頁65～66）

很明顯地，朗氏在這裡探討的大都是「修辭雄偉」（the rhetorical sublime），而不是「自然雄偉」（the natural sublime）。雖然他也談到雄偉那種神祕的無以言傳的閃現，就像雷電一樣，把面前的東西驅散，然而即使就在這一層面而言，他關注的仍然是演說，或者用現代人的說法，他關注的是散文。更有甚者，他在此探討的是雄偉予人之影響，而不是指出產生雄偉之心理因素。

事實上，整篇文章除了三十五節以及一些零散的句子，探討的都是修辭雄偉。此外，朗氏認爲雄偉可以分成眞假二種。眞雄偉可以「本能地」（頁 20）提昇我們的靈性，而且它「永遠討好所有的人」（頁 71），至於假雄偉就沒有這種魅力。他的觀念跟一般人的尤其不同；他堅稱雄偉可以技求，而此種技求之雄偉跟自然的一樣重要。雄偉既然可以技求，故他就在第八節指出它的五種來源來。第一種來源也即是最重要的一種，那就是形成偉大的觀念的能力。第二種即熾烈而有靈感的情感。第三種就是比喻之運用。第四種來源即崇高的詞藻。最後一種即遣詞用字的昇華。據他而言，構成雄偉的第一、二種因素「大體而言是天生的。剩下三種一部份是技巧的結果」（頁 71）。換言之，能形成偉大的思想的「偉大靈魂」（頁 72）以及能使演說者的話充滿狂熱，那種眞摯且熾烈的情感都源於天；至於構成比喻、高昂的詞藻以及崇高的遣詞用字都可由學習獲得。

除了花很多篇幅來討論修辭雄偉外，朗占納斯也曾在文內談到自然界的雄偉。他在第三十五節說：

> 二、自然並未把我們人類指派為低賤的動物；但是當她把我們引進這空闊的宇宙時，就像把我們引進一大羣會眾裡一樣，要我們成為整個宇宙的觀察者和最熱切的榮譽企求者，她即刻在我們靈魂裡注入那種對任何比我們更崇高和神聖的事物的不可征服的愛。三、因此，在人

> 類心靈範圍內，不僅整個宇宙都不足為我們所沈思默想，而且我們從各個角度觀覽生命，看到它到處充滿了引人注目，充滿了偉大和美麗的事物，我們就會立刻覺察到我們出生的目的。四、這就是為什麼經由某種自然的衝動，我們不會愛慕小溪——雖然它們用處不小，也很清澈——而會喜愛尼羅河、多瑙河或者萊茵河，尤其是海洋。我們也不會以比望天火更大的敬畏來看自己點燃的小火焰（雖然它的火光永遠被保護得很純），雖然天火常常被包裹在黑暗中；我們更不會把它視為比埃特納火山口更大的奇景。埃特納火山爆發時，即從深處吐出石塊和大岩石，且時或從那道地下純火噴出水流來。在所有這些事物中，我們可以說，人們把有用的或必需品的看作是平凡的，而把欽羨之情保留給令人驚駭的事物。（頁 101）

在這一節第二項裡，他毫不含糊地指稱，自然「在我們靈魂裡注入對任何比我們更崇高和神聖的事物的不可征服的愛。」在第四項裡，他繼續指出說，「經由某種自然的衝動。我們不會愛慕小溪——雖然它們用處不小，也很清澈——而會喜愛尼羅河、多瑙河或者萊茵河，尤其是海洋。」換言之，愛好自然界中之雄偉是本能的和天生的。很自然地，人類把「欽羨之情保留給令人驚駭的事物」。而他上面這段文字就被後來美學家認定是西方最早談論「自然雄偉」的文獻。

法人布瓦洛在 1674 年把朗氏的〈論雄偉〉譯成法文。在序文裡，他認為，朗氏的雄偉並非演說家所指稱的雄偉風格，而是一種令人驚異的奇妙特質。此一特質在言詞裡能深深打中人心，在作品裡能使人昇華、銷魂且入神（qui fait qu'un ouvrag evenlève, ravit, transporte）。雄偉風格往往需要的是崇高的詞藻，但是雄偉卻可在單獨的思想、比喻和片語構造裡找到。一個觀念可以用雄偉風格表現出來，若果它不奇特也不令人驚異，則它就不算雄偉。總之，雄偉就是「言詞裡不比尋常的、驚人的以及奇妙的特質」②。布氏上面這種解釋有許多是跟朗氏不一致的。朗氏的雄偉是既指演說家的雄偉風格，也指自然界雄偉的事物予人之狂喜驚訝感覺。偉大的思想、比喻之應用以及遣詞用字之昇華固能獲得雄偉，崇高之詞藻也同樣能獲致雄偉。至於雄偉能激起我們的情感這一點則是朗氏提到過，不算布氏之新見解。

除了在譯序裡討論雄偉外，布氏也在他處探索此一美學觀念。1694 年，他出版了九篇《朗氏章句探索》（*Reflexions Critiques sur quelques sur quelques Passages du Rhéteur Longin*），第十至第十二篇探索則刊在他死後於 1713 年出版的書裡。在前書裡，布氏爲其理論辯護，並舉例以說明，但他有一種趨向就是，他越來越堅持以語言的簡鍊來獲取雄偉。在最後一篇《探索》裡，他停止了爭論，而企圖重新給雄偉作界定：

> 雄偉是要提昇並迷住靈魂的一種力量，它或源於崇高的思想和高貴的情感，或來自壯麗的文字或和諧、生動活潑的言語；即是說，單獨源自這些源泉之一種，或者是來自此三源泉之匯合——而這是最完美之雄偉。③

他這個新定義比早期的更接近朗氏的傳統。雖然如此，他跟朗氏還是有些不同的。朗氏在論文第三十五節裡，曾談到人在面對自然界宏大的景物時感到無限驚訝，然而布氏對它卻三緘其口。此外，他把壯麗的文字、和諧、生動及活潑的言語拉提到跟崇高的思想相等的地位，只要做到使人之靈魂昇華和迷住就行了。從他對雄偉此一美學觀念之詮釋，我們可以發覺他的態度是偏於古典和節制的。結果，他使得十七世紀末的讀者誤以爲，朗氏探索的只是修辭雄偉的各面貌，而不及於自然雄偉。這也就難怪尼可蓀教授（Marjorie Hope Nicolson）在研究這個美學觀念之演變時，不得不把布氏的理論稱爲「假朗占納斯式的」④。

經由布氏的迻譯和詮釋，雄偉這美學觀念開始慢慢地在英國茁長。批評家有應用到繪畫之鑑賞上，更有修正發揮它使成爲不同的理論的。要約言之，後來西方談論此一美學觀念的人極多，有丹尼斯、沙佛茲伯里、艾狄生、康德、柏克和叔本華等人。後面對這些美學家的討論只能採取畫龍點睛式，目的除了在讓讀者知道他們理論之差異點外，就是希望在跟中國類似的觀念比較時有些微幫助。此外，我們並且冀望能用他們的論點來批評中西詩歌。

丹尼斯（Joseph Dennis, 1657～1734）雖是一位二流批評家，但是他的雄偉理論卻是這一美學觀念之另一起點，而且極有趣。他也是第一個把雄偉和美感作重要區分的英國人。他之審美觀大都源於中世紀經典和傳教士。對他而言，美即指「比例、境況和部份相依」，次序、齊整和規律⑤。雄偉雖不是更高的美，可卻能擴大並提昇靈魂。它僅能在「盈滿無度」裡顯示出來⑥。它的來源是上帝以及把祂之偉大與力量在自然界展現出來的各種形象。據此前提，他又把雄偉之源泉分成三個。第一是「上帝及非物質世界的其他生物」，第二是「物質世界的偉大現象，因爲這些現象也能把心靈引至造物者」；第三是「地球上事物之觀念，例如對四元素……各類彗星、海洋、溪流和山脈的觀念。」⑦他之雄偉觀跟布氏的觀念大相逕庭，跟朗氏的也有許多不同。布氏只論修辭雄偉，而他則逕談自然雄偉之來源。他跟朗氏之不同點是，第一，朗氏是異教徒，比較少談到神祇，而丹氏卻不斷提到上帝、造物者、顯現、宗教等。第二，他談的大體上是自然雄偉，即使偶爾談到修辭雄偉，其觀念是古典的而且是正統基督教觀念。第三，也是最重要的，他注重的是造成雄偉的原因，跟朗氏之注重雄偉對聽衆和讀者之效果不一樣。有一次他說：「你把原因和效果合在一起，你就得到了雄偉。」⑧可見他不僅注意到構成雄偉物品的本質，而且也注意到它的成效，尤其是個體對雄偉現象的情緒反應。他的觀念是往後許多探索此類觀念的起始，是朗氏自然雄偉之引申和擴展。

丹尼斯把熱烈情感分成普通的熱烈情感（ordinary passion）和狂熱（enthusiasm）兩種，好詩表現的就是狂熱情感，而這種情感是宗教性的。他這種說法跟雄偉大都源自上帝不謀而合。狂熱的情感有六種：欽羨、恐怖、戰慄、歡愉、憂傷和欲望。當它們源自宗教的觀念時，它們就最爲强烈。他在未完成的著作《批評的根基》（*The Grounds of Criticism*）裡曾詳細討論了前二種，後四種卻因其著作找不到足夠的預約而未撰述，殊爲可惜。不管怎樣，他這裡討論到的恐怖、戰慄、憂傷和欲望等强烈情感，實跟後來討論雄偉的美學家如沙佛茲伯里和柏克等息息相關，實在大大地擴充了雄偉之境界。

沙佛茲伯里（Anthony Ashley Cooper, third Earl of

Shaftesbury, 1671～1713）對「雄偉」此一外來語充滿了輕蔑。他在 1709 年出版的《道德家》（*The Moralists*）和 1711 年出版的《雜感》（*Miscellaneous Reflections*）探索了「狂熱」（enthusiasm）的價值，他除了强化藝術人生裡的情感主義的使命，也同時給欣賞自然提供了哲學的基礎⑨。在談到各種文學類型時，他曾說：

> 在好幾種言語作品的風格中，我們很容易想像到，最容易獲致而且是最早施行的是奇妙、誇張或者我們所謂的雄偉風格。在所有熱烈情感中，驚訝是最易在粗野而淳樸的人類中激起的。小孩襁褓童蒙時，以此方式娛之。而欲如是娛樂他們的方式即是使他們感到驚訝，並以佯裝的驚訝為引導，叫他們對置於其前的奇異物品感到驚訝。野蠻人的最佳音樂是醜惡驚駭的聲音。印第安人的美景是魁梧的形體、奇異耀眼的顏色，以及任何令人看來感到戰慄和驚恐的事物。⑩

明眼人一看即發覺他對雄偉風格充滿了偏見，「雄偉」此一修辭術語雖然源自信奉異教的古希臘人，用來描述早期比較純樸的文學作品，但是任何精通英國文學的人都會發覺，在雄偉此一觀念尚未傳入英國以前，馬羅（Christopher Marlowe, 1564～1593）、莎士比亞和米爾頓（John Milton, 1608～1674）等人的作品即有許多是雄偉的，而在此理論傳入後，此一風格還是在文學作品裡頻頻出現。雄偉風格的作品並非只能在西元一世紀出現，並且只能吸引小孩子或野蠻人而已。

同時代人所指稱的雄偉風貌，沙佛茲伯里用狂熱以稱之。

他的狂熱是非朗氏式的。尼可蓀在其研究著作裡評論：「對沙氏而言，眞『雄偉』不是一種修辭原則。其來源並不出自風格，而來自上帝以及顯示其宇宙性和塵世間的傑作的富饒多樣的顯現。」⑪所以僅以雄偉之源泉而言，沙氏跟丹尼斯極爲相近。此外，他跟丹氏還有一點極相似，就是喜歡選擇術語以代替現存的已釐淸的觀念。

1712 年，沙氏的同儕艾狄生（Joseph Addison, 1657～1734）在《觀察者》（*The Spectator*）發表了他的《想像之樂趣》。這十一篇文章（頁 411～421）及一篇討論鑑賞力的序文顯示，艾氏對朗氏傳統極爲熟悉，而且比丹氏和沙氏更有系統地認識到此一傳統之重要性。更重要的是，他把「自然雄偉」和修辭雄偉淸淸楚楚地分開。「自然雄偉」能提供他所謂的「首要的想像樂趣」，而「修辭雄偉」之樂趣則僅是「次要的」。正如尼可蓀女士所說：「他第一次把一直是平行發展的自然、修辭這兩種雄偉統合爲一連貫系統」。⑫

在上面提到的論文裡，艾狄生詳細探索了「美感」、「不尋常」和「宏大」之不同。他的「美感」跟丹尼斯用以指稱規律、齊整和次序不一樣，而是指「高雅」和「合宜」。至於「新或不尋常」，有時他把它跟「多樣性」連在一起；有時他指的是「新奇」之效果。至於「宏大」，他在《觀察者》第四一二期上說：「所謂宏大，我並不意指任一物品的軀體，而是指把整個景物當作一物看待時的偉大。例如面對一個遼闊的郊野，一片廣垠未墾的沙漠景緻，嶂嶺重疊，懸崖聳絕，或一望無邊之水面的景象，吾人感到驚愕者不是此類景象之新奇或美麗，而是大多數此類龐大的自然傑作所顯示的粗獷壯麗。」⑬無疑的，艾氏的「宏大」是跟朗氏的自然雄偉同一意義，只是他不用雄偉之名而已。

在《觀察者》第四一二期上，艾狄生繼續探索獲之於偉大景物的首要的想像樂趣說：

> 吾人之想像喜好填滿了物象，或喜愛攫住任何超乎能力以外的東西。面對此類遼闊之景象，吾人深感愉悅的驚愕；且在悟解其存在時，靈魂感到歡愉的平靜和驚訝。很自然地，人之心靈憎惡看似受了拘束的事物；若景物被圈限於一狹小範圍，且由於鄰近城牆或山脈而變得短小，它必會設想，以為已受到某種拘束。反之，寬坦的地平線意指自由，眼睛可在其上之空間遠遠徜徉，盡情漫遊，且沈醉在繽紛的景物中。對想像而言，這種廣闊未受規範的景色是可喜的，就如同對認知而言，思索永恆或無限是可喜的一樣。但是，若有美或不尋常的東西跟這種壯偉連起來，如遭受風雨侵襲的海洋，天空佈滿星星或者一幅風景分成溪流、樹林、岩石以及綠茵，則樂趣會更無窮，因為它是源自多個原則也。⑭

宏大予人的感受事實上即是朗氏所說的自然雄偉之功效。在朗氏論文第三十五節裡已提到吾人在面對宏偉的景物時之「驚愕」；而這種對自然宏大景色之喜愛是天生的。艾氏提到人之心靈不喜歡受到拘束，而欲作無限之遨遊。艾氏這種說法無疑地是朗氏觀念之擴充。因此當尼可蓀說：「艾狄生論『次要』的樂趣的文章似還在朗氏傳統中；論『首要』的樂趣的文章則未必，並且構成艾氏對文學批評史上最大的貢獻。」⑮她的說法我們實在很難贊成。她似乎太高估了艾氏探討自然雄偉之才具和獨創性。

談到雄偉對我們的影響，艾氏跟丹尼斯或沙佛茲伯里有很大之不同。丹氏和沙氏常常用「恐怖」和「戰慄」來形容我們在面對自然界之浩垠、崎嶇與壯麗時的感覺，艾氏則不然，因爲他不認爲雄偉會驚嚇、吞噬並使吾人銷魂。他描繪此種效果的典型字彙是「欽羨」、「怡人的驚異」、「和悅的恐怖」、「歡愉」和「熱愛」。

英國的美學家和哲學家之重視經驗是有源可溯的。丹尼斯、沙佛茲伯里和艾狄生的雄偉理論都源自他們早期的歐洲之旅。不管他們說的是雄偉的景像使我們感到欣喜，或是感到恐怖戰慄，他們的觀念都是深植於於情緒和經驗的。另一位英國美學家柏克（Edmund Burke, 1729～1797）的雄偉理論也特別側重於人之感應。他的理論基礎就是恐怖的情感。他在1757年出版的《雄偉與美的觀念來源之哲學探討》（*A Philosophical Inguiry into the Origin of Our Ideas of the Sublime and Beautiful*）這本書之第七節說：

> 任何適於激起痛苦和危險的觀念，也即是說，任何恐怖的事物，或者接近恐怖的物品，或以類似恐怖之方式運作之事物即是雄偉的來源。它能引起心靈能感覺到的最強烈的情感。⑯

柏克跟其他幾位英國批評家一脈相承，除了注意讀者之主觀的美感經驗外，就是特別注重引起此種經驗的原因。他在這裡提到的恐怖，丹尼斯已詳細探討過；但是他把激起痛苦和危險的觀念也包括在引起雄偉的因素裡，無形中已把雄偉這美學觀念的範圍又擴充了。

除了認為痛苦和危險能激起偉大的觀念外，柏克對雄偉和美感觀念的比較也很有價值。他在書裡第二十七節說：

> 雄偉的景物範圍是廣大的，美麗的比較小。美必須平滑光亮，而宏大則必須粗獷雜亂。美必須規避正線條，然而是不知不覺地規避；宏大的事物在許多情況下喜歡正線，而當逸出正軌時，必會極端出軌。美不可隱晦不清，宏大則必須昏暗。美必須輕巧精緻，宏大則得堅實甚至莊嚴有力。實在說，這兩種觀念本質殊為不同，一種建基於痛苦，另一種建基於樂趣；而且它們後來跟本來的原因的本質可能大為不同，但是這些原因使它們永遠涇渭分明。任何想佯裝這種強烈情感的人都不可能忘了這種分別。⑰

丹尼斯認為美即是次序、齊整、規律和部份之和諧，柏克則擴大其境界，認為美必須平滑、小巧玲瓏，必須清晰和精緻。他對雄偉之觀念也是有所擴充。他不止提到艾狄生的粗獷，而且尚認為雄偉應雜亂、應逸出正軌、應昏晦不清、應堅實有力。最重要的是，他認為雄偉根基於痛苦，而美感則建基於樂趣。他的雄偉是堅實有力這一點以及對雄偉跟美感所作的區別都跟後來的康德極相近。他的區分更使得雄偉和美感在十八世紀形成兩個截然鮮明的美學觀念。

非常明顯地，丹氏、沙氏、艾氏、和柏氏等人的美學觀念都是朗占納斯理論之擴展，尤其是發揮了自然雄偉部份。他們這樣做並不會貶低作賤了朗氏的理論，而是拯救了它，使它獲得生機，歷久而常新。十八世紀的英國還有一些批評家觸及雄偉這個美學觀念，由於並沒有實質性的差異或擴展，所以只得略過，可在轉到理論之實踐應用前，我們還得討論一下兩位德國哲學家的雄偉觀。

康德（Immanuel Kant, 1724～1804）的美學對後世之影響極大。有許多學者認爲，他的美學理論，尤其是雄偉理論，是十八世紀萬花筒似的美學之綜合、翻新和擴充。⑱ 1790 年他出版了《美學鑑賞之批判》。在這本經典裡，康德給雄偉下的定義是「絕對大」，⑲並提出底下兩個系論：第一，「雄偉是跟所有小的景物比較才顯現出來的」（頁 97）；第二，「雄偉意指一種思維能力，而此一能力證明了超越任何意識標準的心靈稟賦。」（頁 98）他這定義和系論顯示的是，第一，絕對大的雄偉是跟所有的小景物比較才能顯現出來；第二，吾人意識到雄偉此一美學狀態的是一種主觀的思維能力。他跟前人不太一樣的是，他特別强調雄偉判斷的主觀性，而這一點則跟他的整個超越哲學的根基相吻合。

康德不斷在書裡提到直覺和主觀性。譬如在未給雄偉下定義以前，他就認爲我們不可能在自然界尋找雄偉之基礎。相反地，我們「只要在內心以及把雄偉帶進表現自然的心智狀態裡」（頁 93）去尋找。他在給雄偉下了界說後也說：

> 然而，我們若認為某一事物不僅宏大，而且毫不附帶條件地認為它在各方面來講都是絕對大，也即是說，是雄偉的，我們會立刻知覺到，為了要這麼說，我們不可能在事務以外，而只能在它本身尋找恰適的標準。宏大只能單獨跟自身比較。因此，雄偉不可能在自然界的物

裡，而只能在我們自己的概念裡尋找，這只有讓歸納法去指出來何物是雄偉了。（頁97）

此外，在談到自然景物的體積以構成雄偉時，他又明白地提出主觀來：「眞雄偉只能尋諸判斷景物的主體心靈，而不能尋諸引發人去估計判斷的自然客體。」（頁104）坦白地說，主觀性是其美學鑑賞的幾條定理之一，⑳也是其最大的特色。前人在探索雄偉時，要不就在文學上找，要不就在自然景物之龐大本體去找，但是康德跟他們不太一樣。雖或他也觸及修辭與自然雄偉之分，但他並未把全副精神投注於此。他斬釘截鐵地說，不管是對物體之判斷抑或主體感受外物，雄偉都源自吾人內心。

康德把雄偉的根源找出來後，又把它分成「數理雄偉」（the mathematically sublime）和動力雄偉（the dynamically sublime）兩種。前者涉及「認知力」，而後者則涉及「企欲力」（頁94），詳言之，前者涉及以數字觀念主觀地對客體之體積作邏輯的判斷，而後者則涉及主觀地把外物當作無法控制我們的力量來看待。對此兩種雄偉之鑑賞能在吾人心裡同時激起自身俱足的「不快之感覺」及「一併激醒之愉悅」（頁106）。

除了區別數理雄偉和動力雄偉以外，康德亦企圖分辨怡悅、美、雄偉和絕對善㉑。在這一點而言，他比丹尼斯、艾狄生和柏克等更是條分縷析，因爲他們並未觸及怡悅和善。在這裡，我們只擬討論他的雄偉和美感觀念。他認爲美「表現的是客體的某一特質」（頁117），而在探索雄偉時，我們得考慮到客體的份量、或者體積，以及「判斷感知爲了超感知的功用在表現自然時的功能所顯示出來的關係。」（頁 118）美和雄偉的其他差異在於兩者的客觀性和主觀性：「爲了了解美，我們必須在外在尋找理論的基礎，但是爲了了解雄偉，我們只要在內裡以及把雄偉帶進表現自然的心智狀態裡去尋找」（頁 93）。

康德的觀念跟前人有些是相似的。比如他認爲美必涉及物體的形態以及特質等，就跟丹尼斯的看法有些相似處，他的有限觀也跟柏克氏的小巧玲瓏有些近似。他的雄偉可以不注重形態，就跟艾狄生的粗獷，尤其是柏克的雜亂逸出正軌有些姻親關係。此外，他的「動力雄偉」提到外物是一股無法控制我們的力量這一點，就跟柏克的「堅實有力」有些類似。話雖這麼說，但是康德的貢獻仍是奇大。他給美和雄偉提供了超越主義的哲學基礎，清清楚楚地指出，一個是建基於物之特質和客觀性，一個建基於數量和主觀性；他的理論實在是十八世紀美學理論之綜合和發揚光大。

到了十九世紀初年，另一位德國哲學家叔本華（Arthur Schopenhauer, 1788～1860）在 1819 年出版的經典之作《意志和概念的宇宙》（*The World as Will and Idea*）裡又曾詳細探索過美感和雄偉。亞當斯（Hazard Adams）認爲他的理論在某些方面可跟柏克和康德的比較，但卻比他們複雜多了㉒。是不是比他們更複雜，這當然是見仁見智的問題。筆者本人只是覺得他的觀念跟康德一樣艱深而且有趣。

叔本華宣稱，吾人認知宇宙的方式只有兩種，一種是根據「充足的理性原則和法則」，把宇宙當作概念和概念的表現看待；另一種則是從「充足的理性原則」掙脫，以美學的直覺方式把宇宙當作意志看待。據此前提，美與雄偉之區別在於吾人無意志的認知在認識到表現雄偉的觀念的景物時，吾人此種認知是否毫無阻礙地達到目標。叔本華說：

> 在美感方面而言，純認知未經掙扎即佔了上風，因為物體之美，也即是促進對物體之概念認知的特性，已經抗拒就不知不覺地從知覺裡，把意志與服屬於意志的關係的認知除去，因此，剩下的是純認知這一課題，甚至想也未想到意志。另一方面，就雄偉而言，純認知之境界只能從有知覺地強力從同樣的物體與意志的關係（這種關係是不利於純認知的）中突破而獲得，只能從自由而又有知覺地超越意志與相關的知識中獲得。㉓

所謂的美可分兩個層次來說，一是意指景物能使我們變得客觀，二是我們不把物體當作某一個別物看待，而是把它當作純概念看待。所謂雄偉則是觀者能超越意志與敵對的意志和物體的關係，而對物體作純認知的思維。在此思維過程中，他昇華了，他超越了個己、意志以及所有的意志。用叔氏自己的話就是：「在那種情況下，他充滿了雄偉的意識，他處在精神的溢揚狀態中，因此，產生此一狀態的物體就稱爲是雄偉的。」㉔叔氏是旣注意到雄偉的主觀性也同時注意到其客觀性的。而這一點就有些跟丹尼斯相似。我們也可以發覺，叔氏跟康德最大之不同處是，他注意到主觀和客觀，而後者則把理論建基於主觀上。

從 1674 年布氏把朗占納斯的論文翻譯成法文傳到英國以來，直到 1819 年叔本華出版他的《意志和概念的宇宙》這一百四十餘年裡，雄偉這美學觀念從能使人昇華、令人銷魂及入神這種效應論肇始，到丹尼斯、沙氏和艾氏等人的側重自然雄偉，注意產生雄偉之原因，把欽羨、恐怖、戰慄、危險及粗獷雜亂等意義都加到此一美學內涵裡，更到康德的主觀論和叔本華的超越意志論，雄偉此一美學觀念實在是在往不斷修正和擴充的路上走。它跟美感之區別從十八世紀初年由丹尼斯提出來以後，到了十九世紀初年，已是壁壘分明，旗鼓相當的兩個觀念。然而也差不多在這時期，雄偉也開始逐漸失去它昔日輝煌顯著的地位，因爲另一個新興的美學觀念「如畫一樣」（the picturesque）已開始搶去某些屬於邊緣地帶的意義如粗獷、變化多端和精緻等。㉕更重要的是，雄偉此一理論對浪漫主義之蒞臨也曾盡了催生去朽之功，因爲朗氏早就在論文裡埋下了這種種子。朗氏曾提到情感、強烈的情感、靈感和對雄偉的自然景物之愛好等浪漫素質，而當雄偉此一觀念被介紹到英國來之後，英國本土的批評家重視的正是自然雄偉這一部份。從1750 年代後，雄偉、想像、獨創性之天才、熾熱和狂熱等術語在批評上已越來越扮演了重要的角色，新古典主義所支撐的趣味漸漸潰散，1800 年華滋華斯所宣稱的新感性新時代已指日可待了。

我在前面曾提到，在朗氏的雄偉觀念未傳入英國以前，十六、七世紀之交的詩人劇作家如馬羅、莎士比亞和米爾頓等早已是操縱雄偉文體的大師。同時，文學趣味也開始在十七世紀末產生變化。在此之前，人們常把外界景物之一的山丘看作是自然界漂亮的面貌上的「贅瘤、膿疱、潰瘍。」㉖1611 年，端思在〈宇宙之解剖：第一週年〉裡提到山脈時說：

這些只是地面上之贅瘤和痘疱嗎？

你同意：然而又坦認，在此
地面之均衡已遭到破壞。㉗

毫無疑問地，山巒都被看作是瑕疵，是一種扭曲，要不是因爲它，地面將會是極平坦勻稱的。然而就在十七世紀末，英國隨著神學、哲學、地質學和天文學之大變革，也出現了一種對外界景物的新覺醒㉘。這種覺醒跟時人到歐洲旅行息息相關。當他們到了歐洲南部，見到阿爾卑斯山處處聳巒，景緻既宏偉又嫵媚，心靈也就自自然然地從禁錮整千年的基督教義裡掙醒過來。這一醒覺又跟布瓦洛之努力相配合，所以雄偉的觀念，尤其是自然雄偉，很快就在英國隱紮住了腳跟。

在文學作品方面，米爾頓是第一位用道道地地的朗氏風格寫出詩來的英國詩人。依據歷史記載，其《失樂園》面世於1667年，而布氏的譯作則出版於1674年。由於吾人無法斷定他是否受到朗氏之影響，所以最好還是假設其雄偉風格出於自創。朗占納斯嘗說：「雄偉是偉大靈魂的迴響」（頁72）。米爾頓確是一位擁有偉大的兼容並蓄的靈魂的人，加上早期曾到處旅行過，這兩點後來就在他的風格裡展現無遺。底下我們就舉《失樂園》的前幾行來看他是利用那些質素和技巧來獲取雄偉：

天上的繆司，請您歌詠
人類第一遭兒違帝令，偷嚐了
禁果把災難死亡帶到人間，
伊甸園中住不成，要到偉人（耶穌）
拯救我們使重登樂園，

您在神祕的奧烈或者
西奈山頂，曾感發
那牧人（摩西），使首次灌輸上帝之選民
萬古時天地如何產生自
混沌中：或者，若是賽恩山
使你更喜登臨，山下神令潺湲的西露亞
更使你怡悅，我則從彼處
祈求您助我完成此一艱險頌歌
我這歌本意不在中庸，而在追尋
未曾鋪敘成詩文之境時而思
飛越愛歐尼亞山巔。
聖靈啊，您在諸殿前
喜的是正直純潔之心，
願您教導我，因為您一切知情；您自天地始
即存在，且把巨翅伸張
似鴿兒，覆翼那深淵巨川，
使它受孕：我胸中之蒙昧
請照亮：我低卑之情趣請持撐；
俾此詩之大題旨臻於至境
庶可以維護永恆天運
見證上蒼對芸芸眾生之種種事功㉙

Of man's first disobedience, and the fruit
Of that forbidden tree whose mortal taste
Brought death into the world, and all our woe,
With loss of Eden, till one greater Man

Restore us, and regain the blissful seat,
Sing, Heavenly Muse, that, on the secret top
Of Oreb, or of Sinai, didst inspire
That shepherd who first taught the chosen seed
In the beginning how the Heavens and Earth
Rose out of Chaos: or, if Sion hill
Delight thee more, and Siloa's brook that flowed
Fast by the oracle of God, I thence
Invoke thy aid to my adventurous song,
That with no middle flight intends to soar
Above th' Aonian mount, while it pursues
Things unattempted yet in prose or rhyme.
And chiefly thou, O Spirit, that dost prefer
Before all temples th' upright heart and pure,
Instruct me, for thou know'st; thou from the first
Wast present, and, with mighty wings outspread,
Dovelike sat'st brooding on the vast abyss,
And mad'st it pregnant: what in me is dark
Illumine; what is low, raise and support;
That, to the height of this great argument,
I may assert Eternal Providence,
And justify the ways of God to men.

《失樂園》處理的是人類被逐出伊甸園、人類心靈善惡之爭等諸如此類的大思想大題材，加上詩人能生動地設想玄想大物體的稟賦氣魄，作品自然就那麼轟轟烈烈，驚天動魄了。詳細言之，第一、詩人善於運用聯綿句（periodic sentence）。根據他自己的斷句，前引之廿六行詩只有兩個句子，骨幹是「Sing, Heavenly Muse……」和「Thou, O Spirit…… instruct me, 〔and〕 illumine what is dark in me; raise and support what is low in me.」即使我們挑剔成性，以第十行中間的冒號爲分界線，把它們分成兩個句子，則整節也只是由三個句子構成而已。而米氏之力量與生命常常就在這種句子結構裡充分顯示出來，因爲它能傳達一種綿然不竭的無窮感。以中國的批評術語來說，句子之間有一股綿綿然的氣貫穿著，而這種氣正是詩人之精髓與氣魄之所在。當然我們也意識到，中國古典詩根本就不用聯綿長句，卻也能攫住所謂的「齊氣」、「骨氣」和「淸剛之氣」等這一事實。㉚說這些氣韻之捕獲是先天的，是來自詩人之性格和氣魄，毋寧更使人信服。但是在西方，至少在米爾頓此一例子而言，則其雄偉之獲致是先天的，同時也是後天技求的結果。在後天方面，聯綿句是盡了最大的力量，再加倒裝句之利用，其文字就顯得格外豪邁有力。在倒裝句方面，詩人的

What in me is dark
Illumine; what is low, raise and support!
我胸中之矇昧
請照亮：我低卑之情趣請撐持！

就比「請照亮我胸中之蒙昧；請撐持我低卑之情趣」更強勁有力多多。這一點當然就是朗氏「遣詞用字之昇華」之最佳說明了。

除了上提的後天可學來的技巧外，就是米爾頓能設想描繪大物體的天生的胸襟魄力。即此一點而言，米氏極似中國的莊子，因為莊子最善於應用龐然大物如大鵬，八千年為春，八千年為秋的古代大椿，以及其他含有無窮盡的抽象名詞如生死、天地、萬物、六極和道來表現其至理，使其論文現出洸洋不盡的雄偉氣象。㉛在上引《失樂園》之第一節詩裡，「伊甸園」、「奧烈山」、「西奈山」、「萬古」、「混沌」、「天地」、「賽恩山」、「愛歐尼亞山」、「深淵巨川」、「永恆」、以及「上帝」，以及本段文字令人聯想到的冒險犯難，人類之違叛，魔鬼之違叛等，或表現了宏大無限，或表達了丹氏和柏氏所主張的恐懼和危險質素。但最最重要的是，由這些文字排列後所具體襯托出來的一幅汪洋氣象（vista or panorama）。這氣象既佔了極長之時間，也佔了極遼闊之空間，不管在觀念上或是景象都是雄偉的。

十八世紀是一個要求寫實，要求節制和理性，以及追求中庸之道的新古典時代。藝術之至境就是模仿自然（包括人生），模仿牛頓所謂的調配均勻，有條不紊的宇宙機器㉜。在此前提下，藝術家著眼的是人類的通性，而不是結結實實的人生細節㉝。即使在此氣氛下，我們仍可以找到許多雄偉的片段。潑普（Alexander Pope, 1688～1744）的《批評論》就有如下一段：

首先我們極愉快地攀登聳峙的阿爾卑斯山，
爬過了峽谷，幾乎就踩到天上；
永恆不絕的雪看來已走過，
第一次看到的雲和山似已是最後的了：

但是越過這些後，我們顫然眺望
遙遙路途，辛勞孳生；
前面不斷開展的景致使四顧的眼疲倦
山巒往上疊疊，阿爾卑斯山上又長出山來！㉞

詩人此段詩衍自討論知識之無涯。少年氣盛者就像剛剛看到阿爾卑斯山者，以爲已遍覽全景，洋洋得意，一旦身入山中，發現嶂巒層疊，應接不暇，眼睛爲之疲竭，這時他才會醒覺過來，知覺到人類之渺小。濮普小時身患痲痺症，剝削了他到處瀏覽的機會，但是倫敦附近之景緻他是熟悉的，時人之歐遊記載他也是熟悉的；上面這節詩證明他是能玄想刻劃大景物的。聳立的山巒，望不盡的雪，雲和山巒構成一幅連綿的景象，再加上就要踩到上天之玄想，跋涉之辛勞、險巇等意識，令人不止看到修辭上之雄偉，也聯想到蘊藏在文字背後的自然界之偉大。

一般而言，濮普對自然之描寫還是比較冷靜和節制的，而且不會爲了描寫自然而描寫，但是，跟他同輩的一些詩人就不太一樣了。湯姆森（James Thomson, 1700～1748）的《四季頌》、格雷（Thomas Gray, 1716～1771）的〈鄉間教堂墓園之輓歌〉和高斯密（Oliver Goldsmith, 1730～1774）的〈荒村〉等詩，不僅僅是寫景，而且涉及恐怖、憂傷和荒蕪等之概念，而這些質素正是同時代美學家在擴充雄偉此一觀念之斬獲。他們詩裡透露的信息是，華滋華斯和柯立芝在1800年揭櫫的浪漫主義已快來臨了。而浪漫主義者對自然的描寫，尤其是對高山峻嶺之謳歌，就像中國魏晉南北朝的田園山水詩一樣，時時閃出壯麗雄渾的片段來。華滋華斯的《汀潭寺》、《序曲》、和《野遊》，雪萊的《白山》和《普羅米修士釋放了》，拜倫的《唐璜》、《哈羅德公子》和《孟佛德》等都是最佳例子。

華滋華斯的《序曲》有如下幾行：

高聳入霄漢的樹林
腐爛了，再也不必怕腐爛，
瀑布靜靜地陣陣沖瀉下來，
而在狹小的隙縫間每一轉身
風相互激盪，迷惑且孤寂，
在我們耳際絮聒的岩石，
黝黑的細雨朦朦的峭壁在道旁呢喃
它們似乎會發出聲音來，令人反胃
和眩暈的琮琮溪流的景色，
無拘無束的雲堆和天際，
騷動和平靜，黑暗和亮光——
所以這些就像同一心靈之活動，同一臉孔之
特色，同一棵樹上之花朵；
就像偉大的啟示錄上的文字，
永恆的典型和象徵，
萬古以至無窮的典型和象徵。㉟

這十六行詩寫的可能是詩人從阿爾卑斯山下來的經驗，也可能是憑想像創造出來的「綜合經驗」。不管是在觀念的托出或意象之刻劃，這些詩句都是雄偉的。「高聳入霄漢的樹林」、不斷沖瀉的瀑布、相互激盪的風、崢嶸的岩石和峭壁、騷動和平靜、黑暗和亮光等宏大意象；騷動和平靜、黑暗和亮光的對比，永恆、萬古以及無窮等意指長時間的觀念都是雄壯的，聯綴起來不只構成了一幅大畫面，而且表現了自然之奧祕和神奇。此外，華氏的遣詞用字也給其雄偉氣象提供了不少助力。例如在

高聳入霄漢的樹林
腐爛了，再也不必怕腐爛
The immeasurable height
Of woods decaying, never to be decayed.

這兩行詩裡，immeasurable height 實在能恰適地反映了一個登山者未經分析的瞬間感受，把現在分詞 decaying 擺在「樹林」後，就比把它擺在前面好，因爲如果是擺在前頭，它大體只有形容樹林的狀況之功能，但是擺在後頭時，其功能就顯得極特別。它既可能是狀寫樹林之形容詞的後置，也可能是一進行式，表示樹木繼續在腐爛中。更有甚者，把 decaying 擺在樹林後，又可跟行末的 decayed，形成同居末後而意義相反的效果。所以這兩個字是既能捕捉住詩人當時之心理狀態，又能狀寫自然之律動，只要把前者換上另一個字，並把後者之位置稍微移動一下，兩行詩的氣勢整個就削弱了不少。像這一類的遣詞用字，自然是朗氏所謂的「遣詞用字之昇華」了。而讀者讀起來自然也會感到意氣洋洋。

雪萊的〈白山〉有底下幾行詩：

因此，你，亞哈富峽谷，黑深的峽谷——
你彩色繽紛，聲響頻仍的山谷，

雲影和陽光匆匆飄過
你的松樹和峭壁和洞穴：可怕的景象，
類似亞哈富峽谷的力量降自
圍繞著他祕密的王位的冰海灣，
突破這些黑色山巒就像閃電的
火焰突破暴風雨一樣！……
你的洞穴回應著亞哈富峽谷的騷動，
一個洪亮的單獨的聲音其他聲音無以馴服；
你瀰漫著不息的動靜，
你是那不休的聲音的道路……
高高聳立，直刺著無限的天空
白山出現——靜止，積雪和安詳。㊱

Thus thou, Ravine of Arve—dark, deep Ravine—
Thou many-colored, many voiced vale,
Over whose pines, and crags, and cavens sail
Fast cloud-shadows and sunbeams: awful scene,
Where Power in likeness of the Arve comes down
From the ice-gulfs that gird his secret throne,
Bursting through these dark mountains like the flame
Of lightning through the tempest!……
Thy caverns echoing to the Arve's commotion,
A loud lone sound not other sound can tame;
Thou art pervaded with that ceaseless motion,
Thou art the path of that unresting sound……
Far, far above, piercing the infinite sky,
Mont Blanc appears, ——still, snowy and serene.

首先，讀者可注意到某些關鍵字眼如峽谷（ravine）和「力量」（power）等是大寫的，許多動詞都是比喻性用法，以及有一種動感貫穿著這峽谷裡的大部份景物。自然界的景物由於都如是擬人化了，所以用康德的話說，它們都顯示了一種「無法控制我們的力量」。更有甚者，峽谷、巉岩、冰海灣、山巒、閃電和無限的天空等龐然大物以及自然界之各種律動，都表達了宏大和紛擾的意識。不管怎樣，這些不同的自然素質都被用來「狀寫自然界無法馴服的獷野和無從親臨的肅穆」。㊲

前面的理論跟作品的探討使吾人意識到，一個美學觀念之興起實有助於一種詩體（此處指自然詩）之孳長。號稱西方第一首自然詩的湯姆森的《四季頌》，一般而言是比較側重寫景的；但是自然詩到了華滋華斯、雪萊和拜倫等浪漫詩人手裡，其結構就不太一樣了。他們偶爾也寫寫景，然而更多的是，他們經由想像力之運用，把象徵和神話意義投射到景裡，做到情景渾然無間的地步。㊳比如在上舉華滋華斯的《序曲》那段詩裡，「高聳入霄漢」捕捉的正是詩人看到樹林直覺的瞬間的感覺（情）；第四行「風相互激盪，迷惑且孤寂」的「迷惑且孤寂」是既寫風也寫人的狀況。由於從頭就有這種情景交織的寫法，所以等到詩人最後說，自然界之景色活動是源自一個偉大的心靈，就像〈啓示錄〉上的文字源自上帝一樣，我們是一點也不會感到偶然或驚訝的。此外，雄偉觀念之不斷擴展也在當時的詩裡反映了出來。詩人不僅僅寫壯麗的令人驚訝甚至令人敬畏的景象，也寫險巇的觀念、力量、風暴騷動和「可怕的景象」等等。因此，我們可以這麼說，雄偉此一美學觀念跟與此一觀念有關的十八、九世紀的英詩，後來形成相輔相成的關係。雄偉、美感和如畫一樣爲這兩個世紀的詩建立美學基礎，而這時代的詩多多少少正好又是這些理論的具體說明。

在探討過了西方雄偉觀念的遞嬗以及在詩裡的表現以後，現在可以來看看中國類似雄偉觀念之發展，並據此做一比較。在中國文學批評裡，我們無法找到跟雄偉完全切合的術語。通常我們都把它迻譯成「雄渾」、「勁健」、「偉大」、或者「莊嚴」等㊴。實際上，這些術語，甚至所有這些術語合起來都無法恰切地把雄偉的觀念全部翻譯出來。現代美學家朱光潛認爲應把 The sublime 譯成「雄偉」，理由是：第一、這術語跟「秀美」（grace）的意義正相反；第二、「雄」約等於康德的「動力雄偉」，而「偉」則約等於「數理雄偉」。㊵即使我們接受朱氏的說法，我們仍然懷疑它能把有關的全部涵義表達出來，譬如把它分成涇渭分明的修辭雄偉和自然雄偉，丹氏和沙氏的源自上帝說、康德的客體的體積跟主觀性源流的關係和叔本華的超越意志說等，就絕非區區之「雄偉」二字所涵蓋得了的。

中國的批評家在漢代時（西元前 206～西元 219 年）開始區分文體。曹丕（西元 187～236 年）在〈典論論文〉裡有「詩賦欲麗」這句話㊶。「麗」含有「明艷」、「美麗」、「穠艷」、和「壯麗」等幾個意思，隱隱約約含有一點雄偉之意思在內。到了晋代（西元 265～420 年），文體之區分愈來愈細密，批評家如陸機（西元 261～303 年），和摯虞（西元 311 年逝世）等不止注意到文體之別，而且企圖規劃出一套法則以獲致它們。陸機的〈文賦〉有如下一段：

> 詩緣情而綺靡，賦體物而瀏亮，碑披文以相質，誄纏綿而悽愴，銘博約而溫潤，箴頓挫而清壯，頌優游以彬

蔚，論精微而朗暢，奏平徹以閑雅，說煒曄而譎誑。㊷

依據李善的注，「綺靡，精妙之言」，則綺靡只有精緻巧妙之義，未必一定跟雄偉有關；可若根據林庚等人解作「侈麗、浮艷」，㊸則已含有誇張之成份。如果誇張能跟情感巧妙地配合如「黃河之水天上來，奔流到海不復回」者，則作品必能使吾人昇華、銷魂且入神，那麼「綺靡」則多多少少就蘊涵有雄偉之意義了。「瀏亮」李善注作「清明之稱」。若把「清明」看作清麗或流麗（lucidity），則它跟雄偉就沒太大之瓜葛；若把它看作帶有洗鍊或簡鍊（simplicity）之義在，則跟雄偉就攀上了些許關係，因爲布瓦洛在駁斥以上的攻訐時曾認爲「有時候沒有甚麼其他東西能比簡鍊更雄偉的了」㊹。如果賦之「瀏亮」能表現出雄偉的風格，則銘之「博約」也跟雄偉有關了。銘文所記的事件要博瞻，而文字卻必須簡約、精約（simplicity）。銘文文字上的要求不是雄偉又是甚麼？箴之「清壯」李善未詳注，林庚等人解作「清新壯健」㊺。「壯健」如爲狀文理之特徵則無話可說，如當作狀寫詞藻之風貌，則這種文字是勁健的、有力的；換言之，即是雄偉的。頌體本爲歌功頌德，其特質本就含有誇張之成份在，所以用來狀寫此一文體之「優游以彬蔚」多多少少就含有雄偉之義。「優游」表自得貌，「彬蔚」狀華盛貌，前者表現文體之舒緩外貌，後者顯示文字之特色。說雄偉而欲其不現華采似乎有些緣木求魚。我們須知，當布瓦洛說簡鍊是雄偉之一特徵時，他是囿於法國十七世紀新古典主義要求節制的趨勢，而且在一個人情感澎湃之際，行雲流水，握筆而就，要他一點都不現華茂豈不過份？這一點正好又牽涉到「說」此一文體。辯論向以文辭與氣勢勝，少以理取勝，故李善注說「說以感動爲先」是對的。爲了達到感動聽衆此一目的，說者多詭譎虛誑，在所不惜。據此可知，說跟詩、賦和頌是最誇張不過的，也是最可顯示雄偉風貌之文體。此外，我們甚至可以說，誄之「纏綿而悽愴」也含有雄偉的某一些質素。誄爲陳哀，其所表達之情必糾結而悲，此一「糾結而悲」之情正是丹尼斯所提出來的六種狂熱情感之一的「憂傷」，而且是有過之而無不及的。

上面對曹丕的〈典論論文〉和陸機〈文賦〉之探索使我們知覺到，中國最早的文評家在鑑別文體時已覺察到各文體裡雄偉風格的某一些特徵。覺察雖然是覺察到了，但是他們並未像西方批評家那樣，立刻致力探索它。因此我們在把他們的理論跟西方人同說的類法比較時，得處處謹愼，以免說得太過火了。中國人在文學理論上不能像在哲學上那樣，很早就開始系統性探討，這可能是因爲文學一直未能取得獨立自主的地位，另一方面可能是因爲國民格使然：善於作觀賞性的說法，而不善於作純認知性的系統化思維。總之，國人對雄偉之美學探索雖然比西方人慢了些，但是雄偉風格不僅僅顯現在漢賦裡，而且也顯現在更早的《詩經》、《楚辭》和經書子集裡，這一點本文後面將會詳細討論到。

到了南北朝時（西元 420～589 年），中國開始出現劉勰和鍾嶸所撰兩本極爲系統的文學批評著作。劉氏在《文心雕龍》第廿七章《體性篇》提出文有八體之說。他這裡的所謂「體」不應跟曹丕、摯虞和陸機等之「文體」等同，而是指風格。其第六體曰「壯麗」㊻，並解作「高論宏裁，卓爍異彩者也。」㊼施友忠教授把「壯麗」譯作 the vigorous and beautiful，「Vigorous」這一個形容詞確能形容作者外爍的豪邁的性格和貫穿於文章裡的氣勢，而這些正好跟西方美學家所說的「堅實有力」和「力量」相吻合。雖然如此，「壯」並不全等於西方的雄偉，因為後者仍有許多質素和特徵，絕非「壯」字所能概括的。劉勰之解釋多多少少已掌握到雄偉風貌的某些特徵。「高論」約等於西方的「雄辯」（eloquence）或「崇高之語言」（elevated language）；「宏裁」指篇幅大，並包括大氣魄在內，跟汪洋氣象（panorama）意義近似；「卓爍」是用來形容卓越之文采，如繁星或礫石之閃爍。劉氏這種解釋顯然已觸及雄偉風格之特質（高）、風貌（宏裁）以及予人之感覺（卓爍，異）；他雖然已觸及朗氏雄偉觀念之精神，然而，他並未像朗氏那樣進一步探討這種修辭雄偉之可能來源，更遑論提到自然雄偉了。因此，我們只能說，劉氏所提到的壯麗風格跟朗氏的理論有些許相似，但絕不完全相同。而這是由於兩人的用心所在不同以及文化背景不同造成的，是故不能以優劣論也。

劉勰逝世三百餘年後，唐代（西元618～904年）末年的司空圖（西元837～908年）在其著作〈二十四詩品〉裡確曾討論到類似西方的雄偉觀念。他二十四品裡的「雄渾」、「高古」、「勁健」和「豪放」固直逼近雄偉的觀念，甚至連「洗鍊」、「綺麗」和「悲慨」等也與它有些許關聯。根據丹尼斯的說法，憂傷也是激起雄偉的六大狂烈情感之一，那麼司空圖的「悲慨」當然跟此「憂傷」有密切的關係，問題只是在於，司空氏的「悲慨」是用以指一種文學風格，而丹氏的「憂傷」是激起形成此一風格之一種強烈的情感要素。「綺麗」也可能是雄偉的，只要作者情感充沛並且有靈感，文字就不致淪為穠艷之冗詞。同樣的道理，布瓦洛所主張的簡鍊也可能是雄偉的，因爲熾烈之情感能支撐它，而不會流於平淡無奇。「豪放」而能「吞吐大荒」，氣魄是夠令人驚喜的；跟「豪放」一樣，「勁健」的風格也充滿了力量和氣魄。這兩種風格就在熾熱的情感和力量方面跟雄偉攀上了關係。「高古」是指文章有飄逸之氣，這可從司空氏的解釋「畸人乘眞，手把芙蓉，泛彼浩劫，窅然空縱」看出來。問題只是在於，崇高而遠離人間，文字必趨於平淡，這樣的風格是否還可稱爲雄偉？

上面提到的六品，跟雄偉多多少少有著或疏或密的關係，但是整體而言，這些關聯跟朗氏的美學傳統是相當疏遠的。在二十四品裡，最接近朗氏主義的是作爲第一品的〈雄渾〉：

> 大用外腓，真體內充。返虛入渾，積健為雄。具備萬物，橫絕太空，荒荒油雲，寥寥長風。超以象外，得其環中，持之匪強，來之無窮。㊽

司空氏的二十四品大都染上鮮明的道家色彩。在這一品裡，第一行的「大用」取自《莊子》首篇《逍遙遊》和第四篇《人間世》，意指「無用之用」，而在司空氏之用法裡，顯然指的是雄偉那種氣吞六極的氣勢和無可阻扼的力量。「眞體」令人聯想到老子之返璞歸眞，「見素抱樸」，更令人聯想到莊子不斷提到的眞宰和眞君，可能是指雄渾之氣而言；「內充」令人聯想到《莊子》第五篇《德充符》裡那些德光於內而形有所忘的得道者。「返虛」的「虛」令人想到《老子》第十六章《致虛靜》以及他處的「谷神」、「道中」或「不虛」所含有的「虛」的意義；更可能的是，它源自《莊子》第四篇《人間世》仲尼說心齋部份，意指「虛空」，道之所止萬物之所生處㊾。「入渾」或採自《莊子》第七篇《應帝王》儵忽鑿渾沌之七竅以謀報之那一段；渾沌爲太初淳樸無知無欲的狀態。「返虛入渾」整個句子即指入於道之所居和太初淳樸的境地。第四行的「健」字令人聯想到《易經》乾卦之彖辭「天行健，君子以自强不息」以及「大哉乾乎，剛健中正，純粹精也」㊿，並應含有「壯健」、「堅强」、「生命力」和「努力不息」等意義；它本身既可以是名詞也可以是形容詞，是最能表現雄偉這一美學觀念的特質的一個字。第八行的「寥寥長風」之「寥寥」二字，無名氏之《詩品注釋》解作「四邊空闊貌」(51)，祖保泉的《司空圖詩品注釋及釋文》作「空闊的樣子」；但因它跟「長風」連在一起，作者是否曾看過唐代成玄英的《莊子疏》對《齊物論》裡的「翏翏」之解釋「翏翏，長風之聲」(52)，就不得而知了。第十行中的「環中」曾在《莊子》的《齊物論》和《則陽篇》出現(53)，意指環之中間空地，是一靜寂而又永恆之點，據此而可應乎無窮。在這一品裡，「環中」當即指事物之根本所在或道之中樞，「得其環中」當就是「返虛入渾」了。除了這些或晦或顯的聯想以外，這一品裡蘊含的怒飛之意蘊，無以言傳之意識和永恆之觀念，也都來自《莊子》或《老子》。

上面對司空圖的「雄渾」的探討，使我們發覺，它跟本身就是最早的雄偉文學作品之一的《莊子》有密切的關係。更有甚者，這第一品裡所蘊含的觀念也大爲接近朗氏的傳統。例如，「大用」就跟朗氏的「雄偉給我們帶來無以抗拒的力量」的說法近似，當然也就跟柏克的「堅實莊嚴有力」和康德的「無法抗拒的力量」有些關聯。「眞體內充」跟朗氏的熾烈的有靈感的情感相通，更跟丹尼斯的「熱烈情感」和「狂熱」以及沙氏的「狂熱」等有關。「積健爲雄」裡的「健」和「雄」都是表示力量、堅強和生命力的字眼，跟朗氏、柏克和康德等都扯得上關係。第五行到第八行用形象性的言詞所刻劃的是雄渾無所不在無所不能的特色，當然是典型的朗氏風貌，因爲朗氏在談到雄偉的效果時曾說過：「恰如其時地閃現的雄偉，就像雷霆一樣，把前面的東西驅散，而且同時把演說者的能力充分顯示出來」（頁65～66）以及「似乎本能地，吾人之靈魂由眞雄偉提昇了，它泱起而高飛，且充滿了歡愉和狂態，好像聽到的就是由本身生出來的」（頁70），但是即使在這種極端近似中，還是有些不同的。朗氏並未把雄偉賦予近乎道體的無所不在無所不能的特質，而丹尼斯和沙氏卻把其來源歸諸上帝，而這些只有用文化背景不同予以說明了。總而言之，司空圖跟朗氏及其他西方美學家是有些不同的。他們根本未嘗觸及環中和道樞以及文學作品裡「意在言外」的現象，而司空氏像早期的一些文評家一樣，並未把雄渾分爲修辭的和自然界的兩種。

你甚至不把「雄渾」這一品當作詩學看，而把它當作文學作品看待，你也會發覺它是雄偉的。因素很多，第一而且是最重要的是司空圖的觀念堂廡很大。「雄渾」本身這個觀念即足以使其昇華，更何況它又跟道的律動相合無間呢。第二、這一品所具體刻劃的景象氣魄相當大，而這一點又跟他的遣詞用字有關。根據莊子的說法，「大用」是無用之用，但是在這一品裡，它卻由於在後邊加上一個動詞，而使它由靜態抽象的觀念變成具體的無可抗拒的力量，這當然就是朗氏所謂的遣詞用字的昇華了。第三、司空圖有些像莊子，善於運用堂廡很大的意象。「萬物」、「太空」、「荒荒油雲」、「寥寥長風」和「無窮」等，不是蘊涵有大體積的意義就是意指無窮，而這些正是造成雄偉風格所不可或缺的質素。此外，「內充」和「積健爲雄」都寓有動作、力量和生命力在內，跟柏克和康德所强調的觀念都有些關係。總而言之，從思想的孕育到文字的操作，司空圖這一品都跟朗氏的第一、第三、第四和第五個來源以及其他美學家的觀念有關。

繼司空圖之後，對雄偉此一美學觀念作較深探討的是清代的桐城派大家姚鼐（西元 1731～1815 年）。他在《復魯絜非書》裡，曾對文學的兩種特殊風貌「陽剛之美」和「陰柔之美」作如下的論說：

> 天地之道，陰陽剛柔而已。文者，天地之精英，而陰陽剛柔之發也。惟聖人之言，統二氣之會而弗偏；然而易、詩、書、論語所載，亦間有可以剛柔分矣，值其時其人告語之體，各有宜也。自諸子而降，其為文無弗有偏者。其得於陽與剛之美者，則其文如霆、如電、如風之出谷，如崇山峻崖、如決大川、如奔騏驥。其光也，如杲日、如火、如金鏐鐵；其於人也，如憑高視遠，如君而朝萬象，如鼓萬勇士而戰之。其得於陰與柔之美者，則其文如升初日，如清風、如雲、如霞、如煙、如幽林曲澗、如淪如漾、如珠玉之輝、如鴻鵠之鳴而入寥廓。其於人也，漻乎其如歎，邈乎其如有思，暖乎其如喜，愀乎其如悲。觀其文，諷其音，則為文者之性情形狀，舉以殊焉。且夫陰陽剛柔，其本二端，造物者糅而氣有多寡進絀，則品次億萬，以至於不可窮，萬物生焉，故曰一陰一陽之為道。夫文之多變，亦若是已。糅而偏勝可也；偏勝之極，一有一絕無，與夫剛不足為剛，柔又不足為柔者，皆不可以言文。㊹

一般而言，姚氏對雄偉的探討比司空氏的深入而廣泛多了。司空圖企圖以具象的詩語暗示抽象的理論，具體是具體了，但意象所蘊藏的概念卻是模稜兩可的，以致理論失去了焦點和說服力。比較而言，姚鼐是比前者進步，因爲他用的是議論文，且時時佐以例證，因此條理清楚以外，就是說服力極强。

姚鼐的觀念跟西方美學家的雖有許多貌合處，唯其整個理論卻是道地中國式的，而且比司空氏說得更淸楚。除了朗氏和康德、叔本華兩位哲學家未把雄偉之泉源追溯到超現象的上帝外，英國的許多美學家談到雄偉時都把它推源至上帝。姚鼐比司空氏的「返虛入渾、積健爲雄」說得更淸楚，他說，文者「陰陽剛柔之發也」；陰陽剛柔之發，亦即道之發也。他是把文學裡的陽剛陰柔二風格直推到《易經》的「一陰一陽之謂道」、「形而上者謂之道」㊺的「道」身上，直截了當地給文學風格建立中國式的超形象基礎。此外，他更認爲，中國古代的四書五經即已能顯示雄偉和幽美的風格，可見實質早已在那裡，只是一直無以名之而已。

詳言之，姚鼐用以表現「陽剛之美」的詞藻如霆電、長風、崇山、峻崖、大川、奔騏驥、杲日、火和金鏐鐵等，如不是含有大體積就是蘊涵有力量、危險和壯麗的聯想在內，而這些正是西方富有雄偉風格的文學作品或繪畫裡常常出現的字彙或景象，或是批評家所指稱的自然雄偉。那些用以表現「陰柔之美」的詞語初升日、淸風、雲霞、煙、幽林、曲澗、淪漾等，迷人的不是其體積而是其陰性特質，而這些正是西方文學家用來表現美學家用來評估幽美（grace）的特質者。更有甚者，姚氏不止用陽剛和陰柔此二術語來批評文學作品之特色，而且尚用它們來狀寫人。人憑空視遠、君朝萬象和將鼓勵勇士而戰則富有陽剛之美。人嘆息、思索、悲愁及喜悅則富陰柔之美。或許有人要說，人類的活動也是自然律動與現象的一種，因此姚氏用此二術語來狀寫人，實際上就在描繪自然景物。然而我們卻必須指出，肇始於東漢的人物品鑑以及人格和風格冥合的觀念卻是純粹中國的傳統，西方之雄偉和幽美大體上還是用來評鑑文學的。這是姚氏跟西方美學家不同點之一。第二、根據丹氏的說法，人之憂傷和喜悅也是六大狂熱情感之一，但是姚氏卻堅稱人之悲愁和喜悅富有陰柔之美，看法正好跟丹氏相左。不過，以陽剛之美和陰柔之美這兩個術語之涵括性而言，則我們可以說，它們的範圍顯然比雄偉和幽美大得多了。最後，姚氏認爲文學作品相互之差異，正如人各有一副不同的臉孔一樣。陽剛之特徵較顯著或陰柔之特色較爲顯著是有的，若云「偏勝之極，一有一絕無」，則是智者之所不取。這種折衷的論調實在不容易在西方批評家之作品裡找到。

從上面之討論裡我們可以發覺，司空圖和姚鼐都把雄偉的觀念上推至《易經》裡的陰陽相配以成萬物，給其理論建立了超現象的基礎，實在是有道理的，這就像朗氏把雄偉推至衆神統轄下的自然界，英國美學家把它推溯至有意志力的上帝一樣有道理。陽剛和陰柔都來自道，是統轄衍生萬物的兩種特質，也是相互影響相輔相成的兩種力量。除了在討論姚氏的理論時提到的《易繫辭》第五和第十二章以外，第一章還提到「動靜有常，剛柔斷矣」；自然界有所動靜，剛柔之特質和力量就顯現了出來。第二章提到「變化者，進退之象也；剛柔者，晝夜之象也」的話，可見剛柔是用來配日夜的。第五章更提到《易》之「廣大配天地，變通配四時，陰陽之義配日月，易簡之善配至德」的話，則可見道之變易是跟天道人事相配合的。旣然陰陽或剛柔是跟天道人事密切配合，所以當姚鼐用陽剛和陰柔之美除了來狀寫自然現象以外，尚用來描繪人事，我們是一點都不必驚訝的，因爲其源有自也。

雄偉的觀念除了見諸經書外，還具體表現在先秦的子書和文學作品裡。在子書裡，我認爲《莊子》是一本含有最多雄偉的片段的著作；你不僅僅可以在書裡找到修辭雄偉，而且還可以找到自然雄偉。修辭雄偉是比較容易找的，你只要應用朗氏的五來源說以及布瓦洛氏的一些看法去探討，就會獲得相當豐富的收穫，至於要討論自然雄偉，就得把書裡描繪自然景象推回到自然界，這時候你就會發覺，《莊子》的自然景色氣象萬千，而這種氣象不止佔了最長的時間，而且也佔了最大的空間。在這時空裡，物物互不相涉，悠遊自在。讀者若想知道《莊子》裡雄偉風格的具體表現，可參閱筆者民國六十五年二月發表在《中外文學》上的〈《莊子》的詞章與雄偉風格〉一文，茲不贅述。

在文學作品裡，中國最早的兩本總集《詩經》和《楚辭》裡都可找到許多雄偉的片段。例如周南的〈桃夭〉曰：

> 桃之夭夭，灼灼其華。之子于歸，宜其室家。
> 桃之夭夭，有蕡有實。之子于歸，宜其家室。
> 桃之夭夭，其葉蓁蓁。之子于歸，宜其家人。56

根據朱熹的說法，這三章詩的前兩句都是「興也」；桃之茂盛綻放，正足以顯現出嫁女子的年齡及生理狀況。我認爲朱熹認爲「興」的部份正好是本詩之雄偉片段。桃之嫩綠、嬈嬌充其量只能夠得上稱爲優美，但是「灼灼其華」、「有蕡其實」及「其葉蓁蓁」所表現的景象已達到雄偉的境地。桃花璀燦無比，其實纍纍，其葉繁盛，據此可見詩人所見的桃樹必是連綿一片，佔了極大之空間。如果是這樣的話，則朱熹所指稱屬於本詩「興也」的部份正已跨越過優美而進入雄偉之境地了。總之，《詩經》裡多的是像這種片段，如《齊風．南山》的「南山崔崔，雄狐綏綏」，《小雅．四牡》的「四牡騑騑，周道倭遲」、《大雅．崧高》的「崧高維嶽，駿極于天」以及〈江漢〉的「江漢浮浮，武夫滔滔」，甚至《秦風》裡讚美秦君畋獵的「駟驖孔阜，六轡在手」等等片段，不是自然景象極為雄偉，就是景物虎虎有生氣，蘊藏著力量。這正可證實姚鼐所說：「《易》、《詩》、《書》、《論語》所載，亦間有可以剛柔分矣。」

《楚辭》裡也有許多雄偉的片段。《九歌》的〈河伯〉有底下之句子：

> 與女游兮九河，衝風起兮橫波。
> 乘水車兮荷蓋，駕兩龍兮驂螭。
> 登崑崙兮四望，心飛揚兮浩蕩。……
> 波滔滔兮來迎，魚鄰鄰兮媵余。㊼

主祭願與河伯遊覽徒駭、太史、馬頰、覆鬴、胡蘇、簡、絜、鈎盤和鬲津等九河，氣魄極大，所經之空間也極廣；第二句「衝風起兮橫波」含有氣勢和力量，如果「衝風」改成「嫋風」、「清風」或「冷風」等，「橫波」改成「平波」，則氣勢和力量頓失，雄渾之句就變成幽美之句了。第三句「乘水車兮荷蓋」還可看作幽美者，但跟第四句連起來，氣勢就出現了。登崑崙四望，就跟姚鼐所言的「憑高視遠」的氣象一樣，既能令人聯想到登山之險巇不易，也能令人想到在山頂極目四望，氣象萬千，景色無限。觀者在此高山峻嶺上縱覽，浩瀚無邊的景色盡納入眼簾，也就難怪他要洋洋得意，有昇華之感覺了。最後兩句也能顯示廣闊之氣象與力量：波濤洶湧能表現力量，魚羣成千上萬就佔了極遼闊之空間。

除了上提《九歌．河伯》那一段以外，讀者還可在《九章》裡看到「滔滔孟夏兮，草木莽莽」⑱這樣的句子，應用本爲狀寫浩淼大水的「滔滔」來描寫炎夏熱氣之綿綿騰昇，用「莽莽」來形容夏天草木之茂盛，所刻劃出來的景緻極爲遼闊，極爲壯麗。此外如王逸以爲宋玉所作的《招魂》裡有「北方不可以止些，增冰峨峨，飛雪千里些」⑲這樣的詩句，冰山之雄壯，雪地之遼闊，無不提供了力量，也無不令人感到驚畏。所以不論我們從西方美學家或中國批評家的觀點來看，上舉的這些詩句都應是雄偉的。

漢賦裡，照說雄偉的風格應更多見，因爲賦家無論寫山河草木宮殿四時畋獵，無不盡揮雕鏤誇張之筆，可惜的是他們常常缺乏眞情，也沒甚麼崇高的思想，以致文字常常變成一些空殼，淪爲朗氏所說的假雄偉一類。例如司馬相如的《上林賦》在寫到天子禁園裡的崇山峻嶺時有如下幾行：

> 於是乎崇山矗矗，巃嵸崔巍。深林巨木，嶄巖嵾嵳。九嵕巀嶭，南山峨峨。巖陁甗錡，摧崣崛崎。⑳

作者爲了滿足賦體對比工整之要求，致文字往往有重複處。「巃嵸」和「崔巍」都意指高峻貌；「九嵕」即南山，「巀嶭」和「峨峨」都意指高峻貌，又跟「巃嵸」和「崔巍」意義近似，這些不是疊牀架屋又是甚麼？在風格上而言，這一段當然是雄偉的，因爲作者所狀寫的高山峻嶺、深林巨木等，體積都極大，而且多少也能暗示某種力量。問題是缺少了眞摯情感，加上浮誇和呆板（這兩點可參見朗氏論文第三及第四節之討論），以致美中不足。也許就是因爲這些缺點，一般批評家都不會把諸如此類的對自然景象之描寫當作自然詩之起源，而把中國自然詩之起源加到晋時孫綽、許詢、左思和庾闡等人身上㊶，或者三國魏曹操的《觀滄海》，㊷甚至《詩經》裡的《六月》等八首詩身上㊸。我認爲，賦雖然囿於文體，以致有種種缺陷，惟也不能以偏概全，以爲無可觀者。例如，清李調元在《賦語》裡所提到有雄渾之風的唐無名氏的〈華山爲城賦〉和襄華貫的〈洪河賦〉，也的確是「眞力彌滿，萬象在旁」㊹。茲引〈華山爲城賦〉之一段以見一斑：

> 天包地束，鳥過雲輕；萬仞垂峭，千峯入冥。髣髴虹蜺，盡識旌旗之色；依稀星月，皆分弧矢之形。㊺

這一段文字之妙就在對仗工整中寓無限變化。「天包地束」簡簡單單四個字就把峯巒上之爲蒼穹所包括，下之爲地所拘束寫出來。這個句子的「包」和「束」是動詞，但是底下幾個同一位置的字，其詞性則大多起了變化，所以雖是齊整而並不滯礙，而且更無司馬長卿的冗詞，眞的做到朗氏所謂的遣詞用字之昇華。第二、作者之比喻也極精緻，以旌旗之色以喻虹蜺，弧矢之形比附星月，眞是維妙維肖。第三、這些文字背後之涵義大都含有巨大之意義及力量在內。華山雖爲蒼穹所包圍，但直刺入霄冥的千峯，其崇高及氣勢已躍然紙上。最後也是最重要的，作者寫這些文字感情熾熱。以致文字間隱隱然有一股氣貫穿其間，他盡力描繪華山之險峻宏壯，主要在於說明，華山就如一個堅固的城闕，可保境安民。所以我們可以這麼說，四六工整的賦體也有傑作，主要是作者要有熱烈的情感以及偉大的思想。

中國在魏晉時，文學家的感性，就像十七世紀末到十八世紀中期的英國作家的一樣，曾起了一次激變。這時候由於社會混亂與政治傾軋，玄風再度大熾，文人要不就如阮籍之藉酒裝瘋，要不就如支遁與時人之清談名理，或孫登司馬徽者流之隱遯林野，甚至有入深山巨林尋求不死藥物者㊅。另一方面，由西漢末年傳入中國的佛教，這時也漸漸深入民心，時人多有以山林岩迹爲佛陀之顯現迹象者，與山林爲鄰而與世無涉亦成爲一時尚㊆。總之，不管他們開始接觸自然是爲了那一種目的，但是到了後來，他們也就慢慢發覺，巉岩峻嶺、高山巨林、溪澗綠野，景色旦暮變化不同，自是一種崇高之享受。在這種情況下，詩人寫景，情感是濃熱的，已不再像漢代賦家那樣爲文造景，誇張而無根。這種感性之改變應始於魏正始時（西元240～248年）甚或更早一些，對於後來山水田園詩之成長應佔極重要之地位。由於這種感性之改變，自然景物在中國之於山水田園詩就像在英國的自然詩中一樣，所扮演的角色也就越來越重要。換言之，詩裡的雄偉風格自魏晉以來也就愈來愈顯著。話雖如此說了，惟我們還是以採取姚鼐的折衷論調爲佳，因爲要在魏晉甚至其他時代尋找「偏勝之極」的作品畢竟如鳳毛麟角一樣稀少呀。謝靈運的〈會吟行〉有言曰：「連峯競千仞，背流各百里。」㊇〈晚出西射堂〉有言曰：「連障疊巘崿，青翠杳深沈。」㊈鮑照的《登廬山望石門》有言曰：「高岑隔半天，長崖斷千里。」㊉〈吳興黃浦亭庾中郎別〉有言曰：「連山眇煙霧，長波迴難依。」㉑謝朓的〈遊敬亭山〉有言曰：「茲山亙百里，合沓與雲齊。」㉒《暫使下都夜發新林至京邑贈西府同僚》有言云：「大江流日夜，客心悲未央。」㉓這些詩句所處理的自然景物都是巨大的，而且因爲這種空間感的關係，使得這些詩行都隱隱然擄有空間藝術的特徵如立體感和視覺感等。這些詩句在修辭上是雄偉的，因爲它們在詞藻上是崇高的，更加上動詞之巧妙運用，使得景色生動有氣勢。如果把這些景色推回自然界，那麼它們也會令觀者感到驚愕和敬畏的。

雄偉的片段在南北朝時屢見不鮮，可是要找通篇都屬於此一風格卻是不易的，現在讓我們舉鮑照的〈登翻車峴〉爲例：

高山絕雲霓，深谷斷無光。
晝夜淪霧雨，冬夏結寒霜。
淖坂既馬領，磧路又羊腸。
畏塗疑旅人，忌轍覆行箱。
升岑望原陸，四眺極川梁。
遊子思故居，離客遲新鄉。
新知有客慰，追故遊子傷。㉔

這一首詩只有第一、二及第九、十行可算爲雄偉的外，其他就很難以此準則來評論。第一、二行的「絕」和「斷」力量萬鈞，使高山之峻峭及深谷之深幽益形突出，當然可稱得上詞藻之昇華者；第九、十行寫遊子登高遠眺，即姚鼐所指稱的「憑高視遠」、「君朝萬象」，曠野及川梁無不盡入遊子眼底，氣象十足。至於第三四行所寫的霧雨霜以及最後一行的遊子「傷」，是否能構成雄偉就比較有問題了。我們當然也可以說，雨霧霜也可歸入丹尼斯雄偉的第二個來源「物質世界的偉大現象」，甚至認爲它們是四元素的一種，尤其是日夜雨霧，一幅茫茫不盡之景色，這還不夠稱爲雄偉嗎？最後一行之「傷」，如果確是狂烈的情感如丹氏所說者，當然可以雄偉稱之，如果程度只夠得上姚鼐所說的嘆息悲愀，爭論也就多了。總之，在實際批評裡，陽剛和陰柔是相輔相成的特質，我們一定要說「一有一絕無」是歪曲事實的。我們這種看法在底下討論幾首唐詩時仍會獲得證實。

王維的《送邢桂州》曰：

鐃吹喧京口，風波下洞庭。
赭圻將赤岸；擊汰復揚舲。
日落江湖白；潮來天地青。
明珠歸合浦，應逐使臣星。⑮

王維的詩本不以氣勢豪邁勝，但是這首詩就像大多數盛中唐詩人的作品一樣，在情景的鋪敘中展露出一副迷人的氣勢來。第一句寫在鐃鈸喧擾聲中，送客者和被送者到了京口，而這一句人爲的聲勢正好跟第二句自然的氣勢產生對比。第二句除了氣勢外就是「下」字有模稜兩可之用，表面上看似風刮向洞庭湖，事實上卻是他們在風高波湧時下洞庭。所以第一、二句除了在氣勢取勝外，還有就是「喧」和「下」兩個動詞用得極精采；這兩個動詞跟第五、六句的兩個形容詞「白」和「青」可說是整首詩的精髓所在。第三、四句暗示客人將在何處暫停然後再出發，這是寫送行詩不得不照顧到的。比較而言，第五、六兩句的動感不一定比首兩句强大，可是在氣勢及景物之遼闊上卻是絕不比前者遜色，而且是遠遠超越前者。日落，潮湧，無論是從丹尼斯或是姚鼐的立場來看都是壯麗的。日落在前方，斜照過來使得江湖泛白，這景象跟夜晚時潮水湧來，天地發青都是極遼闊極迷人的。在最後兩句裡，詩人冀望其友人能關心民瘼，並早日獲得升遷回都。所以雖在體裁的限制下，詩人還能以一半的篇幅來造成氣勢和遼闊之景象，實在難能可貴。

事實上，在唐詩裡，其風格傾向雄偉的應是李白、杜甫、岑參和高適等人。尤其是李白的詩，除了善於運用夸飾外，更重要的就是情感熱烈、氣勢充足以及想像力豐富，在在顯現的都是技巧和天才的高度融合發揮。例如其〈將進酒〉、〈遠別離〉、〈蜀道難〉、〈梁甫吟〉、〈上留田〉、〈扶風豪士歌〉、〈廬山謠寄盧侍御虛舟〉、〈夢遊天姥吟留別〉和〈宣州謝朓樓餞別校書叔雲〉等等，無不是這些質素的高度結晶品。茲引〈將進酒〉以見一斑：

> 君不見黃河之水天上來，奔流到海不復回！君不見高堂明鏡悲白髮，朝如青絲暮成雪！人生得意須盡歡，莫使金樽空對月。天生我材必有用，千金散盡還復來。烹羊宰牛且為樂，會須一飲三百杯。岑夫子，丹丘生，將進酒，君莫停，與君歌一曲，請君為我傾耳聽。鐘鼓饌玉不足貴，但願長醉不用醒。古來聖賢皆寂寞，惟有飲者留其名。陳王昔時宴平樂，斗酒十千恣歡謔。主人何為言少錢？徑須沽取對君酌。五花馬，千金裘，呼兒將出換美酒，與爾同銷萬古愁。⑯

這是一首千古傳唱的飲酒歌，其迷人處就在其起伏之氣勢，而氣勢只能在長短句子的交雜應用中隱隱然感覺到卻不易言明，因此，要實際分析其雄健風格就比論斷詩句如「日慘慘兮雲冥冥，猩猩啼煙兮鬼嘯雨」⑰或整首《蜀道難》⑱困難多了。無論如何，我們仍然要承認這首詩是雄偉的。第一、李白的遣詞用字多能出乎意料之外。這一首詩的開頭用第一人稱或第三人稱的句子結構都不好；而即使像李白一樣用了第二人稱但又不能造成氣勢也不好。李白的氣勢完全建築在其開頭兩個「君不見……」句子結構，以及句子裡的誇張筆調，使得讀者受到感染，非承認其說法不可。而他這種說法並非完全憑空而來，而是多少仍植根於事實現象的。我們如把第一句的「黃河」改成「洛水」或「珠江」，氣勢就減弱了不少。原因之一是「黃河」二字在句子裡造成宏亮和諧的節奏，另一更重要的原因是黃河之水滾滾流，其遼闊黃濁絕非其他河流可以比擬的。就因爲第一句是最佳之刻劃，所以第二句就在極自然的情況下把第一行所造成的遼闊氣勢發揮了。第三及第四句像前兩句一樣誇張，惟卻誇張得極令人信服。「高」、「明」、「白」、「青」和「雪」，這幾個形容詞有寫人之生活環境，也有寫人在時間裡所承受的無可奈何的變化；其奇妙處就在於詩人用近乎蒙太奇的手法，把這種無可奈何之事壓縮（compressed and telescoped）起來，致產生強烈的對比。而人在這「青絲」和「白髮」兩段時間中間所承受的時間壓力和變化，詩人早已在第一二句裡具體而動態地表現了出來。總之，詩人在建立了「時間是不可抗拒的」這個無可奈何的理論基礎後，接下去就一瀉無遺地高唱其及時享樂的飲酒歌，以便跟其友朋「同銷萬古愁」。除了這種遣詞用字之昇華外，那就是詩人的熾熱情感，把整首詩統馭起來，使人讀起來隱然覺得有一股陽剛之氣貫串其間。第三、詩人所描寫的自然景象以及提到的一些物品大都相當大。似乎源自天上然後滾滾奔流到海的黃河是龐大景象，有力量使我們感到昇華卻不能控制我們，這當然就造成了康德所謂的「動力雄偉」。外此，詩裡所提到的「千金」、「一飲三百杯」、「斗酒十千」、「千金裘」和「萬古」等都是數量極大，在我們主觀地對其體積作邏輯之估計時，它們就已構成了康氏所說的「數理雄偉」了。第四、這首詩裡表面上所表現的歡樂，尤其是背後所蘊藏的憂愁都是丹尼斯所謂的狂烈的情感的一種，一點都不是節制的、靜態的。這首詩處理自然景物的地方並不多，但從上舉四點，我們沒有理由不承認它的風格是雄偉的。

向來批評家都認爲，詩到盛唐，堂廡特大。這種說法並非沒有道理，問題只是前人少做求證的工作或者工作是做了，而推論得不夠仔細而已。從雄渾的角度來看，那些向被視爲風格雄健豪邁、凝厲的詩人如李白、杜甫、岑參及高適等人的作品固然有比較多的雄偉片段，而其他那些風格比較高遠、飄逸、自然含蓄的詩人也並不缺乏這種片段。甚至已進入中唐時代的詩人亦然。柳宗元的《江雪》曰：

千山鳥飛絕，萬徑人蹤滅。
孤舟簑笠翁，獨釣寒江雪。⑲

柳氏的整個技巧建構在景象的逐漸收縮上，最後把焦點放在寒江上的披簑的漁翁身上。這首詩的前兩句可稱得上是雄偉的；而這可從好幾方面來探討。第一、柳氏之構句技巧別具匠心。

兩個句子都先提多數，然後說鳥飛絕了，人蹤不見了，所以兩個句子都蘊含著數目多少之强烈對比，以顯出冬雪之大。而最後兩句裡的寂孤感當然是這種對比下之自然推演。這種遣詞用字之妙當然已臻入昇華之境了。第二、「千山」和「萬徑」的數目體積給我們一種宏大感，而這種宏大感不止是外物予吾人心靈的撞擊，而且是客觀事實。所謂客觀事實就是「千山」和「萬徑」形成一幅遼闊的景象，是自然雄偉的。

無論是源於有意志的上帝或無意志的道，雄偉此一特質是值得而且應該追求的。在西方，此一觀念源自朗占納斯，然後從法國傳入英國後，又輾轉到了哲學家如康德和叔本華手裡，英吉利海峽兩岸的美學家莫不不斷探討擴充它，以致到了十九世紀初年，不管你認爲它還囿於朗氏之傳統或是早已踰出，它已是一套完整的美學理論系統。中國也有跟西方雄偉近似的美學觀念，但是不管是劉勰、司空圖或清人姚鼐的說法，甚至把他們的理論綜合起來，中國的雄偉理論是無法跟西方的完全吻合的。這種差異完全跟個別的文化下產生出來的宇宙觀和思維方式等有關。雄偉能支撐一個人的作品，適時閃現能給文字言語帶來魅力和光采。我們在說某某人的作品是雄偉的時，我們只是採取一種比較性的而非絕對性的說法，說明某作品中雄偉此一質素比其他質素多，根本並未意指它就不含其他特質。一部傑出的文學作品常常是陽剛和陰柔之美的融合，所以姚鼐的論調是可靠的。

附　　註

①朗氏的《論雄偉》大部份的選集都有收入，或爲全文或爲節錄。我

依據的是羅伯斯（W. Rhys Roberts）譯的全文，收在 *The Great Critics*, 3rd Edition, eds. James Harry Smith and Edd Winfield Parks (New York: Norton & Company, 1967), pp.65～111.

②引文見 Samuel H. Monk, *The Sublime*(Ann Arbor: The University of Michigan Press, 1960), pp.30～31.

③英譯見 Monk, p.35.

④*Mountain Gloom and Mountain Glory*(New York: Norton & Company, 1965), p.29. 又「修辭雄偉」和「自然雄偉」這兩個術語之應用也始自尼著。

⑤見尼可蓀女士著，頁 279。

⑥「盈滿無度」英文是 extravagancies，自認不是佳譯。見尼著，頁 289。

⑦引文見尼著，頁 282。

⑧*The Advancement and Reformation of Modern Poetry* (London, 1701), p.34. Monk 所引，見頁 50。

⑨Monk, p.59.

⑩尼著所引，見頁 295。

⑪尼著，頁 295。

⑫尼著，頁 310。

⑬*Criticism: the Major Texts,* ed. Walter Jack Bate (Rpt. Taipei: Yeh Yeh Book Gallery, 1968), p.184.

⑭同前註。

⑮尼著，頁 310。

⑯本書序文，第七、第十和第廿七節收在 Hazard Adams 編的 *Critical Theory Since Plato*(New York: Harcourt Brace Jovanovich, 1971)裡。見頁 310。

⑰見頁 311。

⑱Monk, pp.5～6.

⑲ *Critique of Judgement*, tr. James Creed Meredith (Oxford: The Clarendon Press, 1952), pp.94 and 97.

⑳其他幾條先驗的定理是，美學判斷是單一的，普遍可靠以免受任何束縛。

㉑《美學鑑賞之批判》，頁 117～118。

㉒*Critical Theory Since Plato* 的編者，見氏編，頁 475。

㉓本段從 Haldane and Kemp 的英譯迻譯過來，見前註，頁 480。

㉔同前註。

㉕Monk, pp.157～158,

㉖引文見尼著，頁 2。

㉗"An Anatomie of the World: The First Anniversary, " *John Donne's Poetical Work,* ed. Herbert Grierson(London: Oxford University Press, 1933), p.216.

㉘見尼著，頁 3 和 28。

㉙譯文係參照傅東華之譯文而來。傅氏為了押韻，把原文廿六行敷衍為卅行，且把連句(run-on lines)翻成段落句，以致原文之氣勢盡失。為免有掠美之嫌，仍請參閱商務出版之《失樂園》(1973年版)，頁 2～3。英文見*Complete Poems and Major Prose,* ed. MerrittY. Hughes(New York: The Odyssey Press, 1957),pp. 211～212.

㉚「齊氣」是曹丕批評徐幹語，「骨氣」和「清剛之氣」是鍾嶸批評曹植和劉琨語。前者見李善註《昭明文選》卷五十二，河洛圖書出版社影印本，頁 1127；後者見陳延傑註《詩品註》(臺北開明

版），頁3及頁13。

㉛見發表於1976年2月份的《中外文學》上之拙作《莊子的詞章與雄偉風格》，頁94～98。

㉜Monk, p.126.

㉝新古典主義的後期大師詹森博士在小說《拉羅塞樂士》(*Rasselas*)裡曾假借印洛克(Imlac)之口說出那個時代之關注所在：

詩人之職責不是審視個體，而是觀察人類之一般特性和外貌：他不數鬱金香之條紋，或者描繪林中樹木之各種色澤。在描繪自然時，他表現的是顯著突出的外貌，使人立刻聯想到原物；他必須不顧理那些或有人留意或被人忽視的細微區分，而注意那些對警野或容易疏忽的人都一樣顯著的特徵。

見*The History of Rasselas,* eds. Geoffrey Tillotsen and Brian Jenkins (London: Oxford University Press, 1971), p.28.

㉞《論批評》第二二五至二三二行，見 Aubrey Williams 編的*Poetry and Prose of Alexander Pope*(Boston: Houghton Mifflin, 1969), p.44.

㉟英文原詩見*The Prelude,* ed. Ernest de Selincourt; Second Edition, revised by Helen Darbishire (London: Oxford University Press, 1959), p.211.

㊱"Mont Blanc," in *Selected Poetry and Prose,* ed. Kenneth Neill Cameron(New York: Holt, Rinehart and Winston, 1951), pp.232, 233 and 234.

㊲《雪萊的話》，見尼著所引，頁388。

㊳《想像力對詩發生了什麼作用》，可參考 René Wellek, *Concepts of Criticism,* ed. Stephen G. Nichols, Jr. (New Haven: Yale University Press, 1963), pp.178～182.

㊴朱光潛，《文藝心理學》，臺北開明書局 1969 年版，頁 241。
㊵前註，頁 241～242。
㊶見李善注《昭明文選》（臺北河洛1975影奔本）卷五十二，頁 1128。
㊷見李善注《昭明文選》卷十七，頁 352。
㊸見北京大學中文系主編之《魏晋南北朝文學史參考資料》（北京：北大，1962年），頁 261。
㊹見 Monk 引，頁 34。
㊺同註㊸。
㊻見范文瀾《文心雕龍註》，臺北市明倫書局 1970 年版，頁 505。
㊼見前註。
㊽祖保泉，《司空圖詩品註釋及釋文》，香港商務印書館 1966 年版，頁 22。
㊾我特別指的句子是「氣也者，虛而待物者也，唯道集虛，虛者心齊也。」見郭慶藩《莊子集釋》，臺北市河洛圖書出版社 1974 年版，頁 141～150。
㊿宋本《易經集註》，臺北市文化圖書公司 1967 年影印本，頁 3，6。
51見郭紹虞《詩品集解》所引，臺北市清流出版社 1972 年影印本，頁 4。
52見郭慶藩《莊子集釋》，頁 47。
53同上，頁 66，885。
54收在《惜抱軒集》文集卷六，頁 46，四部叢刊本。
55《易經集註》，頁 95，104。
56朱熹，《詩集傳》，臺南市東海出版社 1972 年影印本，頁 4。
57洪興祖，《楚辭補注》，臺北市藝文印書館 1973 年版，頁 132～

135。

(58)同前註，頁 234～235。

(59)同前註，頁 331。

(60)見李善注《昭明文選》卷八，頁 161。

(61)見傅樂山（J. D. Frodsham）的《中國山水詩的起源》，收在香港中文大學出版之《英美學人論中國古典文學》裡，頁 117～163。

(62)林庚之言，引言見前註，頁 127。

(63)君實編，1966 年由香港上海書局出版的《中國山水田園詩詞選上下册》就收了《詩經》的《六月》等八首。

(64)見臺北市世界書局印行之《賦話楹聯叢話》(1974 年版)，頁 27。

(65)此文見宋初李昉等編《文苑英華》卷四十五，臺北市華文書局 1965 年據明隆慶本影印，頁 312。另襄華貫之文可見同書卷三十四，頁 252～253。

(66)見王瑤的《文人與藥》，收在《中古文人生活》(香港中流出版社 1973 年)，頁 11。

(67)讀者可參考王瑤之《論希企隱逸之風》（此文收入《中古文人生活》）第三節，討論隱逸與道釋之關係。見前註，頁 90～102。

(68)收在丁仲祜編《全漢三國晋南北朝詩》(臺北市藝文印書館 1966 年)第二册，頁 801。

(69)同上註，頁 811。

(70)同上註，頁 867。

(71)同上註，頁 872。

(72)同上註，頁 1006。

(73)同上註，頁 1007。

(74)同上註，頁 868～869。

(75)收在高步瀛編《新校唐宋詩舉要》，臺北市世界書局 1972 年影印本，頁 430；清康熙製《全唐詩》（北京中華書局 1960 年排版本，臺北明倫 1974 影印）卷一二六，頁 1272。

⑯見前註，頁 168～169，或《全唐詩》卷一六二，頁 1682～83。

⑰《遠別離》的句子，見前註第一五四頁，或者《全唐詩》卷一六二，頁 1680。

⑱見前註，頁 157～158，或者《全唐詩》卷一六二，頁 1680～81。

⑲見前註，頁 775，或《全唐詩》卷三五二，頁 3948。

（《文學評論》3：1～51）

《莊子》的詞章與雄偉風格

向來研究《莊子》的學者，往往把雜篇裡的〈天下篇〉當作莊著的後序或總序①。在這序文裡，莊子批評天下百家之學多爲一偏之好，未能窺及道體之全，然後論及自己的思想與文體說：

> 芴漠恍惚，廣大無形，變化無常。死與生與？天地並與？芒乎何之？忽乎何適？萬物畢羅，莫足以歸。古之道術有在于是者，莊周聞其風而悅之。以謬悠之說，荒唐之言，無端崖之辭，時恣縱而不儻，不以觭見之也。以天下為沈濁，不可與莊語。以卮言為曼衍，以重言為真，以寓言為廣。獨與天地精神往來，而不敖倪于萬物。不譴是非，以與世俗處。其書雖瓌瑋，連犿無傷也。其辭雖參差，而諔詭可觀。彼其充實，不可以已。上與造物者游，而下與外死生、無始終者為友。其于本也，宏大而辟，深閎而肆。其於宗也，可謂稠適而上遂矣。雖然，其應于化而解于物也，其理不竭，其來不蛻。芒乎昧乎，未之盡者。②

在〈寓言篇〉裡，莊子曾提到自己思想的表達方式時說，「寓言十九，重言十七，卮言日出，和以天倪。」他的話是對的。

《莊子》一書，尤其是可能眞正出自他手筆的內篇，每篇有論有喻，論喻交錯，構成其獨特的文體。以比重來說，寓言和重言約佔全書十分之七八，議論僅約佔了十分之二三。不管是在議論裡，抑或在寓言、重言，甚至其他看似不著邊際的話裡，我們都可以找到構成他特殊文體的雄偉風貌。例如在上引的論其思想與文體之文字裡，「廣大無形」、「變化無常」、「死生」、「天地」、「萬物」、「無端崖」、「天地精神」、「不可以已」、「造物者」、「外死生」、「無始終者」、「宏大」、「深閎法」、和「其理不竭」等等詞語，大都含有巨大或無限之意，在在都能構成劉勰所謂的「莊麗」③或司空圖所謂的「雄渾」④風格或境界。很可惜的，兩千兩百餘年來，探討莊子哲學或文章的可說汗牛充棟，惟並未見有專文從雄偉、幽美等方面來探索其文體者。

在上面之引文裡，莊子說他是「以謬悠之說，荒唐之言，無端崖之辭，時恣縱而不儻，不以觭見之也。以天下爲沈濁，不可與莊語。以巵言爲曼衍，以重言爲眞，以寓言爲廣……其書雖瓌瑋，連犿無傷也。其辭雖參差，而諔詭可觀。」事實上，在這一段文字裡，他已把自己獨特之文體說得很清楚。其文看似漫無邊際，但卻是「恣縱而不儻」；雖奇特有加，唯卻「連犿無傷」；雖看似參差，而卻「諔詭可觀」。這種說法雖淸晰，然而卻是大而化之的。而兩千餘年來，研究莊學的專家在討論莊子的文章時都停滯在這種狀況裡。

司馬遷論莊子曰：「其著書十餘萬言，大抵率寓言也。……然善屬書離辭，指事類情，用剽剝儒墨，雖當世宿學不能自解免也。其言洸洋自恣以適己，故自王公大人不能器也。」⑤說莊子善於「屬書離辭，指事類情」，汪洋放任以適其性是對的，但卻是大而化之的說法。至於說其書「大抵率寓言也」，尤其顯得粗率，因爲莊書裡，寓言固然多，惟重言也不少，而且寓言和重言往往是交錯應用的，合約佔了全書十之七八，故應說是「大抵率寓言重言也」。就因爲他認爲莊書「大抵率寓言也」，沒考慮到莊子在〈天下篇〉和〈寓言篇〉裡談到對重言之重視，所以才會說他「用剽剝儒、墨」。我認爲，不管「剽剝」當作詆訾或剽竊解，史遷這說法是不當的。第一，《莊子》裡的儒墨名家等人物就像其他一些虛構的古代帝王賢人一樣，只是一些工具，主要是用來襯托出其哲學思想，並不一定跟歷史人物完全吻合。莊子間或用了這些學派的一些語詞，那也只是爲了行文方便而已，怎能說他「剽竊」。第二，說莊子攻擊儒墨也一樣是不恰切。莊子攻擊墨氏是有的，但說他詆訾儒家就不是準確之說法，因爲他利用仲尼顏回等歷史人物當作工具，有抑也有揚，也有看似在抑孔而實即在揚孔的。所以純粹說他「剽剝儒墨」是不夠準確的。⑥

唐宋以來，古文家韓柳蘇等人，無不贊歎推崇莊子。柳宗元言其爲文必「參之莊老以肆其端」⑦；《宋史・蘇軾傳》及蘇轍作〈東坡先生墓誌銘〉俱說蘇東坡少年時博通經史，好賈誼、陸贄書，「既而讀《莊子》歎曰：『吾昔有見，口未能言，今見是書，得吾心矣！』」⑧這樣的稱許固能令時人對莊子之文刮目相待，惟仍非仔細的實用批評。

明清以來，第一位對《莊子》之段落分析得清清楚楚而且發覺到書裡寓言、重言和巵言交互應用之重要的是清人陳壽昌。他在《南華眞經正義》的〈凡例〉上說：

莊子之言有三，曰寓言，曰重言，曰巵言。其實，

> 重言卮言即在寓言之中，而寓言中又有寓言。
>
> 自來註莊者都未道及，是編層層解剝，不主故常，或即愚者之一得也。⑨

他之長處即在能知覺到三言之交相應用，在解釋《莊子》之章句時能「層層解剝」，不主於道釋儒及前賢之「故常」。更有甚者，他能在評點各篇末後來個綜論，提綱挈領，使讀者有所依隨。譬如他在〈大宗師〉末尾說：「夫眞人者，其生也天行，其死也物化，哀樂不能入，靈覺乃出，渙然大通。以視達觀待盡者流，迹若同，中實異也。」⑩〈大宗師〉主要即在討論人如何宗法大道、宗法自然，篇內虛設之眞人即道之具體化，能不悅生、不惡死，眞正做到天人玄冥。據此，則陳氏之綜論是恰適的。很可惜的是，他雖覺察到《莊子》文體之特殊結構，可卻未進一步探索其風格。

近人在討論到《莊子》之文章結構時，除了張默生尚差強人意外⑪，其他各家仍鮮有進境。例如葉國慶在《莊子研究》裡雖特別闢了一章來談《莊子》之文學，但是從後錄一段話裡，可見他跟前人一樣粗略抽象：

> 大抵莊生知真神全，故其氣宏放，其文渾然，如山出雲，如地出泉，卷施自然，肆應無方。其比物醜類，大至鯤鵬，小至木石，以及洪荒古人，殘廢跛個之徒，莫不納入篇中，躍然紙上，各盡奇致。夫事有迹可循，記敘易易；理蘊藏於密，筆墨難狀。莊生乃善為剖析，出以寓言，明以重言，借實表虛，以具體釋抽象，此其所以遠冒吾家也歟？⑫

即使在這一段概括性抽象的文字中，我們仍可發覺作者要說的不外是，第一、莊生有至性，故其爲文也雄渾自然；第二、莊子之鎔鑄力極強，大小飛禽木石姸醜人物都納入其文章中；第三，莊子經由寓言重言之方式，用具象托出抽象。他這樣議論已觸及《莊子》作爲文學看待之一些核心因素，缺陷舉證不夠具體，以致流於空疏。

從上面的引文裡，我們發覺，歷來批評家都已觸及莊子文章最奇特的一面：雄渾，惟都未有深入去探索的。我這篇文章主要是用西方美學家對「雄偉」（the sublime）這個美學觀念來討論《莊子》的文體，除了「雄偉」這一面外，批評家還可以從幽美（grace）、文字肌理（texture）等方面來談的。從這幾方面合起來，吾人似乎就可對莊子之風格有一全面性的瞭解。

西方最早探討雄偉這美學觀念的是生於西元一世紀的希臘人朗占納斯（Longinus）。他作了一篇〈論雄偉〉（*On the Sublime*）⑬來駁斥一位生於西西里的修辭學家昔希里爾士（Caecilius）所作的同一題目的一本書。在這專文裡，朗氏關注的是作者必須有一個兼容並蓄的靈魂，而經由某些後天學來的技巧，在作品中獲致雄偉的氣象。他這篇論文可分成四十四節，除了第三十五節以及一些零星片段，探討的都是如何在文章裡獲得雄偉，因此近人尼可蓀女士（Marjorie H. Nicolson）就把他指稱大自然之雄渾景象稱爲「自然雄偉」（the natural sublime），他探索修辭技巧的部份稱之爲「修辭雄偉」（the rhetorical sublime）⑭，這種分別是有需要的，對我們討論莊子之雄偉風格也很重要，故先指出。

朗氏認爲雄偉可以分成眞假兩種。眞雄偉可以「本能地」

提昇我們的靈性，而且「永遠討好所有的人」，至於假雄偉就沒有這種力量。更有甚者，他與一般人觀念不同，他堅稱雄偉可以技求，而此種技求之雄偉跟自然雄偉一樣重要。雄偉既然可以後天學來，故他就在第八節裡指出五種探求雄偉的來源來。第一種來源也是最重要的一種就是形成偉大的觀念的能力；第二種即熾烈而有靈感的情感；第三種是比喻之運用；第四種來源即崇高的辭藻；最後一種即遣詞用字之昇華。據他而言，構成雄偉之第一二種因素大體而言是天生的，剩下三種則是技求之結果。換言之，能構成偉大思想的「偉大靈魂」，能使作者的文字充滿熾熱的情感都源於天。至於構成比喻、高昂的詞藻以及昇華的遣詞用字都可以由學習獲得。

除了花了三分之二以上的篇幅來討論修辭雄偉外，朗氏也曾在文裡談到自然雄偉。他在第三十五節說：

> 二、自然並未把我們人類指派為低賤的動物；但是，當她把我們引進這空闊的宇宙時，就像引進一大羣會眾一樣，要我們成為整個宇宙的觀察者和最熱切的榮譽追求者，故即刻在我們靈魂裡注入那種對任何比我們更崇高和神聖的事物的不可征服的愛。三、因此，在人類心靈範圍內，不僅整個宇宙都不足為我們所沈思默想，而且我們的想像力常常超越空間的規範。若果我們從各個角度觀覽生命，看到它到處充滿了引人注目，充滿了偉大和美麗的事物，我們就會立刻覺察到我們出生的目的。四、這就是為什麼經由某種自然的衝動，我們不會愛慕小溪——雖然它們用處不小，也很清澈——而會喜愛尼羅河、多瑙河或者萊茵河，尤其是海洋。我們也不會以

> 比望天火更大的敬畏來看自己點燃的小火焰（雖然它的火光永遠被保護得很純），雖然天火常常被包裹在黑暗中；我們更不會把它視為比埃特納火山更大的奇景。埃特納火山爆發時，即從深處吐出石塊和大石，且時或從那道地下純火噴出河流來。在所有這些事物中，我們可以說，人們把有用的或必需品看作平凡的，而把欽羨之情保留給令人驚駭的事物。（The great Critics，頁101）

他認爲人類天生就有對外界雄偉景物產生欽羨之情。而他上面這段文字就被後來美學家認定是西方最早談論「自然雄偉」的文獻。

朗氏的〈論雄偉〉雖作於西元一世紀，但卻被掩埋了近一千五百年，要到1554年才有人在瑞士西北部的巴爾（Basle）把它印刷出版。這個美學觀念眞正傳到英國則要到1674年後才經由法人布瓦洛（Nicolas Boileau-Despréau, 1636～1711）的譯介傳過來。後來西方談論此一美學觀念的有丹尼斯（Joseph Dennis, 1657～1734）、沙佛茲伯里（Anthony Ashley Cooper, third Earl of Shaftesbury, 1671～1713）、艾狄生（Joseph Addison, 1672～1719）、康德（Immanuel Kant, 1724～1804）、柏克（Edmund Burke, 1729～1797）和叔本華（Arthur Schopenhauer, 1788～1860）等人。我這篇文章不打算介紹和比較這觀念之傳遞情景以及各家的異同，⑮底下只擬再介紹丹尼斯和康德的一些看法。

丹氏是第一個把雄偉和美感作重要區分的英國人。他之審美觀大都源自中世紀經典和教士。對他而言，美即指「比例、境況和部份相依」⑯，次序、齊整和規律。雄偉雖不是更高的美，但卻能提昇靈魂。它僅能在「盈滿無度」裡顯示出來⑰。它的來源是上帝以及把祂之偉大與力量在自然界展現出來的各種顯現。據此前提，他又把雄偉之源泉分成三個。第一是「上帝及非物質世界的其他生物」；第二是「物質世界的偉大現象，因爲這些現象也能把心靈引至造物者」；第三是「地球上事物之觀念，例如對四元素……各類彗星、海洋、溪流和山脈的觀念。」⑱丹氏的雄偉觀大體是朗氏自然雄偉之引申和擴展。他跟朗氏有許多不同點處。第一，朗氏是異教徒，比較少談到神祇，而丹氏卻不斷談到上帝、造物者、顯現、宗教等等。第二，他談的大體是自然雄偉，即使偶談到修辭雄偉，其觀念是古典的而且正統地基督教化。第三，他注重的是造成雄偉的原因，跟朗氏之注意雄偉對讀者和聽衆之效果不一樣。總之，他大體上是非朗占納斯式的（unLonginian）。

康德的美學對後世的影響極大，有許多學者認爲他的美學理論，尤其是雄偉理論，是十八世紀萬花筒似的美學之一綜合、翻新和加深⑲。他給雄偉下的定義是「絕對大」⑳，並把它分成「數理雄偉」和「動力雄偉」兩種㉑。「數理雄偉」涉及認知力而「動力雄偉」則涉及企欲力。詳言之，前者涉及以數字觀念主觀地對對象之體積作邏輯的估計，而後者則涉及主觀地把外物當作無法控制我們的力量看待。而眞正的雄偉只有尋諸鑑賞外物的心靈。在主觀性這一點上來說，他的雄偉觀是跟他整個美學理論、甚至整個超越哲學根基相吻合的。

在介紹了西方部份雄偉觀念後，我必須澄清一下爲什麼要用這觀念來分析《莊子》之文體。在先秦諸子及文學裡，我認爲《莊子》是第一本含有最多雄偉的片段的著作，而其主要風格就是汪洋奔放，「深閎而肆」。此外，不管是國人用的「雄渾」、「陽剛」㉒或是西洋人談的「雄偉」觀念都可在書裡找到種子。就像我們可以在這書裡找到存在主義的觀念一樣，我們早就有原料存在那裡，只是無其名以命之而已。用西方美學家之觀點來探討其文體特質，應有廓淸之用。

從《莊子》裡，我們可以找到「修辭雄偉」，也可找到「自然雄偉」。在本文前面，我們曾引了〈天下篇〉的一段以說明莊書之文體，在那一段議論裡，我們已發覺莊子善於運用表示大、無限的意義的文字，然後把那些文字錯綜排列開來，即使是在論文裡，都能造成洸洋不盡的雄偉氣象。毫無疑問的，莊子當然擁有朗氏所謂的形成偉大觀念的能力，至於有「熾烈而且富有靈感的情感」更沒問題，因爲莊子的語言是旣表達思想也表達情感的，問題是，他的情感都鎔入文字裡，看似凝厲卻微含溫熱，要說明不太容易而已。至於比喩之妙，〈逍遙遊篇〉用大鵬和尺鷃來比喩大用小用之各適其所適已足以說明。崇高的辭藻和遣詞用字之昇華更是《莊子》之特色。莊子善於拆組甚至溶鑄文字，蘊含有微弱之意的生物如尺鷃朝菌，經他把牠們與大鵬大椿排列在一起，氣象便變得不同。朗氏說：「雄偉是偉大靈魂的迴響。」㉓莊子眞的就是這麼一個心靈，能隨時恰適地閃現出亮光來，把文字充上電。

〈天下篇〉屬於雜篇，底下暫時先舉內篇〈大宗師〉的一段論「道」體的文字來看看其雄偉：

> 夫道有情有信，無為無形，可傳而不可受，可得而不可見。自本自根，未有天地，自古以固存。神鬼神帝，生天生地。在太極之先而不為高，在六極之下而不為深，

先天地生而不為久，長於上古而不為老。（郭輯，246～247）

莊子比老子少談道，因爲他儘量把本體拉到現象界來，並把其界線泯除，不像老子那樣把本體跟現象分得涇渭分明。任何讀過老子《道德經》的人都會意識到莊生此段文字似是融會了《老子》第一章「道可道，非常道；名可名，非常名。無，名天地之始；有，名萬物之母。」和第四章「道中，而用之或不盈。淵兮似萬物之宗，湛兮似或存。吾不知誰之子，象帝之先。」兩章之概念。概念雖或有些相似，可是經由莊子用文字表現出來，氣象畢竟不同。比較而言，莊子比老子更善於運用對句和對比。雖然如此，莊子的文句排比卻比老子的更富有節奏感，綿綿然只覺有一股奇氣貫穿其間，所以他的文字是奔放誇張的，不像老子之凝厲收歛。

莊子的道，或稱爲「天」，或稱爲「命」或「自然」，它雖能「生天生地」，但卻不爲之尸，所以它是一個無意志力的、無始無終、無所不入而又無限大的力量，可卻不等於希臘人的自然，不等於西方有意志力的造物主或上帝。它實在具有康德所指的「無限大」特徵，所以是雄偉的。除了「道」本身以外，「天地」、「太極」和「六極」等也都是體積驚人，氣象不凡，大體而言是等於丹尼斯所謂的構成雄偉的第二種來源「物質世界的偉大現象」。對古代中國人而言，這些現象大約能把心靈導引至道或自然，卻不會引至一個有意志力的造物者身上。

上面所論大體而言集中在「修辭雄偉」之獲致，若要討論《莊子》裡的「自然雄偉」，當然只有到重言尤其寓言部份去找，更何況利用這兩種方式寫成的文字約佔全書之十七八呢。〈逍遙遊〉裡能摶扶搖而上九萬里的大鵬、能以八千歲爲春、八千歲爲秋的古代大椿，都可說是《莊子》裡以次於道及天地萬物之雄健者，雖然莊子把這些巨大長壽的生物跟蜩與學鳩、朝菌與惠蛄等同看待，表現他萬物各適其所適的齊物思想。但是依據朗氏在〈論雄偉〉第三十五節裡對巨川汪洋天火及比埃特納火山等之贊歎，則《莊子》寓言裡，這些龐然大物都是矯健雄偉的了。

《莊子》內篇能表現自然雄偉之片段極多。〈齊物論〉開頭描寫風之百態那一段可稱爲天下奇文中之奇文。文字如後：

> 子綦曰：「夫大塊噫氣，其名為風，是唯無作，作則萬竅怒呺，而獨不聞之乎翏翏乎？山林之畏佳，大木百圍之竅穴，似鼻、似口、似耳、似枅、似圈、似臼、似洼者、似污者。激者、謞者、叱者、吸者、叫者、譹者、宎者、咬者。前者唱于，而隨者唱喁。冷風則小和，飄風則大和，厲風濟則眾竅為虛；而獨不見之調調之刁刁乎？」（郭輯，頁45～46）

在這一段文字裡，莊子把視覺意象跟聽覺意象揉合在一起（西方文學術語叫做共生感覺 synaesthesia）。風當然是造物者的偉大與力量之一種顯現；它既屬於丹尼斯指稱的雄偉之第二種來源「物質世界的偉大現象」，也屬於他的第三種來源裡的四元素之一。丹氏之雄偉觀念大體是朗氏「自然雄偉」之衍生與發展，所以莊子所描繪的令我們驚駭的「飄風」或「厲風」也可納入朗氏的雄偉景物裡。更詳細而言，他所描寫風發作之狀態「萬竅怒呺」、風吹刮之形狀及聲音「翏翏」、風之發出處「大木百圍」、風之嚎叫以及崔巍之山林等視聽覺意象都是雄偉的。

在上面之申論裡，爲了討論之方便，我們常常把「自然雄偉」和「修辭雄偉」强行分開。事實上，一旦我們從隔絕出來的景物回到文章，我們所能談的只是修辭雄偉，也就是論斷作者如何以情感和心靈用各種文字技巧捕捉到崇高的氣象。至於要在文學作品裡找自然雄偉，除非我們把自然景物從上下文裡抽出來，隱隱然推回自然界，就像我所做的（像朗氏及丹尼斯作的美學探討，專談自然景物源自何處，對觀者產生何種影響，那是另一回事），否則我們只能討論修辭雄偉。我這樣做是因爲我認爲，莊子在書裡雖絕不說他對巨大景物之欽羡，但是他是能駕馭大、玄思大的。雄偉的自然景象就在他書裡。

上面描繪風起風止這一段是南郭子綦跟其弟子顏成子游討論人籟地籟和天籟時擧以說明其道理的。從莊子的文章特性來說，由他們師徒兩人來代言，表達其思想，採取的就是一種重言形式，因爲根據成玄英的「疏」和陸德明的「釋文」，子綦是楚昭王之庶弟，是一懷德抱道之士，而子游則是其弟子，由他們這些得道者現身說法，總比由莊生自己抽象地說出好。奇妙的是，莊子能在表達深奧的道理同時，狀難狀之現象，做到哲思和文學混合無間的境地。

《莊子》一書，寓言重言和卮言約佔了十之七八。若僅以內篇而言，則這些「喻」該已超過十之八九。所以我們不得不再擧一兩段重言和寓言來證實其風格。〈齊物論〉總論後之第二節是王倪和齧缺師徒兩人之對話。這段對話在特質來說是寓言包含在重言裡。根據〈天地篇〉的記載，被衣和王倪、王倪和齧缺、齧缺和許由、許由和堯是師徒的關係；許由及其他三人並是堯時之隱士賢人㉔。他們常常在莊書裡出現。由他們這些大體是虛構的人物來具體說出莊子的思想，則作者採取的當然是重言的形式。在王倪與齧缺的對話裡，徒弟問老師代表道之具體化的至人是否有世俗之利害觀念，王倪回答：

> 至人神矣！大澤焚而不能熱，河漢沍而不能寒，疾雷破山，飄風振海而不能驚，若然者，乘雲氣，騎日月，而遊乎四海之外，死生無變於已，而況利害之端乎？（郭輯，頁96）

王倪設想至人能經歷的狀況就是一個象徵，既然是象徵，則象徵符號背後必有意義。就事件背後有象徵意義此點而言，王倪所描述的就是一個廣義的寓言了：因爲寓言所敍述的事件背後必有一教訓在。

上面「齊物論」這一段是宏偉的。莊子一貫的作風是運用短句跟更短的句子造成一種急促激昂的氣勢，另一點就是用對稱或對比之句子結構以造成節奏感，所以他的文字是頗富文學韻味的。然而更重要的是，他能刻劃壯闊之場面，在這方面來說，善於用含有巨大體積或無限之意義的字彙是重要的。比如上面文字裡的「大澤」、「河漢」、「疾雷」、「飄風」、「日月」、「四海」、「死」，以及巨大的山海、雲氣，單獨而言已含有一種崇高、寬闊和驚人感覺，把它們巧妙地聯綴起來以後，當然更造成一幅壯闊場面。根據康德的說法，這些詞語大多含有「無限大」的意思。它們也就是朗氏所謂的崇高的辭藻以及遣詞用字之昇華了。

最後讓我們看《逍遙遊》表現大有大之適的第一段：

> 北冥有魚，其名為鯤，鯤之大，不知其幾千里也？化而為鳥，其名為鵬，鵬之背，不知其幾千里也。怒而飛，其翼若垂天之雲。是鳥也，海運則將徙於南冥。南冥者，天池也。「齊諧」者志怪者也。「諧」之言曰：「鵬之徙於南冥也，水擊三千里，摶扶搖而上者九萬里，去以六月息者也。」（郭輯，頁 2～4）

前引〈齊物論〉那一段是重言裡之寓言，而這一段可說是相當純之寓言了，惟寓言後仍夾帶著一小節重言。在文字上，莊子這段寓言裡之北冥、鯤、變形而成之鵬、鵬之翼、海運、南冥、龍捲風和三千九萬里之距離、以及鵬鳥之水擊、奮飛和遷移等，體積都是巨大的，動作都是壯觀的。而且重複用「不知其幾千里也」是有其功效的，因為它強調了無限的意識。此外，運用短句所傳達的急促感，又被用來逼近描繪鯤鵬之急速變形及沖霄而去。

中國近似西方美學的雄偉觀念要到南北朝的劉勰和唐末的司空圖才漸漸形成。然而比劉勰早了幾乎一千年的莊周，其著作雖無雄偉之名，卻已有此一觀念所指之實，這就像朗氏的〈論雄偉〉未由法人布瓦洛傳播到英國之前，伊利莎白時代的劇作家馬羅和莎翁等，尤其是十七世紀的米爾頓，已寫出不少極富此種風格的詩文劇本來一樣。我們應用西方三位美學家的雄偉理論來探討莊子的文體，使我們對其風格有相當深的瞭解，獲益匪淺。但是，我們也同時發現，西方理論模子不能全然套住《莊子》。莊子之道或自然並不完全等於希臘人衆神駕馭下的自然，更不等於丹尼斯基督教裡那有意志力的上帝。莊子的著作是哲學玄思，極富文采，惟卻不是論斷美學原理之作品。我們可以用朗氏論雄偉之五來源、修辭雄偉和自然雄偉的觀念來討論它，也可以用康德的定義和丹氏的雄偉三種來源來研討，可卻無從說莊子探討的是雄偉之起因或效果，因爲他根本未作探討。此外，我們也很難應用康德之「數理雄偉」，因爲《莊子》裡有許多寓言，寓言裡所提到的外物之體積很難作邏輯的估計。「動力雄偉」是較可應用的。不管我們看外物或《莊子》對外物之描寫，我們主觀地直覺到這些外物並無控制我們的力量在，否則我們就無從作美學鑑賞了。

附　　註

①例如張默生，他不僅把《天下篇》當作莊著之後序，並且把它當作《莊子》書的總序或自序看待，是進入《莊子》的鑰匙，由此可見其重要性。見莊氏著《莊子新釋》，台北市樂天出版社，民 61 年，影印版，頁 18～19。

②此段引文係根據四部叢刊《南華眞經》本，標點符號係陳榮捷點定者，見陳氏於刊於中央研究院歷史語言研究所集刊第四十四本第三分之《戰國道家》（民國 61 年），頁 464。後文所引文字係據郭慶藩輯和王孝魚校訂的《莊子集釋》本（台北河洛圖書 1974 影印）。

③劉勰在〈體性篇〉把文體分成八種，第六種的「壯麗」已約略與後世司空圖的「雄渾」或西洋的「雄偉」（the sublime）接近，見范文瀾的《文心雕龍註》，台北市明倫出版社，民國 59 年版，頁 505。

④見祖保泉著《司空圖詩品注釋及釋文》，香港商務印書館，1966年，頁22。

⑤見《新校史記三家注》，台北市世界書局影印本，民62年，頁2143～2144。

⑥史遷在《史記》裡說莊子「作漁父、盜蹠、胠篋以詆訾孔子之徒，以明老子之術。」蘇軾以爲史遷說這話爲「知莊之粗者」，因爲莊子實陽擠而陰助孔子也。他嘗疑〈盜蹠〉和〈漁父〉爲眞詆孔子者，惟此二篇及〈讓王〉、〈說劍〉恐非莊子所作。見〈莊子祠堂記〉，收在光緒戊申重刊的成化本《東坡七集》第卅二卷。

⑦見《答韋中立論師道書》，收在《柳河東集》卷三十四，頁3～6，四部備要。

⑧俱收在《東坡七集》中的〈宋史本傳〉第一頁和〈東坡先生墓誌銘〉，頁14。

⑨見台北市藝文印書館影印淸光緒19年刊本（嚴靈峯輯《莊子集成續編》第卌七）之「凡例」。

⑩見前注，頁58。

⑪張氏的《莊子新釋》第三章〈莊子研究答問〉略微涉及文體，各篇之「題解」和「譯釋」也常常觸及各該篇之組織。他自承對《莊子》文體之發現，正是受了陳壽昌的啓示。見張氏著第三章，頁33。

⑫台北市商務印書館，民國56年版，頁153。

⑬朗氏的〈論雄偉〉大部份文學批評選集都有收入，或爲全文或爲節錄。我依據的是羅伯斯（W. Rhys Roberts）譯的全文，收在 *The Great Critics*, 3rd ed., eds. James Harry Smith and Edd Winfield Parks（New York: Norton & Company, 1951）, pp.65～111.

⑭見尼女士著*Mountain Gloom and Mountain Glory*（New York: Norton & Company, 1965）.

⑮我已用中文寫一篇〈中西文學裡的雄偉觀念〉，探討此一美學觀念之遞嬗情形以及跟中國類似觀念比較，請參本書第一篇。

⑯這一詞語引自尼可蓀女士之大著，頁279。

⑰「盈滿無度」英文是extravagancies，自認不是佳譯。見尼女士著，頁289。

⑱引文見尼著，頁282。

⑲S. H. Monk, *The Sublime*（Ann Arbor: The University of Michigan Press, 1960）, pp.5～6.

⑳*Critique of Judgment,* tr. James Creed Meredith（Oxford: The Clarendon Press, 1952）, pp.94, 97.

㉑見前注，頁94。

㉒姚鼐把文分成陰柔和陽剛二體，其陽剛的涵義已極接近西方美學家所談的「雄偉」。見〈復魯絜非書〉，收在《惜抱軒集文集》卷六頁8～9。

㉓見*The Great Critics,* p.72.

㉔郭慶藩輯《莊子集釋》，頁415。

（《中外文學》409〔1976〕：88～101）

從神話的觀點看現代詩

中國人的詩觀，從孔子以來，作詩都以重敦厚教化爲主。中國的詩人因受孔子敬鬼神而遠之的觀念所影響，向來就很少有以處理超自然的境界或現象爲己任的。因此我們很少有像荷馬的《奧德賽》或《伊里亞特》，但丁的《神曲》或米爾頓的《失樂園》等那樣的長詩，或處理曠古的神話英雄故事，或寫創世紀人間地獄的景象，因爲這一些都是超自然的，不一定合乎我們重視人際關係的胃口。我們的詩以抒情言志爲主，目的在於做到能興觀羣怨，搞好君臣人民上下的和諧關係，儘量不作非非之想。但是，這並不等於說，中國的古典詩現代詩就沒有寫超自然現象的。我這裡所說的超自然現象主要僅止於在詩中包含了神話素材（mythic elements）而言，並不及於用詩寫神祕的情景鬼怪等。這篇文章因限於資料的關係，僅希望能提出問題，並不可能寫得很完滿，而且談的也將側重在現代詩裡的神話，古典詩裡的只能略微觸及而已。

中國最古的一首神話詩該是屈原的《九歌》。蘇雪林先生曾出版了她對《九歌》的研究論文《屈原與九歌》①，在這本書裡，她認爲《九歌》是一套完整的神曲，寫詩的目的是用它來祭祀九重天的主神。她的等位分法如下：

日神為東君，

> 月神為雲中君，
> 水星之神為河伯，
> 火星之神為國殤，
> 木星之神為東皇泰一，
> 金星之神為湘夫人，
> 土星之神為湘君，
> 第八重天之主神為大司命，
> 第九重天之神為小司命。

此外，她認爲《九歌》裡的「山鬼」就等於希臘神話裡的酒神戴奧尼士（Dionysus），戴曾爲死神，即大地之神，所以山鬼即爲代表大地之神。至於第十一篇的〈禮魂〉，她覺得那是各歌公用的送神歌，因此《九歌》共有十一篇，並不破壞其爲一套完整的神話。蘇先生的研究方法，已有一些學者提出異議②，我引用蘇先生的文字，只在提出一點就是，屈原的《九歌》是用來祭祀神鬼的，用現代的話來說，即是用來撫慰（placate）外在自然界的各種力量的。這是大多數的《楚辭》研究者都同意的一點。在詩裡用神話素材的除《九歌》外，還有《天問》和《離騷》等詩。這些詩現今都已變成研究中國古代神話的絕好資料，任何瞭解研究中國神話的人都知道這是事實③。

秦漢武功最盛的兩位君王秦始皇和漢武帝都信仰黃老之術。上有好焉，下必有隨者。照理講，這個時候應有一些偉大的神話詩出現才是，但是我們知道，除了秦朝國祚太短不講，籠罩著漢代文壇的卻是賦，賦此一文體，善於鋪述，不管是〈上林〉或〈子虛〉，〈兩京〉或〈兩都〉，寫的都是山川林木之奇，宮殿之宏偉，畋獵儀仗之豪華，因此並沒有寫超乎現象界的宏構出現，倒是不以詩之形式出現的《穆天子傳》、《漢武故事》等書，給後代保留了漢代人的神話故事，這就像《山海經》把中國周代到戰國末年的神話保留下來一樣，使我們在文學作品之外，還能管窺中國的古代神話，這些所謂雜書，不能不說居功厥偉。

到了魏晋時期，因爲政治不穩，佛道思想盛行，中國墨人騷客的想像力突然一振，表現在小說裡遂是一些誌異鬼怪的故事，表現在詩裡遂有山水田園遊仙等類別。在我看來，晋代何劭、郭璞等人寫的遊仙詩，雖不能說是純粹的神話詩，然而詩裡所提到的仙人，都跟詩人企欲像神仙一般逍遙於時空之外的思想緊緊糾結在一起。詩裡的神話色彩也不能不說是很濃的了。例如，何劭的〈遊仙詩〉如下：

青青陵上松，亭亭高山柏。光色冬夏茂，根抵無雕落。
吉士懷貞心，悟物思遠託。揚志玄雲際，流目矚岩石。
羨昔王子喬，友道發伊洛。迢遞陵峻岳，連翩御飛鶴。
抗迹遺萬里，豈戀生民樂。長懷慕仙類，眩然心綿邈。

這首詩託物言志，寫景即寫情也。前面四行，若果沒有緊接下去的兩行「吉士懷貞心，悟物思遠託」把詩人貞潔凜凜的出塵思想托出來，它們則只是一些情景之描寫而已。但是在整個結構來講，沒有連結下去的「羨昔王子喬，友道發伊洛。迢遞陵峻岳，連翩御飛鶴」等行，用了王子喬乘鶴歸去的典故把詩人的心迹具體地托出來，則這首詩頗有可能淪爲虛泛之憾。馬克・蘇勒（Mark Schorer）給神話下的定義是：「神話是一個統御一切的意象，它給日常生活的事實賦予哲學的意義。」

他跟艾略特有同感，以爲神話是「詩中不可免除的基礎。」④很明顯地，在何劭這首《遊仙詩》裡，王子喬駕鶴凌霄而去是「一個統御一切的意象」，因爲這個意象具體而微地把整首詩的意旨托了出來。我們未嘗不可以說，王子喬的神話是這首詩中「不可免除的基礎」。

我相信魏晋以後，中國詩人還是有用詩來表現人跟宇宙的關係的，諸如以詩的形式直逼自然四季的變化，用詩表現生死與再生的型態（birth-death-rebirth pattern）等等，因我所做的研究還不夠深入，故不敢遽下結論。只是我深信，假若我們能以比較寬宏的胸襟，用廣義的神話的意義來欣賞批評中國的古典詩，我們一定可以給古典詩添上許多新看法，使它們顯得更豐饒。

在中國現代文學裡，以文學形式來直逼或寫出宇宙人生狀況的，近年愈來愈多。據我所知，小說和詩都有以象徵的方式，用春夏秋冬來寫人之生老病死各階段的。至於在詩裡包含了生死與再生，旅程入儀和追尋（journey-initiation quest）等等主題的，都可在葉珊和王潤華的作品裡看到。至於大荒、余光中、洛夫等人之利用神話素材，或僅止於歌詠神話事件，或只是利用一些片斷的神話當做聯想，我也會略略提到。

在此，我想先將馬林諾斯基（Malinowski）在研究托伯利安島人（Trobriand Islanders）的文化後對神話所作的三類分法提出來，以便後面再提到他時才不致太唐突。他把該島島民的神話分成如下三種類型：第一是傳說，是敍述過去的事，這些都被該島島民認爲是可信的史實；第二是民間或神仙故事，敍述這些故事純粹是爲了娛人娛己；第三類是宗教神話，宗教神話反映了該島島民在宗教信仰、道德以及社會結構的基本因素⑤。福格森（Francis Fergusson）在他的大作〈神話和文學顧忌〉中引用了馬林諾斯基的話，當作他文章的思想架構，分析了梵樂希的《水仙底斷片》（Fragments du Narcisse）、華格納的歌劇《崔斯坦與易梭德》（Tristan und Isolde 和但丁《神曲》裡的〈煉獄〉。新古典時期的人對神話採取娛人娛己的態度，浪漫主義者對神話採取第三種態度，福氏以爲，現代人對神話宜採取第二種態度爲最自然。梵樂希雖是浪漫主義的一位大師，可他並未跟其他浪漫主義者一夥走；他的《水仙底斷片》表現的是新古典主義者對神話的態度。這首詩的第一行已把整首詩的主題顯露出來：

你最後如斯閃耀，我旅途底終點啊！⑥

納西斯（Narcissus，死後變成水仙）倚身面對如鏡的池水，對著池中影子說話；他認爲自己明媚的身容就是他生命最終的目標。納西斯對著自己的影子訴說，也可當作詩人在創作最靈敏的時刻，詩思湧現，詩人對自己的靈智說話。我個人覺得福格森這種以一行詩來論定一首三百多行的詩的討論方式雖然有點斷章取義⑦，但是，他認爲梵樂希在這首詩裡用神話並不是爲了追求眞理、說教或傳知（假使詩人有所追尋的話，那將是追求純理和純詩。），我覺得他這種說法倒很有意思。因爲有一些詩人，尤其是浪漫主義者常常把神話當作一種說教追求知識的工具，致常常不惜歪曲擴大了原有的神話，這種做法在一批抱持純粹觀點的神話研究者來說，已是在加深神話的墜落（the degradation of myth）。福格森舉了華格爾的歌劇《崔斯坦與易梭德》爲這一班人的代表，因爲華格納運用崔斯坦神話（Tristan myth）純粹只是爲了希望能激起聽衆的態度和信仰的改變。我有一點不能同意福格森的說法的就是，他以爲只有浪漫主義才常常把神話當作一種傳知追求眞理的工具，不惜歪曲擴展了原有的神話。我卻覺得，除非我們能回到但丁的時代或更早的時代，在那樣純樸的時期，人與神的距離很近，尤其在古希臘，巴納斯山上的衆神隨時都有可能幸臨人間，那時候人們相信神話以及運用神話，當然以其最純樸的方式出現。過了但丁的時代，人們運用神話多多少少都染上懷疑的色彩，而且都免不了潤飾甚至歪曲原始神話一番。譬如十九世紀初期的雪萊寫成的抒情詩劇《普羅米修斯釋放了》，他就硬生生地把被綁在懸崖上受蒼鷹啄食的火神普羅米修斯釋放了出來；他用火神這種神話當然是在表達他的民主社會人道主義理想。但是，我們千萬別忘了，艾斯格勒斯（Aeschylus）在西元前五世紀寫《普羅米修斯被縛》（*Prometheus Bound*）後，他還寫了一個《普羅米修斯被釋放》（*Prometheus Unbound*）以及另一個劇本，本想構成一部三部曲，很不幸的是，現在我們看到的只是第一個劇本以及第二部曲的一些片斷。然而即使在這一部半劇本裡，我們也可以發覺，艾氏早已埋下了主神宙斯和火神修好的種子。在第一部曲裡，火神對被變形爲小母牛的艾歐（Io）說，你還得到處流浪，一直要流浪到尼羅河以後，宙斯才會恢復你的原形，你的後代將是釋放我的恩人。在留下來的第二部曲的一些段落裡，我們發覺宙斯和艾歐的後代赫克力斯（Hercules）出現了。赫射殺了天天來啄食火神的蒼鷹，之後就把火神釋放了，可宙斯並未來干涉他。總之一句話，宙斯和火神獲得修好才合乎艾斯格勒斯戲劇所表現出來的和諧而有秩序的宇宙觀。我說了這麼久，無非只在提出一點，在古典時期的艾斯格勒斯尚且運用神話來表現他的宇宙觀，後代運用神話來傳達知識、眞理、信仰等等也就不足爲奇了。福格森說只有浪漫主義者愛用神話來當做傳知說教等工具，未免有點太信口雌黃了。至於他說但丁在《神曲》裡把我們對神話的三種態度都包括在裡面，這一點倒不必再詳加論證或辯駁，因爲偉大的文學家利用神話，這些神話不止能給讀者提供樂趣，同時也能融合成作品裡不可或缺的要素，把作者的要旨襯托出來，對神話的三種態度都容納在但丁的作品裡，那可是理所當然的了。

現在我們可以回過頭來討論自由中國的現代詩中的神話運用了。現代詩剛在台灣發軔時期，一般人動不動就把宙斯、普羅米修斯、戴安娜、維納斯、漢密士、邱比特等等希臘羅馬的神祇請到他們詩裡，那時候，詩的門戶眞是魑魅魍魎，幢幢森森，令人望而生畏。非常可惜的是，這些神祇大都是被請來妝點門面的，他們很少在詩裡發生息息相關的作用，因此也難怪我們沒有運用神話特別出色的詩人出現。最近這些年來情形似乎有些不一樣了，詩人在詩裡表現生死與再生，表現追求流浪等主題，甚至改寫神話、創造神話已不絕如縷，不一而足。

首先，我要探討的是葉珊的〈十二星象練習曲〉⑧。這首詩剛剛發表時就已吸引了讀者的注意力，葉珊也因此獲得《創世紀》復刊後頒發的第一個詩獎。可惜的是，我們迄未看到評論它的專文。我覺得這首詩最適於從神話學的觀點來評論。這首詩的十二星象從子到亥就是中國人用來計時的符號，即十二支或地支，子是午夜十一時到十二時，丑是翌日一至二時，餘此類推，一直計算到第二天晚上九至十時（即亥也）。這首詩寫的就是從午夜十一時到翌日十時這十二小時裡所發生的事情。我們現在還是引子丑兩節來看看詩裡到底發生了甚麼事件：

子

我們這樣困頓地
等待午夜。　午夜是沒有形態的
除了三條街以外
當時，總是一排鐘聲
童年似地傳來

轉過臉去朝拜久違的羚羊罷
半彎著兩腿，如荒郊的夜哨
我挺進向北
露意莎——請注視后土
崇拜它，如我崇拜你健康的肩胛

丑

NNE3/4 露意莎
四更了，蟲鳴霸佔初別的半島
以金牛的姿勢探索那廣張的
谷地。另一個方向是竹林
飢餓燃燒於奮戰的兩線
四更了，居然還有些斷續的車燈
如此寂靜地掃射過
一方懸空的雙股

第一首的第一節很明顯地把說話者的身心狀況、時間地點等寫出來。說話者白天在工作的戰場奮戰一天後回來，到了快到午夜時分已是「困頓」萬分，但他跟他的露意莎仍一直在「等待午夜」的到來，一切干擾都排除了以後，遂可上牀做愛。在第二節裡，我們看到說話者「轉過臉去朝拜久違的羚羊」。後面四行，前兩行寫出說話者的姿態，由於詩人用了「夜哨」這軍事上的意象，益使動作生色不少，令我們看到的是一個雄糾糾向北挺進的士兵在向敵人進攻一樣。他對牀邊人說：「露意莎——請注意后土　崇拜它，如我崇拜你健康的肩胛。」總之，這一首詩有聲音（鐘聲）、有動作、有對話，意象鮮活，動作循一定的邏輯結構發展，是極生動淺顯的一首詩。

從上面的討論裡，我們現在約略可以看出葉珊的《十二星象練習曲》寫的是甚麼了，即大抵是在寫做愛，但屋裡這個小千世界卻跟外面的大千世界牽連在一起，一邊是牀上的「戰爭」，一邊是外邊的眞正戰爭。這一來，就不禁令人想起余光中的《雙人牀》來。余光中的詩也是把屋裡牀上的「戰爭」跟外邊的戰爭糾連在一起的。若以佈局及企圖來講，余先生比較明顯而單純，而葉珊這首詩不止牽連到戰爭而且涉及航海與天文學等方面的知識，也許因爲這個原因，使得人們一直不敢來分析它。在分析葉珊這首長詩時，我覺得詩裡的意象非常重要。在第一首（或節）裡，詩人用羚羊來形容「我」這個「士兵」。在中國古典詩裡，一提起「羚羊」就令人不禁聯想起羚羊掛角等迷人的典故，可在西方文學的傳統裡，羚羊卻是一種性慾很强的動物。因此在第二首裡說話者才有自稱爲「金牛」的詞語出現，金牛也是用來代表性慾很盛的一種動物意象，「羚羊」呼應「金牛」，足見詩人作詩之匠心獨運了。第一首詩的「后土」是指陰莖，第二首詩裡的「半島」、「谷地」都是指女方三角形的陰部，第二首詩裡的「竹林」當然是指女方的陰毛。總之，〈十二星象練習曲〉這首長詩主要是寫性交場面是不會錯的，但假使純粹爲了寫牀上的「戰爭」與戰場上的搏鬥，詩人也就不必給這首詩按上甚麼星象之名了。詩人之所以要以星象之名來配這首詩就可以顯出他的企圖與識見（vision）是很大的。這就牽涉到我說的必須以神話的觀點來討論這首詩了。我覺得這首詩處理的是「生死與再生」這個神話原型。

在這首長詩裡，除了性愛的意象外，就是充滿了許多戰爭的意象。除了第一首的「夜哨」、「我挺進向北」以外，就是第二首的「霸佔」、「飢餓燃燒於奮戰的兩線」、「掃射」等等，還有在我未引錄出來的第三首裡有

傾聽　東北東偏北
爆裂的春天　燒夷戰　機槍
剪破晨霧的直昇機……

第四首裡有「我屠殺、嘔吐、哭泣、睡眠」，第九首裡有

又是一支箭飛來
四十五度偏南
馳騁的射手仆倒，擁抱一片清月

以及第十首裡的「初更的市聲伏擊一片方場／細雨落在我們的槍桿上」。在十七世紀玄學派詩裡，性交即等於死亡（death），戰爭也會耗去不少生命，因此牀上的戰爭和野外戰場上的戰爭是密切地由死亡扣起來的。但是，這首詩也埋伏了不少生機。有戰爭才有和平，有做愛才有後代，有死才有

生。尤其在最後一首詩裡，詩人說：

露意莎，你以全美洲的溫柔
接納我傷在血液的游魚
你也是璀璨的魚
爍死於都市的廢煙。露意莎
請你復活於橄欖的田園，為我
並為我翻仰。這是二更
霜濃的橄欖園

「魚」在中國古典詩裡有性愛的聯想。在這一段詩裡是游動的精蟲，是再生的象徵。但在腐化的都市裡，再生的程序是無以完成的，就像在艾略特的《荒原》裡，魚王的再生必須在郊外河岸上，等待雷響後雨水的滋潤才能獲得一樣。葉珊這首詩裡的「我」要獲得再生，必須把他的種子埋在大地的胸脯裡，接受陽光和雨水的滋潤，所以這段詩裡出現了好幾個大地的意象如「全美洲的溫柔」，如「橄欖的田園」和「霜濃的橄欖園」。尤其是

露意莎
請你復活於橄欖的田園，為我
並為我翻仰

不是更清清楚楚地把再生必須建基於一個和平的大地的全部消息透露出來了嗎？

這首長詩的最後一節是

我們已經遺忘了許多
海輪負回我中毒的旗幟
雄鷹盤旋，若末代的食屍鳥
北北西偏西，露意莎
你將驚呼
發現我凱旋暴亡
僵冷在你赤裸的身體

我們以這一節跟全詩的第一首配合起來看，我們就會發覺，這首詩是以「困頓地等待午夜」以便做愛始，以「你將驚呼／發現我凱旋暴亡／僵冷在你赤裸的身體」終，把牀上男女性的做愛跟戰場上的肉搏戰鬥配合，包含著神話上的生死與再生這個大原型在裡面。至於把從子到亥十二小時裡發生的事情跟人生的旅程（航海的意象）對比，詩裡的知覺中心（即說話者）跟《荒原》裡的說話者泰里西亞（Tiresias）或尤里西斯（Ulysses）神話對比討論，在在都可以給這首詩罩上神話的外衣，因爲篇幅關係，這兩方面就只有略而不談了。

如果根據馬林諾斯基的分法和福格森的說法，則這首詩裡用神話的態度正是屬於他們所謂的第二種。詩人把其主旨（tenor）完全融合在詩中各素質（vehicle）裡，但是他並沒用這個生死與再生的原型來說教或傳達眞理，以便激起讀者的情緒，影響讀者的態度。詩人運用神話完全是娛人娛己，以表現來求得心理的平穩與滿足。這種態度當然是屬於新古典主義的。在自由中國詩壇上，目前還有兩位詩人是有意地在運用神話素材來表達他們的情愫的。他們是大荒和王潤華。大荒在1973年年初出版的《存愁》裡有三首神話詩：〈魃〉、〈夸父〉和

〈精衞〉⑨。以意旨跟詩中各素質的配合而言，最成功的該是〈夸父〉這一首，然後是〈精衞〉。〈魃〉有素材而無「意旨」（tenor），就像前人寫懷古詩，有古而無懷，情景未配合，寫出來的只是故事而不是成功的詩。因爲不成功，所以在馬林諾斯基的三分法裡，詩人對神話的明確態度應是那一種，就很難論定了。

〈精衞〉的前兩段如下：

當夜以明月窺海的泳姿
海正以萬隻玉臂舞萬種風情
一石凌空而下
擊碎海的春心
海遂以咆哮發警報
命快捕章魚
快捕一隻鳥影
一個名隨石下的刺客

五千年於茲，猶銜石以填海
猶喊自己的名字
不是呼冤
不是怕被人忘記
伊只願喚自己的名字
將名字掛在唇邊
呼喚一次就是把歷史重讀一次（頁 59～60）

精衞鳥的神話來自《山海經》的〈北山經〉，其記載如下：

> 又北二百里，曰發鳩之山，其上多柘木；有鳥焉，其狀如烏，文首白喙赤足，名曰精衛，其鳴自詨，是炎帝之小女，名曰女娃。女娃遊於東海，溺而不返，故為精衛，常銜西山之木石，以堙於東海。

毫無疑問地，這是一則人化爲動物的神話。我們在前面已經提過，由於歷史之演進，後世文人用神話，大都是把他們的意圖投射或者附加在神話上的。新古典主義者把情意投在神話裡，目的是要用神話來娛人娛已；浪漫主義者把意欲投在神話裡，目的是要運用神話來激動以及影響讀者。對於這一則人化爲動物的神話，各代詩人的反應不一。晉代陶淵明的〈讀山海經〉曰：

> 精衛銜微木，將以填滄海。刑天舞干戚，猛志固常在。
> 同物既無慮，化去不復悔。徒設在昔心，良晨詎可待！

清陳祚明在《采菽堂古詩選》卷十四曰：「〈讀山海經〉詩，借荒唐之語，吐坌涌之情，相爲神怪，可以意逆。」⑩陶淵明整首詩裡，並未表現出他認爲《山海經》裡的神話是荒唐的。有一點可以肯定的就是，他是借《山海經》裡的神話來「吐坌涌之情」。對於精衞鳥這一則精神，他完全把自己的悲痛跟它融合在一起。精衞銜木塡滄海，旣言其志也寫精衞鳥之悲壯行爲。第三、四行的「刑天舞干戚，猛志固常在」更把他自己的壯志道出，但是官場黑暗，詩人壯志不可酬，因此只有賦〈歸去來兮〉，旣言歸隱，當然是只有在把一切都看通看透了之後才能做到的，所以底下兩句「同物旣無慮，化去不復悔」，表面上雖看似在說精衞鳥，實際上是在剖露其自家之心境。到了最後兩句，當然更是在講自己了。自己少壯時有一胸磅礴的志氣，如今一切已惘然，只有把握住良辰美景，享受一番。話雖這麼說了，可他那副悲痛之情，卻是處處溢於言表的，如果根據福格森的說法，則陶淵明對這則精衞銜木石以塡海的神話的態度該是第一種跟第二種之合。他不止不懷疑有這麼一個故事，而且把自己之情愫投進去。他運用這個故事不止娛人而且娛己。所以應是第一種和第二種態度之合。如果我們覺得他用這則神話來激起讀者的感情，影響他們對晋代社會的看法，則這首詩已是三種態度之合了。

在大荒的〈精衞〉裡，詩人是把這則精衞神話當做悲劇看待的。我覺得他這首詩處理得未臻至境，因爲詩人的意旨（tenor）投射到詩裡，但卻跟詩中各素質配合得不太理想。第一節以電影的手法把精衞銜木石投於海的鏡頭很生動地托出來，這一「起」之後，「承」結下來的是「五千年於茲，猶銜石以塡海／猶喊自己的名字——」，一直到「呼喚一次就是把歷史重讀一次」。當作「承結」的這一節，很有把精衞的神話跟中國的命運融化起來的趨勢，但很可惜的是，後面三段在這種融合上做文章做得不徹底，致令我們看到的是一位少女，還未好好享受山河大地之美就夭折了（「甫失足便化爲異類」）。然而在第四節裡，詩人有「祖父用板斧刻繪出來的山河還沒遊遍／種了一花園的星子還沒採摘」這兩行，最後一節裡也有如下的句子：

而投石以填海，五千年
海也尚未死

伊也仍不息
投一石洩次憤
喚一聲招回魂……（頁 62）

則詩人利用這則神話似乎在說，精衞之所以要銜石投海在於她有滿腔憤懣；她要招回祖先輝煌的靈魂。如果我的解釋沒錯的話，則這首詩裡的海當象徵些什麼？我自己的看法是，詩人已有了意旨，而且也找到了「客觀投影」（objective correlative），但因爲在處理上未能把兩者恰到好處地融合起來，致令這首詩仍存著某些缺陷。假使處理得成功，這首詩對精衞神話的態度將會是第三種，因爲詩人很明瞭地是想利用這一則神話來影響讀者的。

大荒最好的一首詩神話詩是〈夸父〉。我說這首詩最好，因爲在這首詩裡，詩人意旨找到恰適的素材，不止找到了，而且兩者很巧妙圓滿地融合在一起。這首詩的第一節是

老是盤旋，那兩顆砲彈，
不炸也不落，把天空打成死結
炸吧！或者落吧
天空都快窒息了
那份年底開始撕的日曆
都快撕到年頭了（頁 53）

關於夸父逐日渴死的神話，《山海經》的〈大荒北經〉和〈海外北經〉都有記載。現引〈海外北經〉如下：

夸父與日逐走，入日，渴，欲得飲；飲於河渭，河渭不足，北飲大澤。未至，道渴而死。棄其杖，化為鄧林。

在〈夸父〉這首詩裡，大荒把夸父逐日渴死這個神話當作一個統馭全詩的意象，他並不像在〈魃〉或〈精衞〉裡那麼樣，完全在寫夸父的悲劇。相反地，他把夸父的悲劇加在一個士兵的悲劇上，兩者合而爲一，故一開頭才有「老是盤旋，那兩顆砲彈／不炸也不落，把天空打成死結」這麼一個軍事意象出現。然後我們看到，在第二節裡，時間已是「春壬正月」，在第三節裡，時間已到了二月。然而即使已到了二月，「天空仍是無龍的天空」，一片乾旱的現象。後來這個士兵因爲「某夜醉臥沙場」，以及其他事故，陣地裡遂有人以爲他是「白癡」。旣然精神不太正常，他遂只有去野戰醫院看病，看了病以後，竟然連嬌妻都不理睬他了。最後只有

戒齋三日
你跨杖逐日而去
扔假牙、假髮、文憑、結婚證書
就是未扔那份
渴（頁 57～58）

夸父逐日的故事儘管不足信，但這樣一位無名士兵的傳奇卻是可信的。另一方面，詩人雖以極超然的態度來寫這首詩，可他說這個故事的目的，卻是希望多多少少能打動讀者的心弦，故他對神話的態度應是第一種和第三種之合。

最後我們要討論的是王潤華的三首神話詩：〈第幾回〉，

〈補遺〉和〈磚〉⑪。〈第幾回〉寫賈寶玉在試場失蹤，裡面的說話人是賈政；〈補遺〉是〈第幾回〉之補遺，寫賈寶玉試場失蹤後的情形，詩裡的知覺中心就是賈寶玉自己。這兩首詩的神話原型都是賈寶玉，但是只要詳細審察，我們就會發現賈寶玉就是詩人的第二身（persona）。詩人在賈寶玉試場失蹤這個神話原型裡找到他的客觀投影，他就把他的意旨投進去，讓寶玉來演出他對現代中國留學生在美國拼命的看法。〈第幾回〉的第二節這樣寫道：

> 「走了吧，要不就趕不上那個太陽」
> 他終於沿著飄浮著藍天的小溪走去
> 踏著落花
> 猶未完全掙脫女人的手臂
> 便一步踏出淚水漉漉的庭院
> 「我們在龍門的陰影下擠來擠去
> 那樣多的人
> 追逐著一點聽說藏在城牆內的繁華
> 我們一次又一次，被人推倒
> 怎樣長的繩子也繫不住太陽。」剛說完
> 便只剩下他握著的一束玫瑰花，撒了滿地
> 被踐踏成泥。（頁 10～11）

這個說話的聲音是賈蘭的？是王潤華的？是現今每年夏天擠在台大牆外的學子的？還是每年擠在美國各大學府建築外的留學生的？中國千把年來，讀書人不是每年就是每隔幾年都要趕到龍門的陰影下去擠來擠去，「追逐著一點聽說藏在城牆內的繁

華」。在逐鹿中，有一些人青雲直步，而大多數人卻是迷失了。賈寶玉雖然能在高中舉人後大澈大悟，看破一切繁華，跟隨一僧一道而去，但是賈蘭以及其他許許多多賈蘭，並不一定能像他這麼樣瀟灑，拂袖而去呀！他這麼一走，在他自己固然是看破紅塵，可他遺留下來的問題並未獲得解決。王潤華對賈寶玉趕考出家這個原型的態度是非常悲觀的，這在〈補遺〉裡尤其顯露了出來。賈寶玉雖然出家了，可他這樣毫不把家庭交代清楚就一走了之的做法，並非出家人應有的態度。他走後他知道後面仍有

小廝們打起火把，三日三夜
在石頭城尋找
敲鑼、打鼓、高聲報告
在放榜的牆壁上發現我金色的名字（頁 13）

在這兩首詩裡，詩人對賈寶玉在試場走失的這個原型不止相信是一則野史，而且是在利用這則故事來表達他對現代中國知識份子極悲觀的看法。

〈磚〉是一首非常成功的社會批評詩。這首詩寫的是雷峯塔被貪婪的人不斷挖掘而倒塌的事件。現把前面三節引錄於下：

　放下磚塊和鶴嘴鋤
她蹲在半陷於水中的荒墓洗手
血和泥濘遂弄髒了西湖的十景

踏著幾行墓誌銘，她小心傾聽

緊急的風聲
是那樣隨便將城內的狗吠
背上孩子的哭啼
　　吹落湖心

「剛鑽進挖空後
黑暗和蝙蝠的家
他就不吉利地喊我，我便說
找一兩塊藏在牆角或牆底
壓住燐火，免得深夜拿著黃金
去敲打走江湖的門。」（頁 18）

王潤華在這首詩的後記裡有一段話說：「孫傳芳進軍杭州，正是雷峯塔倒塌。因此傳說這塔是在舊軍閥爭奪地盤時引起地震而倒的。另一說是：峯州雷峯塔之所以倒掉，是因爲鄉下人迷信那塔磚放在自己的家，凡事都必平安如意，逢凶化吉，於是這個也挖，那個也挖，挖之久久，便倒了。」在這首詩裡，他把人性的自私、貪婪、無知和破壞刻劃成一個不男不女的人，偷挖了雷峯塔的磚以後，趁周圍沒有人就蹲在一個角落洗她骯髒的手。在這首詩裡，許多陰暗的意象如「荒墓」、「泥濘」、「狗吠」、「黑暗和蝙蝠」等，正是要用來突顯或狀描那個偷磚人的可疑行徑的。這個偷磚人可以是你，是我，甚至任何一個在偷賣國家磚石的人。毫無疑問的，她是統馭這首詩的意象。很可惜的是，她的後代卻也是一個哭哭啼啼、身心不健全的人！在最後兩節裡，這個偷磚人在一陣轟然崩塌聲中絆倒；她所偷的「磚塊落在墓石上，裂成三兩段／混濁的湖面撈不起輕浮著雷峯塔的倒影。」她還想爭辯，說「爭奪泥土的軍隊明天才抵達狹路間」。總之一句話，她偸的是小磚，而那些「爭奪泥土」的軍閥偸的才是大磚。詩人創造出偸磚這麼一個神話來，他不止相信它，而且是用這麼一則神話來批評社會，來說教，這首詩當然是福格森所說的第一種和第三種對神話的態度之結合，是一首非常成功的批判社會、批判人性的詩。

從上面的討論裡，我們可以發覺，不止中國古典詩裡有運用神話素材的，而且現代詩裡也有運用神話的。好的詩，一定是詩人的情意恰切地溶入素材裡。有一些詩人如何劭、葉珊等，他們運用神話入詩只是爲了娛人娛己；有一些詩人如王潤華、大荒等，他們運用神話入詩常常希望激起讀者的同情，影響讀者的態度，他們對神話的態度常常是第一種和第三種之合，甚至可以說是第一、第二和第三種態度之混合和結合。我希望我這篇文章能引起讀者詩人對神話的興趣。

附　　註

①民國 62 年由台北市廣東出版社出版。除了蘇氏以外，在台灣可以見到研究《九歌》的專著，還有張壽平作的《九歌研究》，59 年由台北市廣文書局出版。

②我不久前曾在某刊物看到一篇壞評的文章，該文作者指責蘇先生在法國時身逢其盛，卻未對比較神話學作一番研究，以致在研究屈原的《九歌》時，方法不對。楊希枚刊在大陸雜誌特刊第二輯《慶祝朱家驊先生七十歲論文集》（民國 51 年）上的《天問研究評介》，則認爲蘇著是一部比較神話學兼文化史的著作，可以彌補國人在這方面的缺乏，可算是持正之論。

③有關中國神話研究的專著，在台灣，早期可以買到的只有新陸書局於民國 58 年出版的玄珠著《中國神話研究》，49 年由華明書局出刊的杜而未著《山海經神話系統》，王孝廉譯，63 年由地平線出版社出版的《中國古代神話研究》和林惠祥著，57 年由商務出版的《神話論》。在香港則可以買到袁珂著的《中國古代神話研究》（1951 年商務初版）。之後王孝廉陸續出版了《神話與小說》（時報，75 年）和《水與水神》（三民，81 年）等書，印順出版了《中國古代民族神話與文化之研究》（華岡，64 年）；大陸方面，神話學研究當以袁珂和蕭兵等爲翹楚，出版愈來愈多。

④里查・蔡斯（Richard Chase）在他的文章《神話研究札記》裡引用了蘇勒的話，見 *Myth and Literature*, ed., John B. Vickery（Lincoln: Uuiversity of Nebraska Press, 1969）, pp.67～68.

⑤福格森在他的文章〈神話和文學顧忌〉裡用了馬林諾斯基這種區分法。見 *Myth and Literature*，頁 140。

⑥梵樂希這首詩有中譯本，讀者可找《星座詩刊》（民國 59 年春季號）來看，這首詩刊在這期第 25～32 頁上頭。

⑦我個人覺得，這首詩之精妙處在於詩人把水仙花、神話人物納西瑟斯和詩人三者融爲一體，讀者可以把此詩看作是水仙對影子呢喃，也可看作是納西斯死前在對鏡訴說，更可以看作是詩人對自己靈智的呼籲。這首詩採取的是戲劇獨白的形式，把詩中說話人的祕密洩露出來。我覺得如果按照福格森的說法，梵樂希在這首詩中並不想再追求眞理，說教傳知的話，則這首詩最富戲劇性最能攫住讀者心魄的該是詩中說話人在面對死亡時的心智活動。例如：

對於徬徨的水仙，這裡呵只有昏悶！

一切都牽引我這晶瑩麗肌親近
奈何綠波底妍靜卻使我神暈心驚！
泉呵，你這般柔媚地把我環護，抱持，
我對你不祥的幽輝真有無限憐意！
我底慧眼在這碧琉璃底靄靄深處，
窺見了它自己底驚魂底黑睛淒迷！
深淵呵，夢呵，你這般幽穆地凝望著我，
　　彷彿在凝望著生客一樣，
告訴我罷，你意想中的真吾難道非我，
　　你底身可令你豔羡、縈想？（頁 27）

像這樣精緻的片斷詩中多的是，這跟拜倫《希龍的囚犯》裡的彭尼瓦特（Francois Bonivard）在面對死亡來臨時的描寫有異曲同工之妙。茲特舉一段以饗讀者如下：

What next befell me then and there
I know not well—I never knew;
First came the loss of light, and air,
And then of darkness too:
I had no thought, no feeling—none;
Among the stones I stood a stone,
And was, scarce conscious what I wist,
As shrubless crags within the mist;
For all was blank, and bleak, and gray;
It was not night, it was not day;
It was not even the dungeon-light,
So hateful to my heavy sight,

But vagrancy absorbing space,
And fixedness—without a place;
There were no stars, no earth, not time,
No check, no change, no good, no crime—
But silence, and a stirless breath
Which neither was of life nor death;
A sea of stagnant idleness,
Blind, boundless, mute, and motionless!

⑧見民國60年由台北市志文出版社出版的《傳說》，頁83～92。

⑨《存愁》62年由台北市十月出版社出版。〈魃〉、〈夸父〉和〈精衛〉這三首詩，請參該詩集頁52～54，頁55～58以及頁59～62。

⑩見台北市明倫出版社民國61年印行之《陶淵明研究資料彙編詩文彙評》，第一部分：頁289。

⑪這三首詩都收在民國59年作者由台北市星座詩社出版的《高潮》裡。本文所引用的詩行，具見此版本。

中西文學裡的火神研究

馬林諾斯基（Malinowski）在研究突魯布里安島人（Trobriand Islanders）的神話時，發現該島人對於神話有如下三種不同的看法：「一是島上人士相信是眞實歷史的有關於過去的傳說；二是只是說來娛樂人而與事實眞理無涉的民間故事或神仙故事；三是足以顯示該島人的信仰、道德與社會結構的宗教神話。」①福格森（Francis Fergusson）根據馬林諾斯基的說法，認爲新古典時代的作家對神話時常採取第二種態度，因此讀者在讀他們的作品時能心安理得。但是，浪漫主義以及後期浪漫主義的作家卻不以新古典主義者對待神話的態度爲滿足，而試圖在他們所引用的神話裡強加上某種哲思②。對我而言，福格森這種分法是相當機械化的。如果說浪漫派詩人雪萊（P. B. Shelley）已成功地運用普羅米修士的神話來闡發他的民主思想，則古典的艾斯格勒斯（Aeschylus, 525～456 B.C.）也成功地運用了同樣的神話來鼓吹巨人族的普羅米修士和宙斯的修好。根據這種推論，顯而易見地，無論是在古典主義時代或浪漫時代，文學家均普遍地運用神話來表現他們的思想。在這篇論文裡，我想對西方文學裡的普羅米修士和中國的類似神話做個比較研究。首先，我將提到《易經》裡的八卦之一的火和與火有關的三皇、祝融和回祿。接著，我將討論到天府火部裡的火正羅宣和其手下劉環以及另一位火神赤精子，這些俱是出現於明代（西元 1386～1644 年）陸西星所著的歷史小說《封神演義》裡的神祇。最後我將側重於探討艾斯格勒斯的古典劇《普羅米修士被綁》，以見劇作家具體地表現了普羅米修士和宙斯言歸於好的宇宙觀，同時也將研討雪萊的浪漫主義詩劇《普羅米修士釋放了》，以見作者具體地表現了建基於博愛的民主思想。

中國神話裡有許多火神，惟無人代表和完成普羅米修士所代表和做過的所有的事。所以，事對事和功能對功能的比較是不可能並且是不實際的。

《易經》中的離卦☲代表火。此卦的彖辭曰：

> 離，利貞，亨；畜牝牛，吉。
>
> 彖曰：離，麗也。日月麗乎天，百穀草木麗乎土。重明以麗乎正，乃化成天下。柔麗乎中正故亨，是以畜牝牛吉也。③

在希臘神話裡，火代表「靈感」、「生命力」、「溫暖」、「熱」和「光」。在上引之彖辭裡，吾人發覺「麗」字（形容詞同時亦是名詞）不僅蘊含了「光」、「熱」、「溫暖」和「光明」（日月麗乎天）之意義外，而且也有「活力」（百穀草木麗乎土）的含意在內。離卦或除了「靈感」之意外，其含意幾與希臘神話中「火」之意義不謀而合。

在古代，中國人習慣把五行跟四方和中間配合。東代表木，南代表火，西代表金，北代表水和中代表土④。古人此種配對之理由必然有道理，可吾人尚不很清楚。以南配火，或因南方出了與火頗多牽連的神農氏。除了是農牧、醫藥和日神外，這個史前帝王也是火神祝融之先祖⑤。跟我們的臆測正好相反的是，南方在屈原的《招魂》裡並不代表「陽光」、「光明」以及所有光明的事物。反之，它是一個神祕、野蠻和狐蛇出沒之地，是一任何文明人必須規避之地，長居必會招來生命之虞。有關的詩行引錄如下：

> 魂兮歸來，南方不可以止些。
> 雕題黑齒，得人肉以祀，以其骨為醢些。
> 蝮蛇蓁蓁，封狐千里些。
> 雄虺九首，往來儵忽，吞人以益其心些。
> 歸來兮，不可以久淫些。⑥

詩裡的南方既然是一個蛇狐出沒的神祕蠻荒，自然就不太可能跟神話裡的南方有所牽連。此一矛盾主要在於詩裡的南方是經驗的，而神話裡的南方卻可能是本體論的。詳言之，詩人以他或其他人的經驗來描繪南方，而神話的創造則是以更原始的宇宙觀來塑造南方。

在中國，希臘火神的功能正由傳說中的三皇所分別代表。上面已提到神農氏與火諸多關聯。沃納（E. T. C. Werner）在《中國神話和傳說》裡說：

> 神農是農牧之神，同時也具有火神的身份，理由是因他繼承了伏羲氏之王位後，採用火為朝廷之表徵，就像黃帝採用土為其代號一樣。因此，他被尊稱為火神。他教導人民使用火來熔鑄用具和武器，以及使用油來點燈等等。他朝中所有的官制大致上均與此一元素有關；因此

> 有火正、北方火官和南方火官等。由於他是火神又是火之守護神，人們遂把第二個火的符號加到他名字上面，把火帝改成了炎帝。⑦

我雖不全同意其說法，可是我卻覺得沃納先生對火帝改成炎帝的推論頗爲有理。據我的理解，神農是日神、農神和醫藥之神。班固在《白虎通》的〈五行篇〉說：「炎帝者，太陽也。」⑧既然他是日神，他遂被稱爲「炎帝」。他之被稱爲農牧之神是因爲他是第一位教導人民耕種五穀的帝王。《易經》記載其事迹曰：

> 包犧氏沒，神農氏作。斲木為耜，揉木為耒，耒耨之利，以教天下，蓋取諸益。日中為市，致天下之民，聚天下之貨，交易而退，各得其所，蓋取諸噬嗑。⑨

教導人民製作農具的是他，建立了市場的也是他。鑑於他是日神，沃納先生遂推論說他「教導人民使用火來熔鑄用具和武器，以及使用油來點燈等等。」袁珂先生推論說，他要老百姓以他爲表率。在他這個日神升到天空正中時，他們就可以開始進行當天的交易。⑩有一種傳說甚至說，有一次當他在教導人民播種五穀時，天空突然紛紛降落下穀種，他遂把這些穀種收集起來播種在已耕好的田地上，以後才有供人們食用的五穀⑪。由於他灌輸給人民農學知識，其德感天動地，後人遂尊稱他爲神農氏。

神農氏又爲醫藥之神，多少與他之被尊爲日神有關。陽光可以治癒皮膚病，其之被視爲一種醫療力量是理所當然的。關於他在醫藥方面所扮演之角色有多種傳說。傳說他曾經用「赭鞭」（顯然是指紅色的陽光）來鞭打各種各樣的藥草，這些藥草經過鞭打後，它們有毒無毒，或寒或熱，各種性質都會呈露了出來，然後他就根據這些藥草所含的賦性，以治療病人。另一種傳說指他曾遍嚐百草，有一次曾在一天之內中毒七十次。更有一傳說，說他在遍嚐了百草之後，無意間嚐到一種斷腸草，終於腸子斷爛而逝。

另外兩個史前時期的帝王伏羲和燧人氏，也像神農氏一樣，非常慈善與偉大。三皇中最早的伏羲，被冠以不同之尊稱，如「宓羲」、「庖羲」、「伏戲」、「包犧」、「伏犧」、和「虙戲」等等。他是南方之神少昊之子，但是奇怪的是，他後來竟當了東方之帝，且被尊稱爲太昊，其意爲太帝。據說他和女媧的關係⑫，就如同希臘的宙斯和希拉（Zeus and Hera），是一對兄妹，甚或是一對夫婦。袁珂先生以爲此非僅爲一假設，且爲一事實。因爲第一，在漢朝（西元前 206～西元 219 年）的石刻畫與磚畫中，常有人首蛇身的伏羲和女媧一起出現的畫像。有的畫中，甚至在二人中間著一天眞爛漫的小兒，手扯著他們的衣袖。顯然地，他們是一對夫婦，且過著非常美滿的家庭生活。第二，在西南地區苗傜等少數民族間流行的傳說中，伏羲和女媧不但是夫婦，而且是親兄妹結成夫婦。其父和雷神作戰，從蒼穹掉下來死去後，人類也因此遭殃，全被雷神所興弄的洪水所淹死，而他們就在此非常境況下結爲夫婦，他們也因此被尊爲人類的祖先⑬。據此，若說伏羲眞的是人類的一個祖先，那麼他跟普羅米修士是可以相提並論的，因爲在希臘神話裡，普羅米修士也被視爲人類的創造者。⑭

伏羲對人類的偉大貢獻可見於《易・繫辭》，茲引如次：

> 古者包犧氏之王天下也，仰則觀象於天，俯則觀法於地；觀鳥獸之文，與地之宜，近取諸身，遠取諸物，於是始作八卦，以通神明之德，以類萬物之情，作結繩而為罔罟，以佃以漁，蓋取諸離。⑮

此段文字有兩點値得注意處。第一，伏羲製作了一套叫做八卦的神祕符號，古代創造中國文字者遂據以演變成象形文字。第二，他是第一位以繩子結網並且教導人民使用網罟捕魚的人。此外，亦有書把「造書契」的功蹟歸之於他⑯。甚至有把燧人氏鑽木取火的事功也加在他身上的。據此，則把火種帶給人民並教導人民燒烤肉類的是他而非燧人氏了⑰。實在說，在三皇之中，唯有他完成了普羅米修士所完成的大部份事功，包括造書契、取火以及灌輸給人民烹飪的知識。

在爲人民獲取火種這層面而言，則三皇之一的燧人氏所完成的功蹟，幾等於普羅米修士所完成者。傳說他是一極睿智的人，時常到處漫遊。一日，他抵達西方之極地遂明國，在那裡，人們終年不見日月。燧人氏疲憊不堪，走到了一棵巨木下，倒頭就睡。依常理看，遂明國既然終年罩在黑暗中，樹蔭下自然應比他處更黑暗才對；但是，這純粹是臆測而已。事實上，林中充滿了閃爍的火光，像珍珠或鑽石發出的光芒，四處閃亮。遂明國的人民在光亮處工作、休憩和吃睡。這可使這個傳說中的青年大爲驚訝。他便開始去探尋閃閃星光的來源，發現星光原來是由一些形狀像鴞的大鳥，用牠們短而硬的嘴殼去啄那樹木，就在一啄之間所爆出來的燦爛火光。突然間，靈機一動，他便想出了鑽木取火的方法，而這種取火方法，當然跟鴞鳥啄木所發出的是不太一樣的。他回到自己的國家以後，便開始敎導人們起火煮食之方法，使他們免去了因生吃獸肉而感染疾病。後來，他被選爲國王，並被尊爲「燧人」，也即「取火者」之意。⑱

從以上的探討裡，吾人可以發覺，古代中國人的火種來自樹林裡，而不像古希臘人那樣，是從一位全知的巨人普羅米修士那裡得來。比較而言，希臘人對火種之來源和使用的解釋是超越論和本體論式的，而中國人之解釋則是源自經驗而爲人文的。再者，中國人並不像古希臘人，認爲諸神統馭一切，鑽木取火的傳說就跟發明象形文字、織網捕魚和傳遞農業知識一樣，肯定的完全是人類的智慧。

由於上面的探討，我們現在曉得普羅米修士的功能在中國分別是由三皇所代表：伏羲氏傳播知識，或甚至是取火者；神農氏灌輸給人民醫藥和農耕的知識；燧人氏是取火者。三皇由於對人民有莫大之貢獻，爲民所愛戴，故前二者被尊崇爲神，而燧人氏則被擁立爲王。雖然有些歷史學家認爲，這幾個超自然的人物實際上並不存在，但是大多數中國人就像突魯布里安島人一樣，把有關他們的傳說，認爲是「有關過去的眞實歷史」；若不是正史，至少也是野史。

除了上提之三皇以外，中國神話仍充斥著五、六位以上的火神。中國人對這些火神的態度相當分歧。若是一個神祇不斷見諸正史或稗官野史，並且其影響力深植於人心，那麼國人對他的態度就像突魯布里安人對待類似的傳說一樣，是屬於第一種。若他只是出現在諸如《封神演義》那樣的小說中的虛構人物，那麼國人通常把他的故事當作「只是說來娛樂人而與事實無關的民俗或神仙故事。」在這五、六位神祇中，最著名的是祝融和回祿，通常他們都被視爲眞實人物。有關這些火神的記載繁多且自相矛盾，但是他們早已成爲家喻戶曉的人物。成語如「遭回祿之災」或「遭祝融之禍」指的是，有些房子遭大火燒毀，就好像被這些火神親身光顧了一樣。

據說火神祝融和其曾祖父神農氏在南方統轄一個方圓一萬二千里之地⑲。另外據某些文獻如班固的《白虎通》和應劭的《風俗通》記載，他曾繼承了神農氏的基業，而成爲三皇之一⑳。這種記載是可以理解的，因爲他跟燧人氏一樣是火神之一，而古代人爲了奉他爲神，便把他跟燧人氏等同甚至混爲一談。

「祝融」本爲一官職，相當於「火正」。據字義而言，「祝」者，「甚也」或「大也」，融者，「明也」，釋義俱與火神之特徵相吻合㉑。他的正名叫「吳回」，又名「黎」。《史記》在詳考楚之族譜時說，他的眞名是「重黎」，而「吳回」爲其弟名㉒。惟《左傳》昭公十八年「禳火于玄冥、回祿」，孔穎達疏曰：「楚之先吳回祝融，或云回祿即吳回也。」㉓又據《史記》載，此一吳回或回祿因其兄重黎應帝嚳之命不力被誅而出爲重黎，又復居火正爲祝融㉔。從上面的討論裡，我們可以看出，重黎和回祿這兩兄弟都是史前的超自然人物，他們生前都曾任火正之職，故死後便被奉爲火神。

《山海經》之〈海外南經〉曰：「南方祝融，獸身人面，乘兩龍。」㉕據此文獻，吾人可知此火神爲一人面獸身者，外出時總是騎著兩條龍。據說他有個兒子共工，爲水神。這位水神紅髮、人面蛇身，生性愚蠢又殘忍。有一次在女媧完成了造人的工作後，這位水神卻唆使一幫醜惡、貪婪與兇殘的惡友，跟他父親打了起來。此次戰況慘烈，直從天上打到人間。到了人間，水神仗恃他的權力竟命令河裡的生物興風作浪，以助他淹死敵手。他雖使盡力氣，仍然戰勝不了他的父親。相反地，他與手下的幫凶大都被祝融憤怒的火焰燒得焦頭爛額，落荒而逃。敗陣之後，他又氣又惱，覺得無臉見人，於是一頭向西方的不周山碰撞。不周山是一根撐天的柱子，經水神共工這麼一撞，柱子被碰斷了，大地的一角也被碰壞，半邊的天塌了下來，天上露出一個大窟窿，後經慈愛而萬能的女媧揀了無數五色卵石才把它補起來㉖。從我們的研究中，我們可以這麼說，祝融和其逆子的戰爭，正足以顯示水火不相容的特性。

至於回祿其人，以及他之所作所為，我想沃納先生書中的記載已足讓吾人了解他了：

> 回祿生於堯的父親帝嚳（西元前2436年至2366年）之前。他有一隻神祕的鳥叫做北方，和另外一百隻關閉在葫蘆裡的火鴉。一旦把牠們釋放出來，就足以引起一場殃及全國的大火災。黃帝曾命令祝融去攻打回祿並征服蚩尤。祝融所擁有的一個純金大手鐲，是他最神妙和最厲害的武器。他把手鐲往空中一丟，落下來時便套在回祿的頸子上，把他拖倒在地動彈不得。回祿眼見無從反抗了，只得哀求其對手下留情，並應允為對方之徒弟以應戰。此後，他總是自稱為「火師之徒」。㉗

沃納此二段文字取自《神仙通鑑》。問題在於他說「回祿生於堯之父帝嚳之前」，此一說法正好跟我們說他「生當帝嚳時代」相反。再者，因他與蚩尤站在同一戰線上以反對統治者，在本質上他已具備了火神的性格。由於反叛黃帝，他終於被祝融所制服，而祝融據推測即是他之兄長。第一個矛盾可以解釋成，在神話裡，時代錯誤並不是什麼值得大驚小怪的現象。第二個矛盾既有趣又富有意義，因爲它顯示出原始人類漸漸開化，漸漸意識到火雖對他們有益，但也可能變成一種毀滅力量。就本文而言，我們可以這麼說：「在他死後，他被奉爲神，後人把他的像供在灶上祭拜。」㉘他的名字成了「火災」的同義字。

從上面對三皇和兩個火神祝融及回祿的討論裡，我們可以看出他們多多少少與火有關。他們是先民的恩人，但因鑑於祝融或回祿之所作所爲，人們開始了解到火雖有用，有時卻也會變成毀滅力量。除去史家之眼光不談，在民間的想像裡，有關火神之種種傳說常被認爲是人類進入文明階段的「可信的前代歷史」。下面我們將來討論陸西星《封神演義》裡的角色羅宣、劉環和赤精子，前二者是毀滅力量，後者則是仁慈的人物。作者對於這些火神的傳說和故事的態度頗爲隱晦。他寫這些傳說故事，好像是抱著「說來娛樂人，而與事實眞理無涉」的態度，但就全書而言，他似乎是在倡言某種社會和宇宙的秩序。也就是說，作者覺得羅宣和劉環爲紂王（西元前 1154～1121 年）的大兒子效勞是不義的，而赤精子爲周武王的軍師效力則是合乎正義的。在這種情況下，我們可以確言，他對神話的態度已從第二種轉移至第三種了。

《封神演義》裡總共有七個與火有關的角色，但其中只有三個顯著地表現出火神的特質。最常出現的是赤精子。他是一名道士，居住在太華山雲霄洞。沃納先生說：「他是火之化身……他本身以及與其有關的事物，如皮膚、頭髮、鬍子、褲子和衣袖等，都是火的顏色，有時他出現時也戴頂藍帽子，眞像極了藍色的火舌。」㉙他投效在軍師姜子牙帳下，時而雲遊四方，以尋求師友之助。在小說中，他很成功地完成了兩項任務。其一是出戰道士姚賓。在這次戰鬥裡，他險些喪生落魂陣中，後來他從老子處借來了太極圖，才破了落魂陣，殺了姚賓。其二是收伏他的徒弟紂王的二兒子殷洪，因爲殷洪下山後並未遵守原先的諾言，保周伐紂。開始幾個回合，他並未順利地收伏他，因爲此時他徒弟身上擁有當初下山時他所贈予的奇門異器，連他自己也敵不過。最後，他還是藉著太極圖的神妙，含淚把殷洪收在圖裡化成灰燼。

赤精子爲姜子牙而戰的理由是爲尋求社會安寧與宇宙的正義。他在戰場斥責其徒的話尤能顯示此一動機。在第六十回，赤精子聽到殷洪解釋他違背初衷，轉而去幫助父親乃人倫之常時，他笑罵道：

> 「畜生！紂王逆倫滅紀，慘酷不道，殺害忠良，淫酗無忌，天之絕商久矣；故生武周，繼天立極，天心效順，百姓來從，你之助周，尚可延商家一脈，你若不聽吾言，這是大數已定，紂惡貫盈，而遺疚於子孫也。可速速下馬，懺悔往愆，吾當與你解釋此愆尤也。」㉚

簡言之，既然紂王逆天行事，殘酷不仁，故爲了維持社會與宇宙秩序於不墮，他是注定要敗亡的。事實上，赤精子在人間所言與天上的女媧的話遙相輝映。她命令三女妖下凡去擾亂商朝（西元前 1800～1400 年）時，曾對她們說：

> 「三妖聽吾密旨！成湯氣數黯然，當失天下；鳳鳴岐

> 山，西周已生聖主。天意已定，氣數使然，你三妖可隱其妖形，託身宮院，惑亂君心；俟武王伐紂以助成功，不可殘害眾生。事成之後，使你等亦成正果。」（頁 5）

從赤精子和女媧的話裡，我們現在知道作者所抱持的是什麼樣的態度了。這些跟火神有關的神話故事並不一定只是「說來娛樂人，而與事實眞理無涉」，而是深具意義。它們是作者用來襯托出其強調社會和宇宙秩序的工具。

若說姜子牙帳下的赤精子是股仁和的力量，那麼在紂王大兒子帳下的羅宣和劉環便是毀滅的力量了。羅宣原是焰中仙，是火龍島上的道士。「戴魚尾冠，面如重棗，海下赤鬚紅髮，三目，穿大紅八卦服，騎赤煙駒」（頁 538）。總之，他任何一點都與火的顏色有關。

在他與子牙衆門人對陣，抵擋不住時，他「忙把三百六十骨節搖動，現出三頭六臂，一手執照天印，一手執五龍輪，一手執萬鴉壺，一手執萬里起雲煙，雙手使飛煙劍」（頁 539）。雖然如此，對陣的第一回合他就被打下赤煙駒，落荒而逃。就在那一個晚上，羅宣乘赤煙駒，祭起法寶，飛至空中，把萬里起雲煙射入西岐城中。爲了加强火力，他把萬鴉壺開了，又用數條火龍，把五輪架在空中。利那之間，千萬隻火鴉飛騰入城，畫閣雕樑，頓時傾倒。就在這當兒，瑤池金母之女龍吉公主出現了。她用霧露乾坤網把整個城罩住，大火因而熄滅。接著羅宣的武器一件件失靈，他只好溜下西岐山，不料途中卻撞到托塔天王李靖。李靖祭起三十三天黃金寶塔，金塔落將下來，正好打在羅宣的腦袋上。

劉環也是道士，居住在九島。他「黃臉虬鬚，身穿皂服」（頁 538），前來助其師兄羅宣一臂之力。羅宣在酣戰龍吉時，他仗劍直取龍吉。龍吉公主一點都不慌張，擎起二龍劍，隨即將劉環斬殺於火內。

上面的探討使我們了解到，羅宣和劉環確是股毀滅力量。他們替紂王的大兒子殷郊效力，想要摧毀敵將和西岐城。但是他們終究徒勞無功。跟他們有牽連的故事，只是作者用來襯托出他維護社會和宇宙秩序的工具。雖然如此，在這部小說的結尾，這兩位超自然的道士，也跟其他陣亡的忠臣俠士，受到册封超昇入天國。在火部當中，羅宣被勅封爲火德星君正神，其所兼領的火部五神，朱昭被册封爲尾火虎、高震爲室火豬、方貴爲嘴火猴、王蛟爲翼火蛇、劉環爲接火天君。比較而言，羅宣和劉環只在叛逆這層面是和普羅米修士相似。

在西元前五世紀或更早的希臘，盜火者普羅米修士的傳說幾乎是家喻戶曉。世界上第一位悲劇作家艾斯格勒斯（西元前529～456 年）以三部曲的形式來處理這個叛逆的巨人抗拒暴君宙斯的故事，而使其永垂不朽。三部曲中，《普羅米修士被綁》㉛是碩果僅存的，而《普羅米修士釋放了》和《取火者普羅米修士》則已軼失。諾伍德（Gilbert Norwood）認爲，按照事件發生的先後，應先是普羅米修士冒犯了宙斯，繼而他被處罰，終於他們言歸於好，故這三個劇本的正常次序應該是《取火者》、《普羅米修士被綁》和《普羅米修士釋放了》㉜。這種推斷，比認爲三部曲的次序應是《普羅米修士被綁》、《普羅米修士釋放了》和《取火者》，更能跟艾斯格勒斯傾向於維護一個和諧的社會和宗教秩序的藝術特質和精神配合。

《普羅米修士被綁》處理的是火神向暴虐的宙斯挑戰以及緊

跟而來加諸於他的懲罰。這個劇本的結構有些像馬羅（Christopher Marlowe）的《浮士德博士》一樣，略於情節，幾無中環，描寫得最精采的是主角強烈情感的變化，以及主配角所流露出來的力量。巨人普羅米修士始終不肯向宙斯妥協，以致被火與鍛鐵之神赫費斯特士（Hephaestus）用鎖鍊縛在西錫亞（Scythia）的懸崖上。福格森先生認爲，只有浪漫派和後期浪漫派的作家試圖把某種哲思強加在他們所引用的神話上㉝，我則覺得，艾斯格勒斯雖說是古典派作家，他仍利用火神的神話來表達他的社會和宗教觀。就像大部份古希臘人一樣，他對於自己所處理的題材，抱著一種相信的態度。據此，我們可以說，劇作家對火神神話的態度是突魯布里安人對神話的第一種和第三種態度的綜合。

普羅米修士對人類的愛不只在一兩處顯示出來。他屬於巨人族，同情宙斯的革命。宙斯由於他的幫助，一旦成功地推翻了他父親克魯諾斯（Kronos）之後，爲了鞏固自己的王國，便決定毀滅人類並重新創造人種。普羅米修士基於對人類的愛，乃起而反抗宙斯，使人類免於浩劫。因此，他變成了萬神之神的仇敵。在他跟海神的統領談到他與宙斯的宿怨時，他指出：

宙斯一旦奪取了父王之位後，
便立刻封賞各神職位，
組織王國；
而人類之痛苦
他卻毫不關懷。
他的願望是人類應毀滅，

而後他就可以生產另一人種。
沒有人膽敢忤逆其意志，除了我。
我有此斗膽，我拯救了人類，
因此我被縛住受盡磨折。
這苦頭是悲慘的，令人目不忍睹。
我同情人類，
我未料到會落到這種地步。
在此受盡無情的懲罰，我是
宙斯之恥辱。

（243～257 行）

我們只看他對統治階段的反抗，就可發現他像極了羅宣和劉環，甚至像那位反抗黃帝的蚩尤。這一點容後再討論。在此我們只消說，他因對人類充滿了愛，以致爲人類受苦。從另一方面來看，他也是個耶穌型人物，因爲受惠於他的宙斯，對他的幫忙非但未思回報，反而將他綁在西錫亞的一塊岩石上。一直要等到宙斯的第十三代後裔赫勒克利斯（Heracles 又叫 Hercules）來釋放他，他得忍受宙斯惡毒的懲罰。我們若把普羅米修士跟中國的叛逆火神比較的話，我們就會發覺，他跟戰死疆場的羅宣與劉環大不相同，他變成了一位受苦受難的英雄，一位與荒謬的命運作戰的西西佛斯（Sisyphus）。

與伏羲和燧人氏一樣，普羅米修士也是取火者，是人類之恩人。但有一點卻不盡相同，伏羲與燧人氏只須到樹林裡取火，他則得到天庭盜取，並且在拯救了人類之後，隨即把火傳給他們。爲了此一越軌行爲，他得忍受宙斯的折磨。在被釘在西錫亞的巉岩之後，他曾在獨白中明白地指陳這一切：

我被綁得緊緊的，我必須忍受。
我帶給人類禮品。
我尋找出火的祕密來源，
隨後我裝上一蘆葦管的
火給人類，這技藝之先師，
改變一切之根源。
這便是我必須擔當的罪愆，
在蒼穹下被釘在岩石上。
（118～125行）

不論在東方或西方，人類懂得利用火通常被認爲是通往文明的第一步。普羅米修士冒著生命之危險，爲人類帶來如此珍貴的火種，而他只能以帶著嘲諷的口吻來說明他的動機是因爲「我太愛人類了」（134行）。因此，就他對人類的愛以及因此受到懲罰而論，他倒是像極了耶穌。

像神農與伏羲氏一樣，普羅米修士也是一位帶給人類知識的人。他爲先民帶來思考與記憶的能力；他教導他們使用數字，把字母拼成字的方法；他提供他們農業、醫藥、礦物以及其他方面的知識。簡言之，他教導他們各式各類的技藝，以減輕他們的痛苦。他說如下的話時，確實是一點也不誇張：

在我使他們看到以前，
火的徵兆對他們而言是太模糊了。
地底下給人類蘊藏了
寶貴的東西，
銅和鐵，金和銀。

在我未指出挖採的方法以前，
有誰敢說他懂得挖採？
除了吹噓以外，沒有人敢這麼說。
人類所有的技藝、物產都來自我。
（537～546 行）

我們都曉得，在中國神話裡，這方面的貢獻，一部份是屬於伏羲氏，另一部份則歸諸神農。中國沒有一個神祇是可以完全跟普羅米修士相比擬的。

上文曾略略提到，普羅米修士在個性上頗似撒旦，總愛反抗權威。這一點在艾斯格勒斯的劇本裡表現得特別明顯。在他被鎖禁於西錫亞的巉岩後，他依然故我，違抗如前。有一次，他的一位兄長奧森（Ocean）基於愛心與骨肉之情，特地跑來想幫他忙，並且勸他在宙斯的恚怒下要謙卑一些。普羅米修士以輕蔑的態度聽著，然後拒絕了乃兄的勸告，並且勸其兄切莫與作惡多端的人交往。奧森匆忙離去後，普羅米修士又向一羣海神誇耀他對人類的善行。他說在他「自恥辱、悲傷和枷鎖中／得救」之前，他

必須長久屈服在痛苦和悲傷之下。
只有如此他的束縛才有解開之一日。
所有的技巧、機詐，就像愚蠢
在需要面前。
（553～556 行）

當變形為牝牛的艾歐（Io）出現在普羅米修士面前，普羅

米修士為她預言她未來的命運，並言及宙斯的敗亡；因其時宙斯正準備跟一個女人結婚，而這女人將會替他生下一位比父親還强的兒子。他也提到十三代以後，宙斯會有一名後裔，「英勇無比，以弓箭之術揚名」（956 行），這後裔會為他帶來自由。眼前他深知自己與宙斯的命運，他絕對不向任何暴力低頭。在宙斯的使者赫美士（Hermes）到來，要他透露宙斯注定要被推翻的祕密之前，他向一羣海上女神說：

在我看來，宙斯根本不算甚麼。
讓他顯現其意願，顯示其力量，
他能在天上作威作福的
時日已不長了。

（1041～1044 行）

接著赫美士到來，對他百般恐嚇，而他依舊輕蔑如前，蔑視赫美士只不過是「諸神的跑腿」（1059 行）。他向宙斯挑戰：

那麼把三叉形的火焰
投到我身上吧。讓霹靂
撕裂四周的空氣。
狂風癱瘓了天空，
颶風搖撼大地之根本，
海浪湧起來吞噬了星星，
就讓我被捲入地獄裡，
捲入「需要」兇猛的漩渦裡，
他都殺害不了我。

（1155～1163行）

突然間，整個自然界起了一陣騷動，態度依然傲慢的普羅米修士沈入了地獄裡。這就是違抗宙斯的取火者的恐怖命運。與中國的火神相較之下，我們發覺他和羅宣、劉環，甚至蚩尤頗爲相像。但有一點卻跟他們不同，他們最後雖被殺害，可還得以超昇，而普羅米修士在與其對手和解之前，卻被打入地獄去接受苦刑。

上面的探索使吾人理解到，艾斯格勒斯是個古典主義者；他根據原始的傳說以爲素材，把踰越者囚禁起來以獲取天庭的秩序。他與十九世紀浪漫派的雪萊不同。雪萊釋放了劇中的主角，他則非但囚禁了普羅米修士，甚且讓普羅米修士與宙斯和解，藉以換取某種社會與宇宙的和諧。在《普羅米修士被綁》一劇中，我們看到的是宙斯年輕的暴行，以及普羅米修士不屈不撓的抗拒和力量；然而這只不過是整個三部曲之部份描繪而已。雖然《普羅米修士釋放了》已遺失了，不過整個故事的輪廓我們大致還清楚。在艾斯格勒斯現存的劇本裡，普羅米修士一再暗示，總有一天萬神之神會需要他的幫忙的，而且一位「英勇無比，以弓箭之術揚名」（956行）的人會來釋放他。在跟海上女神對話中，他甚至預言他可能和宙斯妥協：

我曉得他很野蠻。
正義只站在他那一邊。
但是有朝一日他落魄了，
他會變得溫和的。
他會平緩他固執的脾氣，
跑來見我。

屆時我們之間就會有和平和互愛。

（199～205行）

換言之，儘管艾斯格勒斯是一位古典主義者，他也難免採用了取火者的傳說，來表達他對社會與宇宙的看法。實在說，他是把人類的進化史跟自己的宗教觀混合起來。

十九世紀，歌德、拜倫和雪萊這三位浪漫派詩人全都寫過普羅米修士的傳說。像大部份自我中心的浪漫主義者一樣，歌德和拜倫頌讚普羅米修士，並把他反抗命運的行爲跟人類的等同。譬如說，在拜倫的〈普羅米修士〉中，我們讀到底下數行：

宙斯所從你身上榨取的
只是刑拷你的折磨
反施於他的威脅；
你很準確地預測了他的命運，
但你卻不願意告訴他以緩和其憤怒；
在你靜默中就是他的懲罰，
而在他靈魂裡的只是空懺悔，
不祥之恐懼掩飾得很差，
他手裡的閃電顫抖著。㉞

拜倫把普羅米修士這位巨人捧爲英雄，是因爲他不肯向敵人屈服，而宙斯則被貶爲罪人。此外，詩人把人跟自己悲慘的存在的掙扎，跟普羅米修士的掙扎等同：

人就像你，生而即半神聖，

是一條源頭純潔而被攪混了的溪流；
他能約略預測
自己充滿陰影的命運；
他的不幸和抗拒
以及悲苦的孤立的命運。

（47～52 行）

很明顯地，拜倫寫作本詩絕非爲了娛人娛己。相反地，他寫作這首詩是爲了使讀者昇華。「人類生而即半神聖」，而他就像全知的巨人普羅米修士，能預知自己的命運並加以反抗，使萬神之神顯得更爲渺小。

雪萊的《普羅米修士釋放了》㉟，無論在人物刻劃、主題和題材這幾方面，在在都是普羅米修士神話的擴展。從他對這個火神神話的處理，可以看出他個人反叛的性格與精神。雪萊跟艾斯格勒斯不同，後者爲了貫徹其宗教觀，最後不惜讓普羅米修士和宙斯修好，雪萊則在《普羅米修士釋放了》的序文說，他「反對讓這位英雄與人類的迫害者妥協這樣脆弱的結局。」㊱和米爾頓的史詩裡那位只爲本身的榮耀與利益而戰的撒旦比起來，雪萊認爲「普羅米修士似乎是道德與智性最完美的類型，他爲最純粹與最眞實的動機所驅使，去追求最高貴與最佳的目標。」㊲誠然，雪萊的普羅米修士不僅熱愛人類，而且也寬宥了自己的仇敵，這一點我們後面自然會發現。因此，從各個角度看來，他確是一個耶穌型的人物。㊳

雪萊爲了表達他的博愛思想，不惜擴大甚至於扭曲了原始的火神神話。他的劇作共有四幕，跟艾斯格勒斯的一幕劇自是不同，因此，比較上要來得複雜得多。在劇作中，主角在西錫亞已忍受了三千年的折磨，正等待釋放他的那一刻到來。力量（Force）、暴力（Violence）、海上女神以及艾歐已自劇中消逝，代之出現的卻是另外大約十個新角色，諸如狄摩戈根（Demogorgon）、赫鳩力士（Hercules）、亞細亞、潘狄亞（Panthea）、艾奧妮（Ione）和朱比特的幽靈（Phantasm of Jupiter）等。過去批評家爲了貶抑這個劇本，泰半視之爲托意文學。最熱衷於宣揚雪萊的詩名的雪萊夫人可就不這麼樣想，她認爲普羅米修士代表人道、朱比特代表邪惡、赫鳩力士代表力量、亞細亞代表自然，雪萊的意圖是並不僅僅在寫托意文學而已㊴，很明顯地，後世的批評家對劇中角色的寓意衆說紛紜。我則認爲比較恰當的看法是，把《普羅米修士釋放了》看作是一齣倡言博愛的抒情浪漫劇，而不僅僅是一篇托意文學而已。㊵

我們說《普羅米修士釋放了》是浪漫的，其意義即在指出雪萊跟艾斯格勒斯相反，在解決取火者與迫害者之間的爭端，自有他的一套。假如普羅米修士代表人道，而朱比特代表邪惡，那麼，要消除這種衝突的唯一途徑就是愛。戲開始時，普羅米修士還一再要求他的母親「大地」和潘狄亞、艾奧妮兩海神，爲他重述朱比特首次折磨他時，他對朱比特的詛咒，不過，「大地」和兩女神卻不加以理睬。最後，朱比特的幽靈現身來複述此一詛咒。一聽之下，他反而拒絕再這樣詛咒人。經過三千年的苦刑，現在他已變得睿智多了，同時也「不再」怨恨了（第一幕第57行）。他發覺自己仍然是不屈不撓，可他却盼望人間「再沒有人受苦」（第一幕307行）。他變得非常人道，甚至合乎恕道，因爲他終於寬恕了迫害他的人。

從各方面看來，第一幕表現的是普羅米修士的心路歷程，通過此一過程，他逐漸了解到，解決人類的爭端與衝突的唯一方法，不應是仇恨或報復，而應是愛。當墨鳩里（即前面提到的赫美士）和復仇女神來威脅他，要他說出朱比特未來命運的祕密時，他毫不屈服，因爲他內心了然，暴力是無法永遠統治世界的。就像耶穌，他明白「痛苦」是他的「自然元素」，而「仇恨」則屬於朱比特——這裡由復仇女神來象徵（全引自第一幕第 478 行）。因此，在墨鳩里和復仇女神相繼離去之後，一羣精靈隨即出現，預言愛勢將治癒人類的病痛。他們也預言，普羅米修士會爲世間帶來愛，以掃除邪惡與憂患的統治。精靈去後，普羅米修士即承認愛的力量，因爲他對妻子亞細亞的愛，曾支持他忍受痛苦而不投降。正如他在第一幕開始時所說的，他「不再」怨恨，他只希望「再沒有人受苦」；他實已茅塞頓開，因爲他終於明瞭，「除了愛之外，所有的希望都要落空的」（第一幕第 825 行）。

愛的母題在第二幕裡更爲增强。在這一幕，亞細亞和潘狄亞隨著「迴音」，來到需要之神狄摩戈根的轄境㊶。在狄摩戈根居住的洞穴裡，亞細亞問了許多問題，主要是普羅米修士何時會獲得自由，並爲世人帶來自由，以征服朱比特的獨裁殘暴。主人爲了回答這些問題，指給她們看永恆的「時光」的旅程，其中某一段旅程正標示了朱比特之敗亡，另一段則標明普羅米修士獲釋。亞細亞和潘狄亞陪同「時光精靈」，乘車子來到一處新樂園之後，整個人都變了，彷佛變成了另外的人。潘狄亞臉色「蒼白」，而亞細亞則與愛同一化，因爲愛的光芒不斷從她身上湧出。下列潘狄亞的話正足以刻劃出亞細亞的愛對她和其他事物的影響：

你真變得好多啊！我不敢正視你；
我似乎視而不能見。我忍受不了
你美麗的光芒。美好的變化
正在自然元素裡發生，使得
你可以這樣不披紗帶綵……
愛就像太陽的火光
填滿人間那種氣氛，
從你身上迸出，照亮天地間，
照亮深邃的海洋和黑暗的洞穴，
以及居住在這些地帶的生命；直到憂傷
遮住了發出它的靈魂：
這就是你目前的狀況；不只是
我這作為你姊妹兼伴侶的人而已，
而是整個宇宙都在尋求你之憐憫。
（第二幕第五景 16～20 行，26～34 行）

亞細亞在答覆潘狄亞的頌讚時說：

施予或接受，
愛都是甜蜜的。愛好比陽光一般普遍，
而它親切的聲音從不叫人感到厭倦。
就像遼闊的天空，維持一切生命的空氣，
它使得爬蟲跟神祇同等：
最最能激起它的人是幸運的，
就像我現在這麼樣；但是感觸最深的人，
在飽經患難後，是更快樂的，

就如我不久後就會更快樂一樣。
（第二幕第五景第 39～47 行）

無疑地，亞細亞和維納斯一樣，是愛的化身，雪萊正好利用她與普羅米修士的關係，來散播宇宙愛的福音。

第三幕敍述了朱比特的敗亡與普羅米修士的被釋。在艾斯格勒斯的《普羅米修士被綁》裡，普羅米修士僅僅暗示說，有一天宙斯會與狄誦斯（Thetis）結合，並且生下一個註定要推翻父親的孩子，就像早年宙斯推翻乃父克魯諾斯一樣。我們曉得，在希臘神話裡，宙斯爲了避開這段致命的姻緣，把狄誦斯嫁給庇流士（Peleus）。我們了解此點後，便有理由猜測，在艾斯格勒斯久已失傳的《普羅米修士釋放了》一劇中，普羅米修士終必與宙斯言和，並且向後者吐露這個致命的祕密。在雪萊版的普羅米修士神話中，朱比特卻與狄誦斯結合，並頌讚自己的力量，除無法控制人之靈魂外，是無所不能的。就在這時候，標示他就要遭到推翻的恐怖時光之車到來了，「需要之神」狄摩戈根自車上下來。跟我們的期盼相反的是，宣判朱比特末日的不是他自己與狄誦斯所生的孩子，而是這位「需要之神」狄摩戈根。在雪萊的思想系統裡，這位「需要之神」與愛是互爲表裡的，因爲若缺少了愛，一個剛自暴政下掙脫出來的國家，勢必要陷入另一種極權之桎梏中。㊷

第三幕的另一重要事件是普羅米修士的被釋。在艾斯格勒斯的《普羅米修士被綁》中，普羅米修士預言有朝一日，一位「英勇無比，以弓箭之術揚名」（第 956 行）的人會來釋放他，顯然地，他指的是赫勒克利斯。在雪萊的劇作中，釋放的行動一如預言所料。被釋放後，普羅米修士興奮地告訴亞細亞，他們要如何在愛中度過未來的歲月。接著，他派遣時光精靈向人類宣佈他之被釋，而人類即面臨了一次激變。時光精靈在向人類宣佈了消息後，曾向普羅米修士報告此一轉變：

> 但是不久我一張望，
> 我就發現王座都空蕩蕩的，人們
> 就像精靈一樣，相伴而行——
> 沒有人到處搖尾乞憐，沒有人被踩在腳下；憎恨、鄙視或者恐懼，
> 自愛或自卑等不再鏤刻在
> 人們額頭，就像進入地獄之門那幅情景，
> 「所有的希望都遺棄那些進入此地的人」；
> 沒有人皺眉、沒有人顫抖、沒有人以焦急恐怯
> 注視另一個人發出的冷漠的命令眼光，
> 直到獨裁者的意願之所在
> 不幸變成使他難堪的事，
> 驅策他就像驅策一匹疲憊的馬一樣走向死亡。
>
> （第三幕第四景 103～141 行）

在這個剛從暴政掙脫的世界裡，人們不再受到自己同胞的奴役，他們可以自由來去，「就像精靈那樣」；仇恨、鄙視、恐懼，以及人類其他的不幸，全已消逝。在緊接下去的報告裡，時光精靈進一步說，傲慢、忌羨、嫉妒和恥辱永遠無法再破壞「愛這忘憂水甘美的滋味」（第三幕第四景 163 行），雖然人類仍將遭受命運、死亡與乎天道無常的折磨，但是有了博愛作爲生命的引導原則，人類自是幸福無窮。第四幕更具體刻劃了

大地與月亮（象徵所有的事物）在愛統治下的種種層次，把愛的母題發揮得淋漓盡致。

以上對《普羅米修士釋放了》的探索使吾人了解，雪萊是富於革命與浪漫的精神的。他扭曲了原來普羅米修士與宙斯和解的主題，並根據愛的「組合」（esemplastic）㊸或統攝力量，來散播他那自由、平等與正義的民主思想。套用馬林諾斯基的話來說，雪萊對於普羅米修士神話的態度是屬於第三種的。就愛這方面而言，他的普羅米修士很像神農、燧人氏和伏羲氏這些中國火神。就反叛性而言，他的普羅米修士又很像羅宣和劉環。

我們的結論是，有關伏羲、神農、燧人氏、祝融、回祿、赤精子、羅宣和劉環這些中國火神的傳說，眞是千頭萬緒。一般人都相信古代三皇的傳說是眞實的歷史，以顯示人類如何自原始的階段，進化到相當文明的階段。但是有關祝融、回祿和其他火神的傳說卻大都是虛構的故事，虛構、營構他們純粹只爲娛樂而傳遞下來，絲毫沒有較可靠的根據。從三皇的傳說到羅宣和劉環的故事，我們不難發現，火已從仁慈的力量演變成破壞的力量。有關古代三皇、祝融和回祿的傳聞始終都保留了傳說的本色，並未改寫或塑造成任何傑出的藝術形式；但在西方，有關普羅米修士的故事，艾斯格勒斯、哥德、拜倫、雪萊、穆地（William Vaughn Moody）㊹和羅威爾（Robert Lowell, 1919～77）等皆曾以不同的藝術形式處理過，以表達他們對整個宇宙的看法。中國火神的故事比較富人性色彩，而普羅米修士的神話則蘊含了比較多的宗教情操。倘若貫穿艾斯格勒斯的《普羅米修士被綁》的質素是力量，統攝雪萊的《普羅米修士釋放了》的是愛，那麼在中國火神的傳說裡，其中最明顯的成份卻是仁慈。

附　　註

①見福格森："'Myth' and the Literary Scruple," *in Myth and Literature,* ed. John B. Vickery (Lincoln: University of Nebraska Press, 1969), p.140.

②見前注，頁 141。

③王弼注，《周易》卷三，頁 11，上海涵芬樓四部叢刊本。

④玄珠，《中國神話研究》，頁 99～102，台北市新陸書局 1969 年版。

⑤袁珂，《中國古神話》，頁 70～72，上海商務印書館 1957 年版。

⑥洪興祖，《楚辭補註》，頁 328～329，台北藝文印書館 1965 年影印本。

⑦沃納 (E. T. C. Werner), *Myths and Legends of China* (London: Harrap, n. d.), p.239.

⑧袁珂所引，見氏著，頁 74。

⑨王弼注《周易》第八卷，頁 [illegible]

⑩見袁著，頁 71。

⑪見袁著，頁 70～71。

⑫在中國神話裡，據說女媧曾造人。據此，則她跟普羅米修士就有了類似處，因為有一傳說說他是人類之創造者。我不想把她跟普羅米修士作比較，因為她並非火神。

⑬見袁著，頁 41～45。

⑭Edith Hamilton, *Mythology* (New York: The New American Library,1942), pp.68～69.

⑮王弼注《周易》第八卷，頁 2。

⑯《辭海》上册，頁 199，台北中華書局 1972 年版。

⑰見袁著，頁 50～51。

⑱見袁著，頁 51～52，54。

又《韓非子》〈五蠹篇〉曰：「上古之世，民食果蓏蛇蛤，腥臊惡臭，而傷害腹胃，民多疾病。有聖人作，鑽燧取火，以化腥臊；而民悅之，使王天下，號之曰燧人氏。」

此段引文可見上海涵芬樓四部叢刊本《韓非子》卷十九，頁 1。

⑲見袁著，頁 70，74。

⑳王孝廉譯，森安太郎著《中國古代神話研究》頁 1，台北市地平線出版社 1974 年版。

㉑見前注，頁 4～5。

㉒見前注，頁 4。

㉓見《春秋左傳注疏》卷四十八，頁 842，台北藝文印書館十三經注疏本。

㉔見《新校史記三家注》卷四十，頁 1689，台北世界書局 1973 年影印本。

㉕見郝懿行《山海經箋疏》卷六，頁 7，台北藝文印書館 1974 年影印清嘉慶阮氏本。

㉖見袁著，頁 57～60。

㉗見沃納著，頁 238～239。

㉘E. T. C. Werner, *A Dictionary of Chinese Mythology* (New York: The Julian Press, 1961), p.197. 欲對這火神以及其他數十個火神如伏羲、神農、祝融、羅宣、蚩尤等有比較深入的了

解，讀者可參考此書第194～199頁。

㉙見前注第196頁。

㉚陸西星《封神演義》第502頁，台北文源書局1974年版，後引俱取自此一版本，並注明頁數。

㉛Translated by Edith Hamilton and included in *The Continental Edition of World Masterpiece,* Enlarged edition, eds. Maynard Mack, et al.（New York: Norton & Company, Inc., 1966）, Vol. Ⅰ, pp.280～309. Subsequent quotations with line numbers in the parentheses are from this version.

㉜*Greek Tragedy*（New York: Hill and Wang, 1960）, pp.92～93.

㉝見註第二。

㉞Ernest Bernbaum, ed., *Anthology of Romanticism,* 3rd Edition（New York: The Ronald Press Company, 1948）, p.546. Subsequent quotation is from this version.

㉟Included in Ernest Bernbaum's *Anthology of Romanticism,* pp.883～935. Subsequent quotations with act, scene, and line number in the parentheses are from this version.

㊱見前註，頁1198。

㊲見前註，頁1199。

㊳Earl R. Wasserman in discussing the aspect of myth in *Shelley's Prometheus Unbound* elaborates on the analogies between Prometheus and Christ. See especially pp.92～110 of his critical work *Shelley's Prometheus Unbound*（Baltimore: The John Hopkins Press, 1965）.

㊴Bernbaum, pp.1200～1203.

㊵Newman I. White, "*Shelley's Prometheus Unbound,* or *Every Man His Own Allegorist,*" *PMLA*, XL（1925）, pp.172～184, finds out evidences from Shelley's letters, Mrs. Shelley's note to the poem, contemporary reviews, to say that this lyrical drama is not an allegory, as past critics used to call it.

㊶批評家通常把狄摩戈根解釋爲魔鬼、自然之精、宇宙魂、需要等等，見 Kenneth Neill Cameron' "The Political Symbolism of *Prometheus Unbound,*" *PMLA*, LVIII（1943）, pp.742～743.

㊷見前註，頁 744。

㊸Samuel Taylor Coleridge coined this word to refer to imagination and used it to mean "molding into unity." See *The Norton Anthology of English Literature,* Revised edition, eds. M. H. Abrams, *et al.*（New York:Norton & Company, 1968）, Vol. II, p.272.

㊹William Vaughn Moody wrote an unfinished trilogy called *The Masque of Judgement*（1900）, *The Fire-Bringer*（1904）, and *The Death of Eve*（1912）, in which he set forth in verse-drama the central problem of humanity: the rebellion of man against God and the final resolution in moral idealism. See Robert E. Spiller's *The Cycle of American Literature*（New York: The Macmillan Company, 1955）, pp.207～208.

附記：本文原屬英文稿，多承李有成和吳連英兩位幫忙迻譯，才來得及以中文出現，特此誌謝。

自然詩與田園詩傳統

東西方人士對自然的看法迥然不同，現在一般人常把它當作外界現象而且跟我們內心的需求相反。在史前時期，自然被視爲是冷酷和邪惡的，隱藏著不可征服的異常力量。這種對自然的畏懼，在經過幾千年後，人們逐漸能主宰及熟悉其環境後才慢慢沖淡下來。因此在荷馬的史詩裡，自然不再被視爲反人性，而是一個龐大、堅實而且由繁多物體組成的光明燦爛的世界。生命及自然同被接受，而且恰如其分地表現出來。在《舊約聖經》裡，自然係受制於上帝，對自然細節的描繪，並不是爲了表現自然，而係爲了顯示宗教眞理。基督宗教觀點即脫胎於此，以爲自然萬物俱爲上帝恩寵的顯示，十九世紀晚期的英國詩人霍布金斯（Gerard Manley Hopkins, 1844～1889）可說是奉行此說晚近的使徒。同時，有人把自然當作一個墮落的世界。大地的裂縫、高峯和峭壁，全視爲上帝對人類罪行及罪犯的懲罰。如此一來，西方人對於自然界，一方面讚美，另一方面卻對它懷著敬畏和恐懼。

相對於希伯來人對自然界懷抱著消極態度的是古希臘人，他們採取的是更富彈性的態度。對他們而言，自然界代表許多事物：自然是鬼神出沒之地、是一女神、是一造物者、是赫拉蓋脫斯所認爲的流體（Heraclitean flux）、是一外表虛幻的世界以及是一沒有神祇而純是原子的不斷組合世界。大體來說，不管採用擬人法或分析研究，他們都企圖與外在世界建立友善的關係，然而由於詩人與哲學家各人氣質不同，對於世界的看法也就有了歧異。對於哲學家如巴曼尼狄士（Parmenides, 515～450 B.C.）和柏拉圖（Plato, 427～347 B.C.）而言，外在世界是虛幻的，惟有一組組的觀念才是最後的眞實。但是詩人的態度較富彈性。在沙孚克理斯（Sophocles, 469？～406 B.C.）的《伊底帕斯》以及其他劇本詩篇中，人與自然有福同享，有禍同當。由伊底帕斯的罪行所引起的天災，降臨大地也同樣降臨老百姓頭上：自然界係受制於道德秩序的。簡而言之，對古代文明來說，自然可能是詩人所懷抱的宇宙觀、苦鬥的對象，或者就像在狄奧克里特士（Theocritus, 308～240 B.C.）和威吉爾（Virgil, 70～19 B.C.）的田園詩裡所描繪的，自然是一優雅的、精心設計的世界，以作爲人們過慣了宮廷及城市極爲刺激而又緊張的生活的一種精神的制衡，並且展現文學作品裡一再重複出現的天眞爛漫和清新的主題。

英國人承襲了這兩個主要文化，其對自然界的態度也就模稜兩可。看來，他們受到希伯來思潮的影響遠較希臘的意識形態還要深。這就解釋了爲甚麼一直遲至十八世紀初年，英國人可能除了湯姆森（James Thomson, 1700～1748）、薩維哲（Richard Savage, 1697?～1743）、馬利特（David Mallet, 1705?～1765）、希爾（Aaron Hill, 1685～1750）和戴厄爾（John Dyer, 1700?～1758）等先驅人物以外，仍然未與外在世界建立和諧的溝通①。相反地，他們試圖征服這個外在的甚至邪惡的世界，使它臣屬於全能的主宰，或者附隨於他們自己的意念之下。然而，根據一位傑出的思想史家的說法，十七世紀四十年代似乎是審美趣味發生變化的轉捩點，在此時，構成新世界景象的素材已由摩爾（Henry More, 1614～1687）和波義耳（Robert Boyle, 1627～1691）塑造成②。也就是這些同樣的素材促使另一代思想家得以興起，並透過他們，實際引進對自然界的新感性。

白奈特（Thomas Burnet, 1635?～1715）也許是上提新一代思想家裡最重要的一位。他在傑作《地球論》（*The Theory of the Earth,* 1684～1690）裡首先提到等於後來的新感性理念如下：

> 依我看來，自然界最偉大的物品乃是最賞心悅目者。除了天宇的大凹面以及羣星盤據的無際的領空之外，沒有比地球上寬闊的海洋及羣山峻嶺更能令我望之而充滿喜悅。這些事物的氛圍裡包含著威嚴肅穆，激發心智產生偉大的思想和情感。身歷其境，吾人自然就會想到上帝及其偉大，而任何只要擁有無限的影子和形象的東西（正如那些大得使吾人無法理解的東西所擁有的），都能使吾人心靈甚為充實，為其所震懾，並把心靈投入一種令人欣悅的恍惚和激賞中（卷一第十一章）。③

顯然地，他對自然偉大事物的迷戀預示了大約三十年後艾狄生（Joseph Addison, 1672～1719）的雄偉理論。他很像十九世紀的詩人，不再以爲自然界是某些抽象不可捉摸、有控制力的觀念，而是可以靈敏地察覺到的自然景物。套用貝拉米（Edward Bellamy, 1850～1898）的話，一種「靈魂的新感性」④的確已經發展完成。然而在數十年前，這種反應實際上是不可能有的。譬如在 1611 年，端恩（John Donne, 1572～1631）在哀悼小千世界、地球與大千世界的腐化時，曾寫道：

> 但是地球仍維持其圓潤嗎？
> 特納利夫火山（Tenerife）或更高的山
> 不是曾高高聳起，使人誤以為
> 飄浮於天空的月亮會在那兒遇難沈落？……
> 在地球表面，這些
> 不純粹是腫瘤和瘡孔嗎？是的：你不得不承認
> 地球的勻稱在此受到破壞。⑤

這些詩句所蘊含的意義，可能對我們顯得陌生，但對端恩當代的人則不然。他們把宇宙想像為一個和諧體，有秩序有範疇，美主要建立在形式和色澤的規律、勻稱和協調上。

羣山峻嶺乃為地球的缺陷，這觀念可回溯至中世紀基督教猶太教神學家所抱持的觀點，他們堅決主張地球「圓融均衡」的說法⑥。大約三十年後，端恩對地球凹凸不平的嫌惡，仍可在摩爾身上獲得共鳴。摩爾說到那些「粗疏散佈的山嶺，似乎只是地球表面許許多多的疣贅及不自然的腫脹」；河流山嶺則為「神聖上帝在世界上粗疏不經心的筆觸和素描。」⑦如前所述，在歷史上摩爾是把永恆的上帝和祂在空間有限的顯現作非常重要的綜合的人，而這卻源自他在 1642 至 1646 年 4 年間在態度上有著突兀的戲劇性的改變⑧。可他跟其後進白奈特無法自制而去讚賞「粗野」的環境不一樣，他的態度是一致的：他對地球上「粗疏不經心的筆觸」絲毫沒有好感。在此脈絡下，我們才發覺白奈特對大自然偉大景物的激賞，於新感性的形塑，更是扮演著決定性的角色。

我們千萬不要自我蒙蔽，以爲上提這些這就是感性轉變的全貌。事實上，促成此一發展尚有其他因素，朗占納斯在諸力量中即佔有一席之地。依據詳盡地探索英國朗占納斯的源流的專家曼克（Samuel Monk）的說法，朗占納斯在英國和法國的影響和聲譽，事實上係以 1674 那年爲轉捩點⑨。在此之前，1652 年賀爾（John Hall）第一次將朗占納斯的論文翻譯成英文，並把書名譯成《朗占納斯論雄辯之崇高》（*Peri Hupsous or Dionysus Longinus of the Height of Eloquence*）出版時，可他並沒激起預期的反應。事實上，在 1674 以前，「朗占納斯雖爲人所知，但還沒爲人所津津樂道，而且尚未形成權威」⑩。在 1674 這關鍵性的一年，朗占納斯的作品再次翻譯並介紹到英國來，這次不是經由英國人，而是由一個法國詩人兼批評家叫布瓦洛（Nicolas Boileau-Despréau, 1636～1711）的以法文譯成。這譯品一出版馬上轟動一時，風行一世。毫無疑問地，這對十八世紀美學雄偉觀念的形成，有著莫大的助益和貢獻⑪。此外，胡西（Christopher Hussey）宣稱，「英國醒覺過來鑑賞風景，乃爲大陸之旅所產生的直接成效，因爲英國在孤立於歐洲大陸後的十七世紀大部份時間，貴族間極流行赴歐洲旅遊。」⑫就我們現在所能理解，歐洲之旅絕非促成上提的醒覺的唯一因素。然而，就丹尼斯（John Dennis, 1657～1734）、沙佛茲伯里（Anthony Ashley Cooper, 3rd Earl of Shaftesbury, 1671～1713）和艾狄生（Joseph Addison, 1672～1719）的日誌書札及其他文件所顯示，旅遊確實有助於將英國人蘊藏於內心深處原本熱愛自然的火花激爆開來⑬。簡而言之，上提這些因素都是在十六世紀末十七世紀初期，有助於導發感性轉變的各種力量和因素⑭。這種感性的轉變的立即效果是，英國在湯姆森身上見到了第一位自然詩人的出現，而就自然景物的處理來說，他又可說是浪漫主義運動的一位先鋒。

在中國這一邊，魏晋時代（西元 220～420 年）也同樣發生過審美趣味的轉變。在這分水嶺之前，就像湯姆生時代以前英國的情形一樣，詩人絕少純就自然本身來描繪，而只把它當作人類活動的背景來處理⑮。爲了更具體來說明這轉捩點的產生，首先我們得先從中國人的自然觀以及中國人亙古以來與自然界的關係談起，就像本文一開頭便談到西方人對宇宙的看法一樣。

跟英國人一樣，中國人對自然的態度相當曖昧。把自然與充滿力量和渴望的天庭相提並論時，它可說是備受尊崇敬畏，幾乎奉若神明⑯。而比這更常見的是古代儒家的態度，儒家有時敬自然而遠之，有時則不，有時甚且視之爲某些該被征服的物體⑰。儒家之士和古希臘人在某方面極爲相似，企圖把外在世界「人性化」，可道家却又與盧梭式的浪漫主義者較爲相近，竭力想使人「自然化」⑱。在道家眼中，自然界最不帶個人色彩和人文意志。它可與歷久不渝、無所不包、最是無所不在的力量「道」等量齊觀，可與「天」、「命」對稱，且相當於「自自然然」及世上形形色色的自然景物⑲。後來在鄒衍（西元前 345～275 年）和其他陰陽家手中，他們係從陰陽五行的觀點來看自然，自然就構成一井井有條的模式⑳。就像西方思想裡的自然觀一樣㉑，在中國，自然即使不是肇始自遠古，至少在道家成立以來，即已是一影響深遠的觀念。而道家自成立以來，就大大的影響了文學創作。

中國人長久以來即與自然界處得水乳交融，這跟西方人（不包括古希臘人在內）是不一樣的。在中國文學裡，古典詩人與自然界水乳交融的境界，特別是在魏晋時期以後，主要係建立在莊子、鄒衍和其弟子所提供的美學與哲學基礎上。確切地說，莊子主張泯除我與非我，或主體與客體的藩籬，而且吾人須與萬物認同㉒；而鄒衍則宣稱，人際事物與超自然訊息變動息息相關。依他們看來，自然未必一定是外在的、邪惡的，吾人大可不必打著人類福祉的招牌來征服它。相反地，自然恆爲內在的。他們堅決鼓勵吾人去主動參與宇宙的律動，與外界合一。此外，孔子「知者樂山、仁者樂水」㉓的話，亦能激發人們興起忘情於山水之想，甚且據之以爲緣由。儘管如此，吾人所認知的狹義的自然詩並未在先秦時期（西元前212年）及漢朝時期出現。這樣說來，這可能就扯到定義的問題了，這一點我們將會在其他地方加以闡述。最重要的是，在獨尊儒家思想的文化和哲學風氣之下，要自然詩此一文體在漢代時期大量出現並不太容易。

漢賦爲苦心經營、講求對仗的散文詩，泰半專致於自然景物、房舍和帝皇狩獵的描繪。在賦裡，中國人對自然界的嗜好似乎套上了一副掩飾的面具。大部份描寫具以夸飾之詞爲之，虛構而富裝飾性，絲毫不見眞誠，這就是爲甚麼學者很少從藝術價值來探討此一時期的賦，即使有的話亦僅僅從文字技巧來作文章。自然詩是在漢朝滅亡時才眞正開始興盛起來。政局動盪不安，儒家思想式微，促成了出世哲學所謂道家的盛行，這較有利於想像力的騰馳鷹揚。這時候，文人及社會上有智之士，爲免遭殺身之禍，若非紛紛隱遯山林，就是裝瘋賣傻。附帶一提的是，從西漢（西元前206～西元7年）末年即已傳入中國的佛教，此時也開始盛行。這時候的人，由於受到道家和佛教的影響，競相以親近自然爲己任。他們建在山林間的住處本身即爲自然的一部份。他們對自然的觀照即爲觀照現實本身㉔。他們或擬透視事物之含意，惟其所奮力表達的，卻是最眞摯、毫不矯飾的經驗，陶淵明、謝靈運及其他詩人的作品可爲例證。這麼說來，魏晋時期中國人感性之轉變可歸納如下：第一，道教和佛教這兩大宗教對山水意識的建立確已盡了力；第二，政治和社會環境促使人們無意中發現了自然之美。這些因素與英國十七世紀時期促成新感性之傳入的要素，並不盡相同。

當此時際，在我們未認定中國自然詩的開山鼻祖爲何人之前，我們似乎還得費些唇舌來釐淸自然詩與其前身田園詩之間微妙的關係。西方田園詩係由狄奧克里特士（Theocritus, 308～204 B.C.）㉕所肇始，威吉爾（Virgil, 70～19 B.C.）所發揚光大，此二詩人的書分別名爲《田園詩》（*The Idylls*）和《牧歌》（*The Eclogues or Bucolics*），架構出此一特殊文體所能發展的範疇㉖。這一文體的特徵就是幾乎每一首詩都利用所謂的田園「道具」或「裝備」（trappings or paraphernalia），譬如森林、山丘、草地、泉水、鳥、羊、牧羊女㉗，以及使用如重複句、吟唱比賽、方言以及套語句子等極爲鮮明的技巧以構成標幟。田園詩人藉此素材與技巧，因得以創造出一幅天眞爛漫、淸新純樸的小天地，而跟矯情腐化的大千世界構成强烈的抗頡。在此脈絡之下，安普森（William Empson）將此文體定義爲基本上是「馭繁入簡的過程」㉘，這個常常爲人引用的定義就顯得簡潔而恰當。然而，定義簡要也有其缺失，那就是由於過於簡略而未嘗考慮及此一文體的形態風貌。馬勒奈里

（Peter V. Marinelli）有鑑及此，特把其定義設爲「狄奧克里特士的田園詩、威吉爾和史賓塞的牧歌和波普的田園詩均爲同一文體的詩歌，其間間雜寫景和對話，半爲敍述體、半爲戲劇化，而且通常但非常常以六音步或五音步寫成。」㉙毫無疑問地，這定義比安普森的爲佳，因爲它不只注意到傳統而且連文體的形態盡皆包含進去。然而，這定義也有其缺失，因爲它忽略了安普森的定義所强調的準則和創作過程。依吾人之見，最好的定義應是上述二定義的綜合，把上提的現象兼包並蓄。我們在此得承認，像這樣的定義是不錯的，但也只有在討論西方傳統下創作出來的作品時派得上用場。如果一定要應用到中國文學作品上，這種定義就得作某種修正，因爲中國的田園詩一來並非用六音步或五音步寫成，二來也不一定非套上或派上對方的「道具」和技巧不可。

史詩之外，田園詩對後世作家的影響至爲鉅大㉚。這種說法可由其淵源及其基本假設來加以說明。人類似乎對天眞爛漫的時代、純樸的狀態、喪失在不久之前甚至遠古的東西，普遍存有一種渴望和鄉愁。據此，田園詩似乎與烏托邦文學有相通之處，因爲烏托邦文學也傾向原始主義和懷古；但是田園詩和後者最大的不同是，它能包含詩人所處時代的所有生活情趣㉛，文藝復興時代的詩人尤其如此，因爲他們把其領域擴大了。㉜輓歌、頌讚、社會政治批評和諷刺教會的文字全可追溯至最早的田園詩㉝。事實上，田園詩在天眞純樸的外衣下，對現實各領域是旣熱切又關懷。

在西方文學裡，自然與時間觀念佔有擧足輕重的地位。然而，打從一開頭，自然並不意味一特定的地點，而主要是詩人意念的投影㉞。它就像漢賦裡所刻劃的一樣，本來就不具代表現實的意味㉟，狄奧克里特士的《田園詩》大都以他的童年故居西西里爲背景，可他並無意描繪地方色彩，而僅僅從菲拉底奧弗斯（Ptolemy Philadelphus）時代的亞歷山大港過度膨脹的文明這一角度來加以對襯並理想化它㊱。後世非常熟悉的阿卡第亞（Arcadia）又是另一個理想化了的幽美情境（*locus amoenus*）。事實上，阿卡第亞在希臘毗連斯巴達地區，以其居民偏好唱詩比賽而聞名。此一地點最早出現在狄奧克里特士的《田園詩》中㊲，後來威吉爾把它拿來作爲一想像世界、心靈上的景緻，以作爲理想的投射。有一位現代批評家說過：「威吉爾的牧歌中的阿卡第亞係西西里和義大利南北風景的綜合品，是現實與理想的調和，並且把三者都理想化了。它變成了一個普遍性的東西。」㊳

在獲得了上提的透視角度後，我們現在可以來探討田園詩傳統與由湯姆森肇始的自然詩在發展上的類同與分歧處。非常顯然地，田園詩與自然詩同樣關懷和喜愛自然，單就此點而言，自然詩可說是田園詩的繼承者和延續。但是實際上，自然詩極少分享田園詩的假設和精神。自然詩一般比較寫實和客觀㊴，極少採用田園詩的道具如羊羣和牧羊女來裝飾它的世界，這跟田園詩沿世外桃源的方向來理想化截然不同。第二，田園詩植根於一種人和外界關係比較密切的文化背景裡，然而，自然詩係想像力和趣味從中世紀基督教嚴厲的桎梏下掙脫出來所自然產生的結果。第三，根據柯迪爾斯（Ernst R. Curtius）最近研究的結果，早期田園詩裡的幽美情境片段㊵，證實古代修辭學中的套語（topos）對詩歌的影響極爲微妙而且深遠㊶，而這一知識寶庫並未在自然詩出現，並成爲其技巧的一部份。最後更重要的一點是，由湯姆森肇始的自然詩，從未以掩飾的技巧來鋪陳詩人的意旨；自然在詩裡佔著顯著的地位，而且有時是以相當寫實的方式來處理完成的。

上面對田園詩和自然詩所作的區別雖然簡略但卻是非常重要的，因爲它讓我們對西方兩個看似類似的傳統的湊合與分歧處有所了解。此外，它可作爲我們進一步討論英國古典詩及在作了某些修正後討論中國古典詩時的比較標準。在下面幾段，我們得繼續探索中國自然詩先驅爲何許人也。

在英國文學中，大家一致公認湯姆森的《四季頌》爲源自農事詩傳統（the georgic tradition）的第一首自然詩，但跟田園詩截然不同。中國文學看來要解決誰是自然詩的鼻祖的問題，這可得從「田園詩」、「自然詩」和「山水詩」這些術語的應用來決定。對我們而言，田園詩指的是狄奧克里特士、威吉爾、史賓塞、波普以及其他詩人所寫的作品，用純樸的背景當作襯托，以表現人類錯綜複雜的生活。一旦我們把它當作陶淵明（西元 365～427 年）式的田園詩來看待時，一些所謂田園詩「道具」如羊、牧羊女，以及如唱詩比賽、方言、甚至重複句這些技巧的應用，應被視爲無足輕重才行。此外，中國田園詩裡顯而易見的對農耕細節、不平之鳴、甚至隱遯之樂的描寫，應能扮演更爲活躍的角色。這些條件考慮過後，我們就能採受游國恩的論調，說《詩經》中的〈七月〉、〈考槃〉、〈十畝〉和〈衡〉爲中國的第一首田園詩，㊷然而並非狹義的自然詩。

「自然詩」這個術語，在中國文學批評顯然是一新詞㊸，最近才傳入，用以涵括山水詩、田園詩以及屬於同一個系統但在這兩個術語流傳時的魏晋以前寫成的詩㊹。我們認爲，自然詩爲一特殊型態的詩，它融合了自然寫景和說理，但有時也袪除上提之說教，以便能容納陶淵明、謝靈運（西元 385～433

年）、王維（西元699～759年）等人的詩作；英國的威廉斯（William Carlos Williams, 1883～1963）和史迺德（Gary Snyder, 1930～）等人那些表現純粹經驗和現象的詩，這些詩主要是意象的演出，用以表現最爲純粹的經驗，而沒有格格不入的理念及其他非純詩的素質。有時候，我們也應用自然詩的最廣意義。不巧的是，大部份自然詩的定義和觀念要不是從湯姆森的《四季頌》，就是從浪漫主義的自然詩的結構與基本假使歸納而來。把這些定義和概念應用到上提之中國自然詩，往往顯得不夠周延和扞格不入。譬如，傅樂生（J. D. Frodsham）在評論一般人認爲是中國文學史上的第一首自然詩即曹操（西元155～220年）的〈觀滄海〉時㊺，就很機巧地以相當曖昧的贊詞和認可把其地位否決了：

> 這首樂府詩既簡單又工整，確是現存此類詩中一個最早而完整的例子。然而，由於缺乏富有教育意義的哲理，把自然景象轉化為更重要的真理的象徵，以及把單純的情感轉化為情感的淨化作用，使它跟後來的自然詩截然不同。㊻

他所想到的只是西元三、四世紀時開始盛行的詩，其先鋒人物有左思（西元272～305年）、孫綽（西元320～377年）、許詢（西元約320～365年）、殷仲文（西元407年逝世）、謝混（西元412年逝世）、庾闡（西元約286～339年）、湛方生（活躍於西元四世紀）、江逌西元303～362年）和支遁（西元314～366年）㊼。所有這些人的詩都跟他提出的把自然景象的描寫與某些「富有教育價值的哲理」鎔爲一爐的標準符合。這裡值得順便一提的是，傅樂生這種看法相當普遍，並且使人不期然想起溫薩特（W. K. Wimsatt, 1907～）在討論浪漫主義自然詩的結構時所說的一段影響非常深遠的話：

> 浪漫派自然詩人的普遍絕技，就是在風景中悟出道理來。這道理很可能就涉及事物的精神或靈魂——「吾人心外及外在的生命」，特別從自然界的外表抽繹出來。這道理係想像力的具體表現，沒有一般人在古典文學或基督教文學裡所找到的那種明顯的宗教教誨或說理。㊽

「在風景中悟出道理來」的確是英國自然詩最輝煌的成就，而且適切反映了西方人時時處心積慮地要把外界概念化。我們說這話，並非一定要反對他們的做法。事實上，吾人的目的僅在指出，他們對自然詩所下的定義，經常無法涵蓋陶淵明、謝靈運、王維、威廉斯和史迺德所寫的無數詩篇。因此，當務之急就在把視界和感性的範圍作某種程度的擴大。

傅樂生的〈中國山水詩的起源〉係開風氣之作，然而卻也聚訟紛紛，在論文中他明白地把自然詩界定爲「受到神祕哲學啓發的詩，這種哲學把所有自然現象視爲帶有玄祕和淨化力量的象徵。」㊾他根據此定義爲指南，在駁斥了《楚辭》爲眞正的自然詩以後，指摘說：

> 中國文學批評早就犯了過於粗疏的錯誤，他們單純地把山水詩看作謝靈運憑個人天才草創出來的成品，其實他的詩不過是幾百年來累積的成就而已。㊿

爲了糾正此種謬誤，他頗爲自信堅稱，左思、孫綽、許詢、殷仲文、謝混、庾闡、湛方生、江逌、甚至支遁和尙才是中國自然詩的眞正始祖，而不是謝靈運，因他只是自然詩此一運動的巔峯罷了。實際上，傅樂生撰述本文之目的係在改寫「自然詩的發展」史。51

傅樂生的用意委實崇高，但結果如何？大部份（請注意這個關鍵性字眼，不是「所有」）中國傳統文學批評家，打從史家沈約（西元 441～513 年）到多數淸代批評家如王士禎（西元 1634～1711 年）和沈德潛（西元 1673～1769 年）等，眞的犯了過於粗疏的缺失，居然把謝靈運捧爲第一位重要的自然詩人，52但是懷有眞知灼見的劉勰（西元約 466～520 年）、鍾嶸（活躍於西元 505 年）以及某些現代批評家如林庚和王瑤等則不然，他們的看法若非被前代批評家以及傅樂生之輩所誤解就是被忽略了。王文進就曾發表了一篇論文，在答覆傅樂生有關中國山水詩的起源時說，上面所提到的錯誤的鑄成，主要在於誤讀了《文心雕龍》下面這一段關鍵性文字：

> 宋初文詠，體有因革，莊老告退，而山水方滋。儷采百字之偶，爭價一句之奇，情必極貌以寫物，辭必窮力而追新，此近世之所競也。53

王氏爭辯，吾人應注意的不是把自然詩的形態描寫得非常的貼切的這段文字的第二句，而是涉及從玄言詩轉變到山水詩的第一句。這個句子的兩個關鍵性字眼是「因」和「方」，此二字若解釋得明確即能使人們明瞭到因革之方。王氏認爲，「因」應訓爲「沿襲」；方作「正是」、「正值」解，而非訓爲含有變革之意的「沿革」及「剛剛」。根據這個解釋來看，此句自然意謂，劉宋初年的文學業已歷經長期的發展，而非「突然的變革」，或暗示任何突然性在內，因爲那簡直把事情看得太簡單了。[54]

王文進爲了怕陷入牽强附會，又引用這句子之前的一段文字，以增强其論點。此段文字雖短，惟引錄於此則稍嫌太長了一些。內中涉及一百八十年間[55]，玄言詩及另一敵對文體也就是處於萌芽狀態的自然詩係處於相互消長的階段，以期冒出頭來[56]。然而令人感到諷刺的是，過去的批評家乃至現代的傅樂生本人，俱都未察覺到隱含在這裡的沿革迹象。他們俱都蔽於劉勰的名言「莊老告退，而山水方滋」，若非遽然宣稱謝靈運爲山水詩的始祖，就是像傅樂生一樣，把謝靈運的地位抹煞掉，甚或宣稱，在此時「玄言詩遽然爲山水詩所取代」[57]。但是，中國魏晋時期感性的改變，如同我們在西方感性轉變所見到的，是一長期的發展，內中必定涉及許多因素。王氏探討玄言詩和山水詩的沿革，與我們早先提到中國人在魏晋時期對自然界的態度產生了轉變，恰好不謀而合。看來如果我們沒有這項體認，而欲在探討自然詩這主題時不犯差錯，那幾乎是不可能的事。這也就是爲何我們得花這麼多篇幅來探究感性的轉變的緣由了。

上面討論到的名句「莊老告退，而山水方滋」具體包含了兩種風格的變遷。恰如王瑤這專家所指出，王文進所同意的這種寫作方式的改變，一點也沒牽涉到基本質素如思想、人生觀和宇宙觀的變遷[58]。玄言詩人和山水詩人雖說採取不同的方式，惟欲達到此目的卻都是一樣的：表現「道」此一本體世界。前一派詩人如郭璞（西元 276～324 年）、孫綽、許詢和袁宏（西元 328～376 年），試圖應用一種低調充斥而又意蘊深遠的論述文字，想把包羅萬象、臻至極境的道體呈現出來⑲。然而，與這一派相反或相抗衡的山水詩人如殷仲文、謝混、顏延之（西元 384～456 年）和謝靈運，為了同樣去切入那不可捉摸而又無所不包的道體，却都採用比較具體的譬喻性文字來描寫自然——道體本身的顯現⑳。因此，如果劉宋初年眞有甚麼感性變革的話，那麼指的應是這種表現方式的調整，而非甚麼本質性的改變，而這種變革早在漢朝即將崩潰時就已發生了。根據這種觀點，且又借助於擴大修正了的自然詩的定義，我們完全贊成林庚的論調，說曹操的〈觀滄海〉爲中國第一首自然詩。

王文進文章最腐蝕性的一點在指出，所謂「重新發現」山水詩的先驅這種論調，其實早就爲人敍論過了。約在一千五百年前，劉勰和鍾嶸的論著裡，就已經注意到這批詩人的流風及對前人的影響力。這麼一說，傅樂生的議論也就顯得沒有多大意義㉑，而他雄心萬丈擬想改寫自然詩發展史的目的也就完全落空了。即使王文進的品評允稱中肯，我們也得承認，王文提到那些涉及山水詩人的繼承的段落，語意多有糾葛，敍述也不夠系統化。㉒因此，僅就其無法洞燭機先，看出眞理所在而苛責於傅樂生者，於情於理，似都講不過去。傅樂生最不可原諒的地方應是口氣的專斷，聲稱「中國文學批評早就犯了過於粗疏的錯誤，單純地把山水詩看作謝靈運憑個人天才草創出的成品。」在「中國文學批評」前擺上個修飾詞「傳統的」，就會把熾烈的論爭緩和下來，因爲中國現代文學批評自當免受這種苛評酷擊。以研究魏晋時期的歷史和文學著名的專家王瑤，曾寫了一篇極富啓發性的學術論文叫做〈玄言、山水、田園〉，在文裡，他就詳細地探索了玄言詩、山水詩和田園詩的遞嬗情形，可他根本就沒有提到謝靈運是中國第一位自然詩人㊸。相反地，他根據《宋書・謝靈運傳》㊹與檀道鸞（活躍於西元五世紀）的《續晉陽秋》㊺上的記載，認爲山水詩的始祖是殷仲文和謝混㊻。他甚至宣稱，孫綽和許詢這兩位早年寫詩嘗被評爲「平典似道德論」的玄言詩人㊼，亦爲熱中山川遊歷者，雖說他們一生未嘗以刻劃大自然爲己任㊽。總括來說，就像我們在其他地方既已提到過，中國人對大自然的喜愛，早在這些玄言詩人出現以前即已形成。毫無疑問地，他們的態度對富有革新精神的山水詩人顯然發揮了一定的影響力。關於中國自然詩始祖的問題，由於傅樂生立論頗爲草率，錯誤之處，自不待言。

然而，我們也不得不承認，傅樂生之文有一定的貢獻。在西方，它是第一篇注意到中國自然詩的始祖問題，同時與感性的轉變一併處理，雖說它受到王瑤早期著作的影響，且該誌謝之處而未誌謝。此外，英美批評家把自然詩看成一種融合自然寫景和道德教訓的文體，此種批評標準幫助他重估中國自然詩，並且擴大了中國自然詩的範圍㊾。也就是說，使他能在自然詩的定義範圍內，把一些素來被誤認爲與殷仲文和謝混所草創、謝靈運發揮至極致的山水詩處於水火不相容的玄言詩人如孫綽、許詢和庾闡的作品都包羅進去。

附　　註

①A.H. 湯普森，〈湯姆森與詩歌裡的寫景〉，《劍橋英國文學史》，編者爲 A.W. 華德和 A.R. 華勒（劍橋：劍橋大學出版社，1907～1917），第十卷，頁 97。

②Ernest Tuveson，〈空間、神祇與「自然雄偉」〉，《現代語言季刊》，十二卷（1951），頁23，33～34。

③見Tuveson引用，頁34和Basil Willey，《十八世紀背景》（波士頓：燈塔出版社平裝本，1961），頁30。讀者如欲進一步了解《地球論》這本重要的書以及其在當時的地位，見Willey，頁27～31。

④見Tuveson引用，頁34。

⑤〈宇宙解剖：第一週年〉，《端恩詩集》，Herbert Grierson編（倫敦：牛津大學出版社，1933），頁216～217。

⑥Marjorie H. Nicolson, *Mauntain Gloon and Moucatian Glory*（紐約：諾頓叢書，1963），頁28。

⑦見Tuveson引用，頁35。

⑧Tuveson，頁23～24。

⑨曼克，《雄偉》（安那波：密西根大學出版社，1960），頁21。

⑩同前註，頁20。

⑪同前註，頁17及以下各頁。

⑫見Nicolson引用，頁25。

⑬Nicolson，頁276～323。

⑭在〈中國與歐洲的山水詩〉，《比較文學》卷十九（1967年夏季號），頁193，傅樂生說：「西方社會直到約十七世紀才眞正開始欣賞山水詩。」

⑮王瑤，〈玄言．山水．田園〉，收在《中古文學風貌》（香港：中流出版社，1973）裡，頁61；王文進，〈「莊老告退，而山水方滋」解——兼評傅樂生〈中國山水詩的起源〉一文〉，《中外文學月刊》，1978年8月1日，頁4。

⑯許倬雲，〈先秦諸子對天的看法〉，《大陸雜誌》十五卷第二期

（1957），頁 48～49。

⑰同前註，頁 51；以及同文下篇，《大陸雜誌》十五卷第三期（1957），頁 91～92。

⑱在《魯梭與浪漫主義》（波士頓：Houghton Mifflin, 1919）頁 269，巴璧德說：「吾人可以這麼說，希臘人把自然界人性化；魯梭式浪漫主義者使人自然化。」

⑲讀者如欲瞭解「道」以及其衍生義，可參考老子《道德經》卷一、四、六、二十一、二十五、三十四及四十二，河上公注，四部叢刊本（上海：商務印書館，1936）；郭慶藩輯、王孝魚校的《莊子集釋》（北京：中華書局，1961）裡的〈大宗師〉、〈秋水〉、〈養生主〉和〈天運〉諸篇，頁 246～247，494，588～591。近人之解釋探討，可見許倬雲，頁 91 與陳慧樺，〈莊子的詞章與雄偉風格〉，《文學創作與神思》（台北市：國家出版社，1976），頁 150。

⑳許倬雲，頁 93。

㉑Willey，頁 2。

㉒王瑤，頁 60。

㉓《論語》，何晏注，邢昺疏，《十三經注疏本》（台北市：藝文印書館，缺日期），卷六，頁 8a。

㉔王瑤，頁 61。

㉕狄奧克里特士的生卒年取自 Anthony Holden 的《希臘田園詩歌》譯序（哈蒙特華斯：企鵝叢書，1974），頁 11，17。柯迪爾斯（Curtius）認爲「西那庫斯的狄奧克里特士是田園詩的眞正創始人」，見《歐洲文學與拉丁史世紀》，Willard R. Tarsk 譯（普林斯頓：普林斯頓大學出版社，1953），頁 187。

㉖「田園詩」（idyll）此詞源自希臘文 eidyllion，意指「意象」或

「景象」；「牧歌」（eclogue）源自希臘文的 eklogé，意指「選輯」或「章節」（“selection”or“fragment”）；而另一「牧歌」（bucolic）則源自希臘文的 boukolikó，意指牧牛者，而與牧羊人相對。參見馬勒奈里（Marinelli）的《田園詩》，文學批評叢書第十五種，詹普（John D. Jump）編（倫敦：梅修因有限公司，1971），頁 8。

㉗這些「道具」見諸狄奧克里特士的《田園詩》卷一第一節、卷五第十七節、卷十一第三節以及卷廿二第二節。參見 Holden 的譯著《希臘田園詩歌》，頁 45，66，89，121。又見諸威吉爾的《牧歌》第二章第一至十三行，第三章第五十五至五十九行，第五章第五十五至六十一行，第八章第二十一至二十四行，第十章第八至二〇行，第三十一至四十三行。參見《威吉爾的詩歌》，羅德茲（James Rhoades）譯，西方偉大著作第十三本，胡欽斯與阿德勒主編（芝加哥：大英百科全書公司，1952），頁 6，11，17～18，25，32，33。這些「道具」出現的章節即上提兩詩描寫「幽美情境」的部份。

㉘《田園詩諸面貌》（倫敦：Chatto & Windus, 1950），頁 23。

㉙Marinelli，頁 9。

㉚Curtius，頁 187。

㉛譬如參見 Paul E. Mclane，〈〈牧童的月曆〉裡史賓塞的雙重聽衆〉，*Notes & Quries*，第六卷（1959），頁 249；Isabel G. Maccaffrey，〈〈牧童的月曆〉裡的寓意與田園風〉，《英國文學史雜誌》，第三十六卷（1969 年 3 月），頁 91。

㉜譬如參見 A. C. Hamilton，〈史賓塞〈牧童的月曆〉的論點〉，《英國文學史雜誌》，二十三卷第三期（1956），頁 176；和 Maccaffrey，頁 90，108。

㉝Harry Berger, Jr.，〈《牧童的月曆》裡的時態與遣詞用字〉，《現代語言學》，六十七卷（1969 年 11 月），頁 141，和 Marinelli，頁 12。

㉞Marinelli，頁 37。

㉟Curtius，頁 183。

㊱Marinelli，頁 10，39。

㊲見狄奧克里特士的《田園詩》卷二、卷七及卷廿二。

㊳Marinelli，頁 41。

㊴湯姆森《四季頌》中第一版的〈冬天〉爲一首描寫自然界的詩，參見 Patricia M. Spacks，《多變化的神》（柏克萊：加大出版社，1959），頁 4。Alan D. Mckillop 在《湯姆森四季頌的背景》一書中指出，「四季頌」處理的是蘇格蘭邊疆景緻，而且湯姆森同時代的人認爲，這詩主要是描寫性的，見該書（1942; rpt. Hamden: Archon Books, 1961），頁 4。

㊵狄奧克里特士和威吉爾的田園詩中「道具」或「裝備」出現的地方即該二詩「幽美情境」的段落。參見本文註㉗以便詳細知道這些片段。

㊶讀者如欲了解「套語」的源流和功能，其形態以及其後來如何侵入各種文體，請參考柯迪爾斯開先鋒且又極富啓發性的《歐洲文學與拉丁中世紀》，尤其是頁 68～105，183～202。

㊷《先秦文學》（台北市：商務印書館，1968），頁 104。君實在《中國山水田園詩詞選》，上下册（香港：上海書局，1966）裡，田園詩部份收了《詩經》〈七月〉、〈十畝〉等八首詩，用意無非在說明，他們俱爲中國田園詩的鼻祖。

㊸參見林綠，〈三種自然詩〉，收在《林綠自選集》（台北市：黎明文化事業有限公司，1975），頁 175以及其他各頁；傅述先，〈張

心滄的《中國文學研究》〉，《中外文學月刊》，1978年9月1日，頁11。

㊹此為自然詩最廣泛的意義。其狹義指源自湯姆森的《四季頌》這種特別的文體，大體與中國的「山水詩」相符。參見傅樂生〈中國山水詩的起源〉，*Asia Major*，第七卷（1960），頁68。

㊺見林庚，《中國文學簡史》，二册（上海：古典文學出版社，1957），第一册，頁154。

㊻*The Murmuring Stream*，二卷（吉隆坡：馬來亞大學出版社，1967），第一卷，頁92。非常類似的文字也出現在〈中國與歐洲的山水詩〉，頁201和〈中國山水詩的起源〉，頁76。

㊼傅樂生認為，這幾位都是謝靈運的先鋒，見〈中國山水詩的起源〉，頁78～97。

㊽*The Verbal Icon*（勒星頓：肯塔基大學出版社，1954），頁110。在〈中國山水詩的起源〉，頁103的一個腳注裡，傅樂生認為下引由溫薩特和布魯克斯給華滋華斯的詩的結構所下的定義，也可用來確切描述「中國山水詩的形式特徵」：

> 喻意和喻依都從同樣的素材以平行的程序編織出來。山水是提供主觀思維或獲取形而上的洞察力的機緣，同時也是比喻的來源，而思維和洞察力係據這些比喻而告確定……吾人的樂趣來自於吾人洞悉了各式各樣能引起美感的景象中所蘊藏的意圖和統一性。〔《西洋文學批評史》（紐約：Alfred a. Knopf, 1957），頁401〕。

無疑地，傅氏對中國自然詩的結構的看法，與溫薩特的密切相關。

㊾傅樂生，〈中國山水詩的起源〉，頁 72。

㊿見前註，頁 73。中文譯文取自鄧仕樑，《中國山水詩的起源》，收在《英美學人論中國古典文學》，中國古典文學翻譯委員會編（香港：中文大學，1973），頁 124。

51傅樂生，頁 51。

52傅樂生和王文進曾列舉並探討了這些批評家的言論，見前者的〈中國山水詩的起源〉，頁 69～72；註⑮所提後者的大作，頁 5。

53〈明詩篇〉，《文心雕龍》，范文瀾編（台北市：明倫出版社影印，1970），頁 67。

54「突然的變革」以及「玄言詩突然由山水詩所取代，明顯地乃當時耳目熟詳的批評用語」，都是傅樂生的話，見〈中國山水詩的起源〉，頁 69，72。

55始自正始（西元 240 年），歷經晉朝（西元 265～420 年）至劉宋（西元 420 年）。

56所提的一段係從「乃正始明道」至「挺拔而爲後矣」，見劉勰《文心雕龍》，頁 67。王瑤對於玄言詩之遞嬗爲山水詩與田園詩的研究，極富啓發性和原創性，見《中古文學風貌》，頁 47～83。王著出版於 1948 年。書名也出現在傅樂生著的*The Murmuring Stream*裡。傅樂生在好幾處似都受到此書的啓發，惟在其著作裡卻未見誌謝。

57此觀點以及這段裡所探討的三幾點，都受到王文進的啓發，見王文，頁 6～10。

58王瑤，頁 63；王文進，頁 10。

59王瑤，頁 57，63。

60見前註，頁 63，65。

61王文進，頁 6，15。

㊷王文進所列舉的那些段落，見王文，頁10～13。

㊸王瑤只說，謝氏著作極豐，對山水詩貢獻艮多，參見〈玄言·山水·田園〉，頁67。

㊹《謝靈運傳》裡的那一段是「仲文始革孫許之風，叔源大變太元之氣」，見沈約的《宋書》，四部備要本（台北市：中華書局，1965），卷六十七，頁19b。

㊺此史書已亡佚，惟所提句子爲「玄言之風……至義熙中謝混始改」，今輯存劉義慶的《世說新語》。參見楊勇著，《世說新語校箋》（香港，1970；台北市：樂天出版社影印，1972），頁205。

㊻王瑤，頁59，67。

㊼鍾嶸〈詩品序〉曰：

> 永嘉時，貴老黃，稱尚虛談。于時篇什，理過其辭，淡乎寡味。爰及江表，微波尚傳，孫綽、許詢、桓庾諸公，詩皆平典似道德論，建安風力盡矣。

參見陳延傑，《詩品注》（台北市：開明書局，1958），頁3。

㊽王瑤，頁59。

㊾從本文所採取的另一個觀點來看，我們發現此種自然詩觀相當拘謹狹隘，因爲它忽略了那些從純粹經驗與從現象學的觀點來處理自然的詩人，而陶淵明、王維、威廉斯和史迺德卻都寫了不少這種詩。

中英山水詩理論與當代中文山水詩的模式

首先，我必須給自己訂的題目做底下兩點說明：第一，我這篇論文第一部份要綜合討論的是中英學者理論家對山水詩所提供的一些見解，看看是否能給中文山水詩建立一些研究模式。第二，我所要探討的中文山水詩包括了中國大陸、臺灣和馬新地區華人所寫的模山範水的詩，引用最早的如賀敬之的〈桂林山水歌〉寫於六十年代初年，最晚的如匡國泰的〈山遇〉和〈進城〉發表於今年四月，故都是當代的。另一方面，我所謂的山水詩應等於英文的「風景詩」（landscape poetry）甚或「自然詩」（nature poetry）①或「鄉土詩」（自然詩裡我側重的是模山範水之作，比較不討論描寫農村景物的所謂「田園詩」；事實上，當今眞正嚴格遵照陶淵明、范成大等人所立下的成規而寫成的田園詩已不多見）。

討論中國山水詩起源、產生的時代、社會、文化背景的論著，在中文方面已有曹道衡、林庚、袁行霈、韋鳳娟、洪順隆和王國瓔等人，在英文方面主要有傅樂生（J. D. Frodsham）一人；由於觀點有頗大的差距，以致中國第一個山水詩人應是庾闡、左思和孫綽等，曹操以及更早一些的漢武帝的〈秋風辭〉或寫〈三秦民謠〉的無名氏②，一時並沒有公認的答案③，這一些歧異之造成，我好久以前即已指出來，這跟我們如何界定「山水詩」、「田園詩」，以及「自然詩」有關（陳鵬翔，頁 12），我現在甚至想說，這跟我們當代所建構的山水詩理論密切相關。

中外詩評家學者談論中國山水詩的論著愈來愈多，但是，在定義上能叫人心服口服的陳述並不太多，至於進一步對這一文類的特質加以理論化、模式化的更不多見，這可能跟我們對文類的研究不夠深入有關④。先談定義，潘亞暾說：「在中國大陸，評論家習慣上接受劉勰的觀念，把描繪山川景物寄意或抒情的詩篇叫做山水詩」（頁 26），這種界說是相當普遍、正統而傳統的言說，這種言說在跟西方學者如傅樂生和溫薩特（W. K. Winsatt）的言說對比起來，我們就會了解到其普遍性。潘亞暾在這篇論評王潤華的現代山水詩的文章裡雖然提到王維，但是我們無從在這個定義中解讀出他是否意識到山水詩從宋齊推演到唐代已經歷了不少質變。跟潘相當類似的定義是林文月的。林在〈中國山水詩的特質〉一文開頭就說：

> 顧名思義，所謂「山水詩」，應是指「模山範水」（《文心雕龍．物色篇》語）類的詩而言，為取材於大自然的山山水水，乃至草木花卉鳥獸者。換言之，它的內容宜包括大自然的一切現象。不過，在我國文學史上，「山水詩」一詞卻已約定俗成，別有一種特殊的含義……〔它〕是指南朝宋齊那一段時期的風景詩而言；更具體的說，乃是指以謝靈運為代表的那種模山範水的詩而言。（頁 23～24）

林文月這篇論文把範圍定在山水詩的模式上，故其定義也僅能用來框範大謝小謝和鮑照、顏延之等人的詩，其有意的狹隘性當然可以理解，我們如果要求用它來詮釋宋齊以後的山水詩，那當然有些強求了。不過，她給「山水」一詞所作的廣義解釋卻也有利於我們往後的論述。

洪順隆主要即從文體演變以及定義的角度來批斥林庚山水詩源於《詩經》時代以及袁行霈認爲山水詩的鼻祖應是郭璞的《遊仙詩》的說法，他認爲：

> 如要對山水詩尋流討源，就得對它的義界有個周全的瞭解。正如王漁洋所說的，山水詩是「刻劃山水者」，「窮幽極渺，抉山谷水泉之情狀」的。所以山水詩當是以描寫山水為目的，詩人的意識是集中在山水上的。創作是以山水景物為主題，且全詩醞釀的氣氛是純山水味道者。（頁59）

在這樣的角度下，左思的《詠史詩》，孫綽的〈秋日〉以及陶淵明的某一些描述田園生活情趣的作品都不能進入山水籍域。洪順隆此一定義之特殊處在於，它把詩人寫詩的目的和意識、創作的主題以及詩中的氣氛全都凸顯出來；但「山水」此一詞到底應採廣義還是狹義說法，他並未特別標明。他認爲好的山水詩應是情景交融的，應「將寫景手法加之抒情篇什」（頁83），在這一點來說，他跟潘亞暾的說法相當契合。他在〈山水詩起源與發展新論〉末尾批評謝靈運說：「靈運的山水詩客觀的刻劃多，寫意而富韻味的少。就整首詩來看，不是帶著誌的帽子，就是拖著說理的尾巴，往往情景不能相融」（頁27）。

像上頭的潘亞暾和洪順隆一樣，許多評論者都以爲，模山範水的作品必須有寄意、間雜以抒情，以期做到情景交融。問題是，寄意要如何寄寓法、情景要如何交融法，這樣一問，我們的言說即已切入到山水詩的創作技巧以及其本質的範圍，而這是本篇論文緊跟著要做的。在此之前，我們再引錄一位美學家對山水詩的看法。伍蠡甫在序《山水與美學》這一編著時說：

> 關於山水詩，一般要求描寫自然景色；進而寫景也寫人，做到借景抒情、情景合一。這裡也還是人化自然的問題。應該由什麼樣的「人」來「化」自然呢？在我國古代山水詩和當代山水詩中，存在著不同的人化：前者是「歷史的回聲」，後者是「當代的脈跳」。（頁3）

他這個定義的前半部跟潘、洪的說法差不多，值得我們重視的主要還是後半部所說的人化自然的問題（亦即素材加工的問題），也即是應如何把我們的思想情感滲透到景物中去，使得我們現代人寫的山水詩具有鮮明的時代精神和特色。

> 王建元從時空觀念著手，認為「山水詩應是一種『空間經驗』的藝術形式，其歌詠對象是自然景物；詩人大都親身登山涉水，從而自經歷中獲致某種美感經驗」。（頁172）

上面對山水詩定義的探討使我們瞭解到山水詩所可能包孕的內容、空間形式、主題意識和氣氛等，以及用甚麼方法來做到情景合一。上頭也提到林文月給山水下的是最寬廣的定義，她所說的「應包括大自然的一切現象」其實仍指的是自然景觀

（natural scenes/objects），未必包括了都市社會、科技文明所提供的種種景象，而這，正是我所要質疑的，因爲大陸詩人向明就把種種人文、都市風情都納入其詩集《紅寶石》之中，然後還特別副標他所書寫的是「山水十行詩一百首」，在這百首詩中，他描寫憑弔紀念碑、建築工地、噴泉音樂、冰上舞誦，甚至都市裡的女警員和女經理等等，「山水」一詞在他手裡幾經顛覆、不斷擴展，幾已到了無所不包的地步；他這一百首短詩所營造的山水言談已顛覆了都市詩和詠物詩等等成規，因此使得我們不得不在此特別對「山水」一詞的濫用提出質疑。

對山水詩的定義探討尚不能做爲我們討論當代中文山水詩的架構，我們還得略爲探討古代山水詩的特質以及現當代的中文山水詩是否可能從古典山水詩中改取滋養的問題。

大家都以爲林文月教授那篇〈中國山水詩的特質〉是第一篇分析古典山水詩的特質的論文，其實早在她之前，曹道衡即在〈也談山水詩的形成與發展〉裡提到謝靈運山水詩中那種「寫景推演出玄理」的模式在孫綽等玄言詩人中的作品裡即已試驗出一個端倪來。曹說：

> 謝靈運的山水詩，其實也是前面寫景，最後歸結為一些玄理，顯而易見地這是從孫綽等人的這種詩歌變化出來的。孫綽不但在創作實踐上開了謝靈運的先河，而且他對文學的看法，也意認為與山水分不開。……事實上，謝靈運式的山水詩與其說是改變了玄言詩的風氣；還不如乾脆只是玄言詩的繼續罷了。（頁 31）

其實，山水詩與玄言詩這種密切關聯，王瑤早在1948年即已在

〈玄言・山水・田園〉⑤一文中指出，我這樣提出來並不表示林教授非受到曹道衡及王瑤的影響不可，更何況林文月能仔細排比計算謝靈運、謝朓、鮑照和顏延之等人的作品以說明山水詩的布局結構安排，確實是跟前此描摹大自然的詩作不一樣，這就是林教授的大作絕大的貢獻了。正如林教授所言，謝靈運等人的山水詩「不僅模山範水，歌詠自然，往往更寫詩人本身在山水中的情形」（頁32），因此，「〔他〕的山水詩與一般風景詩有很大的差異，他開創了一種遊記性的寫作方法。這種風格遂成為宋齊間山水詩的典範」（頁33；圈圈為本人所加），她這種議論非常精采，確能把謝靈運在詩史上的重要性與特色具體而微地說了出來。

林文月這篇論文是她在中國比較文學學會安排的一個演講會講後寫成的，時為1974年秋冬之際，當時安排跟她同場講演，但角度純從比較文學出發的是葉維廉教授，葉氏的題目是〈中國古典詩和英美詩中山水美感意識的演變〉⑥，在這篇論文裡，我們看到葉維廉從1970年左右起即不斷鼓吹的，那即是結合西方現象學與中國道家禪宗思想而推演出來的說法：中國後期山水詩實為意象／短鏡頭的自我呈現，自我演出，這些即是喻依（vehicle）也是喻旨（tenor），它們都未遭受到詩人主觀情緒或知性的干擾或「污染」，用他的話來說：

> 王維的詩，景物自然興發與演出，作者不以主觀的情緒或知性的邏輯介入去擾亂眼前景物內在生命的生長與變化的姿態：景物直現讀者目前，但華滋華斯的詩中，景物的具體性漸因作者介入的調停和辨解而喪失其直接性。（頁144）

他認爲中國古典山水詩人能做到「以物觀物」，而西方詩人除了一小部份能做到以外，其他卻都無法企及。他這觀念在另一篇討論語言與眞實世界的長文裡發揮得更淋漓盡致，在這篇論文裡，他提到：

> 所謂「以物觀物」的態度，在我們有了通明的了悟之際，應該包含後面的一些情況：即，不把「我」放在主位——物不因「我」始得存在，物各自有其內在的生命活動和旋律來肯定它們為「物」之真；「真」不是來自「我」，物在我們命名之前便擁有其「存在」，其「美」，其「真」（我們不一定要知道某花的名字才可以說它真它美），所以主客之分是虛假的；物即客亦主，我既主亦客，彼此能自由換位，主客（意識與世界）互相交參、補襯、映照，同時出現，物我相應，物物相應，貫徹萬象。我既可以由這個角度看去，同時也可以由那個角度看回來，亦即是說，可以「此時」由「此地」看，同時也可以「彼時」由「彼地」看，此時此地彼地皆不必用因果律而貫連。所謂距離都不是絕對的。（頁 106～107）

我這段引文顯然是長了些，可不這麼引用又無法明瞭葉維廉所一再用以凸顯中國古典山水詩的特質的理論基礎：古典山水詩人由於能「以物觀物」，故其能以蒙太奇手法並置意象（即物象），使這些短鏡頭（意象）自然呈現演出⑦，達到純粹經驗的給出和鋪陳⑧。葉維廉這個理論當然大大深化了我們理解和詮釋山水詩，另一方面，它也給我們提供了一個詮釋觀點：我們現當代的中文山水詩吸收了多少古典山水詩的長處和營養？是否浸淫在道家思想中的人比較容易創造出比較富有純粹經驗的現代詩？

在看過中國人對古典山水詩的界義和特質的探討之後，現在且讓我們來看看西方人對中英山水詩有何批評。我們先從傅樂生的山水詩觀談起，因為他是西方第一位談論中國山水詩起源的學者，而且其理念也深具普遍性。他在〈中國山水詩的起源〉一文中「把山水詩定義為源於一種奧祕哲理的詩歌，而這哲理將一切自然現象視為帶有神奇宣洩情感力量的象徵，則《楚辭》中對大自然的描寫，無論如何夠不上稱做山水詩」⑨（頁 72～73）。為了深怕說得不夠清楚，他還特地為此加了一條注，並在注中再界定說：「在我的定義中，一首山水詩不應該單有描寫的部份。……一首眞正的山水詩，經推敲後，若含有更深的意義也無損於該詩的價值」（頁 73）。簡單地說，他認為純粹寫景而不給它賦與形上意義無論如何無法提昇此詩為好的山水詩。這種說法跟我們後頭要談論到的溫薩特和韋勒克的說法如出一轍。大約在十年前，我在提到他以及其他理論家的觀點時曾這麼說：

> 大部份自然詩的定義和概念要不是從湯姆森的《四季頌》就是從浪漫主義的自然詩的結構與基本假設歸納而來，把這些定義和概念應用到王維和孟浩然等的自然詩，往往就顯得不夠周延以及扞格不入。譬如，傅樂生在評論曹操的〈觀滄海〉這首一般人認為是中國文學史上第一首山水詩時，就很機巧地以相當曖昧的贊詞和認可而把其地位加以否決掉：「這首樂府既簡單又工整，確是現存

> 此類詩中一個最早而完整的例子。但其中缺代了說理的成份，不能使詩中景象帶有象徵意義，同時也不能使單純的情感獲得解脫，所以曹操此作不能歸入真正山水詩之列。」（頁 12～13）

我當時即已注意到，傅樂生批評曹詩的類似的話也在他七年後發表的一篇〈中國與歐洲的山水詩〉（頁 201）以及專著《潺緩的溪流》（第一卷，頁 92）中出現。總之，他一貫強調的是，詩人得在大自然界中讀出「精神價值」以及「抽繹出靈感來」（《中國與歐洲的山水詩》，頁 201）。由於他有這種悟道證言、情景交融的觀念，因此他認定中國最早的山水詩人應是活躍於三、四世紀之交的左思（西元 272～305年）、孫綽（西元 320～377年）、許詢（西元 320～365年）、殷仲文（西元 407年逝世）、謝混（西元 412 年逝世）、庾闡（西元 286～339年）、湛方生（活躍於四世紀）、江逌（西元 303～362年）以及支遁（西元 314～366年），而不是曹操或其他詩人。

另一方面，傅樂生也意識到中國山水詩與華滋華斯式（即歐洲式）自然詩的主要差異在於：

> 中國自然詩中見不到生命化的意象以及「激起悽楚感的謬誤」的作法……。另一方面，中國詩人不像歐洲浪漫詩人那樣，從來就不曾把宇宙純粹作為展現其自我的舞臺或背景。對他而言，我們只有在遏制了所有的個己／自我後才能獲致某種悟解，這種道理是非常清楚的。（《潺緩的溪流》第一冊，頁 104）

他所謂的「生命化意象」（animating imagery）是指把自然界看作充滿生命或精神的有機體，能隨時激發我們的想像力，以便跟它對應或對話，而這些都可在華滋華斯、柯立基或雪萊的詩中見到（米勒，頁220）。又他所說的中國山水詩不把山水當作展露以及不斷擴展自我的舞臺／背景的說法，這在古典山水詩中來說是相當不錯的，因爲中國詩人深受道家的影響，主張打破主客的界域或藩籬，當然不太可能侵凌客體；另一方面，中國詩人力主淸虛空寂，根本不可能主張展現個人主義。另一位西方漢學家米勒（Miller）在分析中英山水詩的差異同時曾說：「英國詩人對自然景物的感受往往導向一種超越靈視的獲取，並傾向於仔細描述此一靈視的確實本質，相反地，中國詩人則不主張描繪此一靈視——以文字含蓄地指引並超越它」（頁223）。這有兩個主要原因：第一，中國詩人不必去尋索推演一套哲學系統，而西方詩人卻得淸楚托出仍在演化中的理念；第二，中國人一般覺得深意無以言筌，而浪漫詩人則會想辦法以文字把此深意推演出來（頁223～224）。傅樂生和米勒對中國山水詩與歐洲式的自然詩的差異分析確能切入問題的核心中去。

傅樂生認爲山水詩必須寄寓高深的哲理以及象徵意義，純寫景幾爲荒誕的代名詞，他這種看法其實是具有相當高的普遍性。溫薩特（W. K. Wimsatt, 1907～）在討論浪漫派自然詩的結構曾說過：

> 浪漫派自然詩人的共同特技是，他們在風景中讀／悟出道理來，這道理可能像柯立基在《致歐特河》中所讀出來的那樣，但是更具特色的是，它可能因涉及事物的精神

> 或靈魂——吾人內在以及外在的生命——而顯得更為深邃。這道理特別是從自然界的外觀抽繹出來，很有想像力地加以刻劃，並沒有一般人在古典或基督教文學、目的論神學家以及跟浪漫派同時代的佩利（W. Paley, 1743～1805）作品中所找到的那種明顯的宗教教誨或哲理。浪漫派詩人想同時擁有且又撇去這種精神（靈）——這種精神係詩人自己以一個高超的理想主義者用其更高的理性或組合性想像力創造出來。（頁 110～111）

「在風景中讀／悟出道理來」確是英國浪漫派自然詩最輝煌的成就，而且這種讀／悟採取的是用不斷推演的步驟呈現出來。我認為，傅樂生認為浪漫派自然詩擅於應用生命化意象來闡演他們的喻旨（tenor）的說法即為源自上提溫薩特的觀念。⑩很有趣的是，我發覺溫薩特的深闢看法跟韋勒克（Rene Wellek）論想像力的說法有許多相似之處。後者把想像力定義為「一種創造力，詩人的心靈即以此得以洞察現實，並把自然作為一象徵來看待，象徵某些隱藏於自然背後或者自然之內日常不易感受到的東西」（《浪漫主義的概念》，頁 179）。浪漫派自然詩人即要用想像力在自然界讀出、悟出意義來，這之後還要把這些悟覺所得的過程推演出來；另一方面，自然山水當然更是處處充滿象徵意義，它們在詩人眼中絕不會純為不受思維、概念「污染」的物體而已。

在歐洲山水詩裡，景物描寫絕不會純為景物自身，因為西方古典詩人根本不懂得「以物觀物」的道理。傅樂生在〈中國山水詩的起源〉這篇宏文最後一個腳注裡，認為下引由溫薩特和布魯克斯給華滋華斯的詩結構所下的定義，也可用來很恰確地描述中國山水詩的形式特徵。

> 喻旨和喻依（vehicle）都從同樣的素材以平行的程序編織出來。山水既是提供主觀思維或獲取超越的洞察力的機緣，同時也是各種比喻的來源，而思維和洞察力係根據這些比喻而告確定。……吾人的樂趣來自於吾人洞悉了潛藏於一幅呈現多樣性而又感性的景物中的樣式和統一性。（*Literary Criticism: A Short History*〔New York: Knopf. 1957〕，頁 401）

接著，傅樂生指出，「中國山水詩中見不到生命化的意象，也無從激起悽楚感的謬誤」（全見頁 103）。沒有這兩種技法正好使得中國山水詩享有其獨特性以及魅力。至於喻依和喻旨的離合，中國山水詩中的確跟英詩中的不太一樣，這一點還是引用葉維廉的話來加以說明：「莊子和郭象所開拓出來的『山水即天理』，使得喻依和喻旨融合爲一：喻依即喻旨，或喻依含喻旨，即物即意即眞，所以很多中國詩是不依賴隱喻不借重象徵而求物象原樣興現的，由於喻依喻旨的不分，所以也無需人的知性的介入去調停」（〈山水美感意識的演變〉，頁 149）。如果借用王夫之的用語來說，那就是：「『景語』即『情語』」⑪，它們常以短鏡頭並置的方式出現，詩人一般都不把它們概念化，並作推理的鋪陳。

在把中英山水詩的理論精髓略爲介紹後，當我們回過頭來探索當代的中文山水詩時，我們當會發現：第一、我們眞正深入研究現當代的山水詩的人除了大陸李元洛和孔孚之外，那可說絕無僅有；第二，當代中文山水詩是越來越走向溫薩特和傅樂生等人所說的，把符具當作符旨，甚至作爲詩人的象徵來看待，這樣一來，以白話文寫成的現當代山水詩，現今跟西方發軔於十七世紀末的自然詩人在創作手法上幾已無法區分；第三，在西方一些現代詩人如史迺德（Gary Snyder）、唐林蓀（Charles Tomlinson）以及羅斯洛斯（Kenneth Rexroth）等以破壞文法，切除推理思維等方法以具體托出物象的同時⑫，中文詩人只有那些比較受到道家浸淫的詩人如葉維廉和王潤華等等比較能做到以物觀物、達到即物即意即眞的境界，而不是武斷，跋扈地把主觀意識强行注入物象中。

當代文學理論研究自結構主義以來即傾向於以建構各種抽象模子模式爲尙，張漢良認爲臺灣七十年代現代詩的特色之一是田園模式的各種變奏（〈現代詩的田園模式〉⑬，頁 2），八十年代臺灣現代詩的主導模式爲「都市詩」言談（〈都市詩言談——臺灣的例子〉⑭，頁 38 和頁 44 等）。我寫這篇論文有點開始於好奇。我把張默和瘂弦等編的《六十年代詩選》、《七十年代詩選》和《八十年代詩選》詳加統計後，發覺第一本中勉强可以稱爲山水詩的只有夏菁的〈湖〉和葉珊的〈水之湄〉，但是在八年後（1969 年）出版的《七十年代詩選》裡，嚴謹一些的山水詩已升到二十首左右，到了《八十年代詩選》出版時，嚴謹的山水詩更增加到六十首左右。自七十年代初期以來，單篇的不僅有王潤華的〈山水哲學〉⑮和李靜的〈走向高山〉（《朦朧詩精選》，114～115 頁）、鄭愁予描寫南湖大山和大霸尖山等整十首詩以及葉維廉收在《松鳥的傳說》（1982 年 5 月，比《驚馳》早出版四個月）中約半册的山水詩，這兩三年來，大陸方面的向明、孔孚和匡國泰不斷在寫山水，大陸之外有王潤華和葉維廉等在寫，因此目前出版的整本山水詩集已有王潤華的《山水詩》（1988年）、大陸向明的《紅寶石：山水十行詩一百首》（1990年）、東騏編的《桂林山水新詩選粹》（1990年9月）和匡國泰的《如夢的青山》（1990年12月）。收在這些集子裡的詩，都不一定係在臺灣以及新馬解除人們遠赴中國大陸旅遊或探親的禁令之後寫成的。隨著臺灣、東南亞各國對中國關係的鬆動熱絡，各國經濟的蓬勃，旅遊的開發，臺灣以及新馬等地的華裔詩人都會在驚嘆山川的巍峨、浩瀚之餘，給「山水詩這位有些被冷落了的花神」（李元洛語，頁592）大加歌謳和膜拜的。張漢良在縱論八十年代的都市詩言談時說：「在多元系統中，總有主導的文類與漩渦邊緣的支系統，彼此形成緊張的動態關係」（頁44）。君不見洛夫自赴大陸探親以來，已寫就《山的邀請》（上海出版《八十年代詩選》，頁292～293）、〈登黃鶴樓〉（《時報・人間》1990年12月16日）以及〈出三峽記〉（《聯副》1991年元月27日）等非常傑出的遊旅山水詩，以目前的趨勢看，在詩壇文類衆聲喧嘩中，山水詩確有可能成爲顯勢（dominant）文類的希望。

整個大自然（英文的Nature＝宇宙＝上帝）的變化，肉眼較不易掌握，我們的詩人畫家掌握捕攫的毋寧是山川景物在不同時空光影下千千萬萬種態勢的展現⑯，詩人畫家由於時空變易，所描繪出來的自然律動何止千情萬態。只是萬殊不離某宗，歸納到最後，仍不離詩人如何觀物，如何切入到自然之中；文字只是單純的符具，只做自然的演出的工具，還是它們俱已注入詩人的情愫，變成有指向意識的象徵？在中國大陸，林庚曾經說：「如果山水詩中的山水景物也是一種內容，勿寧說它更近乎一種廣義的民族形式」（頁99）；宗白華也說：

> 中國的山水已具有著中國人民的精神面貌，假使有人從海外歸來，腳踏上我們的國土時，就會親切地感受到中國山水的特殊意味和境界，而這些意味也早已反映在我國千餘年來的山水詩畫裡。⑰（《文學評論》頁 17）

中國的山水早已成爲中國人特殊的正文，這是任誰都無法否認的；中國現當代詩人是在互文互相自我的張力中創作的。

現代中文山水詩的第一種模式是愛國情懷的過份投射，賀賀之的〈桂林山水歌〉、張萬舒的〈黃山松〉、于沙的〈長江三峽歌〉、白樺的〈桐知〉、彭浩蕩的〈漓江〉（《我的心遺失在桂林》第三首）以及舒婷的〈會唱歌的鳶尾花〉第十三首等等具屬此一類。我們就先拿很受李元洛推崇的賀的〈桂林山水歌〉來說吧，這首詩從「雲中的神啊，霧中的仙，／神姿仙態桂林的山！」開頭，到「啊，汗雨揮灑彩筆畫／桂林山水——滿天下……」爲止，共有二十八節，其句構以簡短爲主，節奏鏗鏘，很有西方雙韻體的味道，如果鋪成歌曲，當亦應爲佳構，問題是像底下這幾節：

> 啊！桂林的山來〔？〕漓江的水——
> 祖國的笑容這樣美！
>
> 桂林山水入胸襟，
> 此景此情戰士的心——
>
> 江山多嬌人多情，
> 使我白髮永不生！

對此江山人自豪，
使我青春永不老！

（東騏編，頁 205～208）

以及後頭提到的「戰士啊，指點江山唱祖國，」以及「紅旗萬梭織錦繡，海北天南一望收！」，這不禁令人懷疑，這首詩的愛國情懷已擴展到不可收拾的地步。李元洛說這首詩「洋溢著青春奮發的時代情感」以及「閃射著時代的光輝」（頁573），我們只要了解到此詩定稿於 1961 年，大家便能了然於紅旗「海北天南一望收」的眞正旨意爲何了。說得露骨一點，這首熱情洋溢的山水詩不僅僅「愛國」，而且是政治意味蠻濃的「表態」詩。張萬舒的〈黃山松〉從「好！黃山松，我大聲爲你叫好」到第十九行之後的最後一節說：

啊，黃山松，我熱烈地讚美你。
我要學你艱苦奮鬥，不屈不撓，
看，在這碧紫透紅的羣峯之上，
你像昂揚的戰旗在呼啦啦地飄。

這種所謂愛國戰鬥詩固然有其時代需要（發表於《詩刊》1963年元月號），也即李元洛在給我的一封信中提到的「山水的人文背景，和歷史沈澱」（1990 年 9 月 29 日信⑱）之外，我們如果不是爲了較全面透徹地研究當代山水詩的模式／發展的話，能特別提到像這麼樣赤裸裸地直抒胸臆的山水詩的可能性幾等於零。于沙的〈長江三峽歌〉只有十節，第一節後兩行寫「山在雲靄裡交頭接耳，水在煙雨中促膝傾談」，還算略有詩意，可是最後兩行「哦，我愛江山多姿的祖國！／哦，我愛祖國多姿的江山！」，詩如果寫到這麼白，寫成這麼一無迂迴的「直線式」（洛夫序《大陸當代詩選》語，頁7），那跟濫情的口號有何差異？其實，這些詩以及白樺的〈相知〉、彭浩蕩的〈漓江〉和舒婷的《會唱歌的鳶尾花》13首等，它們俱可以舒婷的一首詩標題〈祖國啊，我親愛的祖國〉（閻月君等編《朦朧詩選》頁42～43）來把它們的熾烈關愛托出。這一類詩以及後頭好幾類型的詩都像極了西方的浪漫主義山水詩，景物都沾染上詩人強烈的情感，此即羅斯金所謂的染上「激情的謬誤」（pathetic fallacy），詩中境界劉若愚卅幾年前即已指爲太「自我中心的境界」（egocentric world），而這種「境界」⑲以及另一種詩人太把自己的情感投注入景物中的「境界」可爲西方浪漫詩之特色，也可能爲當代中文山水詩相當常見的創作模式了。

跟第一種山水詩模式有些關聯的是把山水此一符具／正文作爲緬懷過去、見證歷史發展的機緣。在這一類詩歌中，詩人表面上看似在描繪、歌謳山川景物，實際上，這些自然景物僅僅只是他們的喻依／符具而已。杜甫的「國破山河在，城春草木深」（〈春望〉前兩行），大家幾無不能朗朗上口的；可是，殘破的山河以及葱鬱的草木豈眞是杜甫所要表達的？先說大陸之外的余光中。他的一首〈大寒流〉發表於1974年，詩中提到這「從西北凜凜地捲來」（1行）的大寒流時，雖只說它「削我的鼻，……剃我的汗毛」（13行），並且刺激他咳嗽和打噴嚏，可是最後看到詩人說它「帶來愴然欲下的涕淚／古人何罪今人亦何罪？」（48～49行），任何人一想到當時仍在如火如荼地進行之中的文化大革命時，誰還會天眞地以爲這首詩只是單純地在描寫山水？杜甫在肅宗至德二年（西元757年）登高而對殘破的山河有所針貶，余光中在談到陳子昂登幽州臺放歌時當說：「歷史感，是現代詩重認傳統的途徑之一。現代詩的三度空間，或許便是縱的歷史感，橫的地域感，加上縱橫相交而成十字路口的現實感吧」（《白玉苦瓜・自序》，頁 3）。余光中的山水詩如〈十年看山〉（《紫荊賦》頁 188～190）等大都只是他懷鄉、哀愁的見證，可是在大陸之外另一位詩人辛鬱手中，山水卻成爲他控訴暴政的手段。他在〈原野哦——一個大陸同胞的訴願〉裡寫道：

有一天
風暴咬斷了我睫眉
從此我的眼便不再為光明張開
我的耳朵不再為聲音生長
（33～36 行）

辛鬱的原野咀嚼的只是「那汚腥的鹽水」（44 行）。

在中國大陸，山水不僅僅見證歷史，而且可以成爲無數完全相反的符旨的糾集溶匯；它成爲暴殘、苦難與不幸、悲愴破碎、烽火仇恨，甚至改革與成就的見證。匡國泰的短詩〈山遇〉（《鄉風組曲》）寫人類爲了進步不惜戕害破懷大自然的和諧：

釘在板壁上的豹皮
儼然一張森林地形圖
斑斕且充滿凶險
豹皮上那個唯一的彈孔
也許就是出山的通道了

歷史也常常是這樣麼
為了前進
不得不通過彈孔的隧道

這不僅僅是一首生態詩而已。象徵大自然最凶猛最具韌性而且又最斑爛迷人的花豹，人類「爲了前進」，竟然恬不知恥，以最先進的武器把牠殺了。假如自然界的珍禽異獸都可以假藉某種名堂加以殺戮，殘殺同類當然也沒有不可以了。以大陸的山河來見證時代的騷動，人們所承受的巨大災難和不幸、辛酸，這恐怕沒有人能比白樺寫得更透徹了。他的短詩〈相知〉劈頭就赤裸裸地說：

我們和這塊土地是一體的；
這是我們的全部不幸和幸運；
山脈連著我們的骨骼，
山河連著我們的血管；
（1～4行）

像這樣淺顯、直線式的文字實在不必多引錄，可是像白樺這樣的「牛鬼蛇神」，他們曾被打入大寨、牛欄，受盡人間難得一見的苦難與騰折，歷史爲他們的不幸，也爲他們永遠無從磨銷的烙印。他最後寫道：「我從不爲我自己的苦難疼痛、呻吟，／我卻會爲你的傷痕顫慄、痙攣，直到死」（13～14行）。他這位「相知」豈只是他的至交而已；「他」應是見證了他們的全部苦難和不幸的河山。洪三泰的〈漓江清夢〉寫到漓江「是悲愴歷史的一線透明／延續至今」；又提到「逝去的歲月已支離破碎／留下幾滴寒涼。」這首詩寫於四人幫倒台許久之後的1988年，它的最後一行竟然還是「你怎能把騷動的世界定影？」這怎能不叫人讀後感到納悶與不解？殘雪的〈鑼鼓山〉前八節讀來有清新幽美的感受，只是任誰都未想到，詩人竟然會在第九節引入桂林在「昨天所見證的『嚴酷的鬥爭』」（18行），而最後一節說：「今天，在新長征上，你依然有／警惕的神經，戰鬥的靈魂……」（19～20行），把純樸、仙境一樣的山水强加上這麼多嚴重的聯想與含義，可見鬥爭中的鑼鼓聲幾已變成一惡夢以及病根。洪三泰與殘雪這兩首山水詩導出這麼類似的結尾，這倒是相當不尋常的。伊甸的〈漓江上的幻覺〉也寫於1988年，這應是1989年六四之前最開放蓬勃的一段時光，可是伊甸的這首超現實詩卻在第三節一開始就說：

> 歷史沿江布置烽火、鮮血和仇恨
> 我感到五千年陰火鑄就的
> 一柄利劍
> 冰涼冰涼地
> 抵在我的脊梁骨上
> 現在我就是漓江
> 傷口，那神祕的漩渦
> 把苦難和恥辱捲入靈魂深處　（10～17行）

歷史不斷向前推展，可它鑄就的竟然是殺人的利器，布置的竟然是烽火、鮮血和仇恨！

相對於歷史的醜陋面，我們終於也在當代某些山水詩中瞥見一些高昂、溫暖和開放。大陸向明的〈花城歡樂節〉和杜運燮的〈秋〉可爲此中之代表，前者從往昔的貧困、眼淚和饑餓寫到當今「改革的季風吹來精神的暖流／讓我們用金字刻進歷史」（6～7行），後者表面上抒寫秋天的基調：成熟。實際上，任何有點經驗與感性的讀者一讀其第三節：

> 現在，平易的天空沒有浮雲，
> 山川明淨，視野格外寬遠；
> 智慧、感情都成熟的季節啊，
> 河水也從是來自更深處的源泉。
> （9～12行）

他多少都會意識到詩人的符具俱都另有所指；他並非純粹在抒寫秋天這個象徵成熟的季節，因爲「智慧、感情」必然暗指某些人。耿建華在評介此詩時說：「這裡的『秋』實質上已是今天這個時代的象徵，而『成熟』更是指我們人民在政治上的『成熟』。這個成熟，又是在經驗引陣雨喧鬧的夏季（2行）才到來的」（119～120頁）。耿說得一點都不錯，從這個角度來看，杜這首詩的確是時時都在對等自然世界與人文世界的變化以及進展。他的「現在」當然是指大陸在粉碎了四人幫之後的1979年前後，而不是確指詩人在當年寫秋天這首詩時的感覺時空；形容詞「平易的」更非實指詩人當下所見所感，而是有所延伸、有所暗指；同樣地，「浮雲」必然用來影射指稱某種破壞力量如四人幫之胡作非爲等等。不管怎麼說，我們只要分析個一行半句即可發覺，杜運燮這首詩是非常豐富的。

第三類山水詩處理的是某種心智的演化、進展、追求以及伴隨這些而來的挫折感、滿足、成熟。這些詩是有點點類似湯姆森的《四季頌》和華滋華斯的《行旅》和《序曲》等詩篇那種一邊前行一邊思考的方式的，但也僅此那麼一點點類似而已；中文山水詩人鮮少能把「行旅」（journey）當作一種創作策略⑳，把一段長一點的旅程不斷擴展推演下去，米勒認爲中國古典山水詩人不必爲推闡哲理（因爲中國人覺得「深意」（道）無以言筌）而焦慮萬分，可是西方詩人卻無此「指涉」（frame of reference），自然景物僅只是他們據以澄清、推演仍在不斷演化的意念的符具而已，自然景物並非他們眞正的正文。

李靜的《走向青山》即走向成熟，王家新〈在山的那邊〉寫一個成長的經驗，鄭愁予的〈霸上印象〉寫攀登大霸尖山令人戰慄的經驗，謝永就的〈山，本想再說〉書寫恨與愛、變與不變、原始與文明以及罪惡與善良等二元對比，李鋼的〈在山上〉寫詩人在山上的進展以臻至成熟，梅新的〈風景〉寫自己在追尋過程中與風景等同的過程，周夢蝶的〈落櫻後，遊陽明山〉企圖在遊程中闡釋玄理。在上提七首詩當中，謝永就的詩本應擺在第二類來談的，他的「山」見證了少數民族的悲憤與不平，可是他似乎又在一層一層地把雅克慎的二元對比鋪展開來，除了上提的愛與恨等對比外，我們還可從其正文中抽繹出生死、醒與醉、悲劇與喜劇、人性與獸性、正常與不正常以及戰爭與和平等等對比符旨來；他最後要說的是：自然見證的是誰都不比誰優越。周夢蝶在遊程中，他先是被山光水色——花花樹樹等等勝景所蠱惑，到了第三節，他逐漸從美景中警醒過來，想到自己、想到人間「多樣的出發」（20行），不同的歸宿；他突發奇想，希望神話中的，甚至幻覺中的種種超凡入勝，都能突然間統統變成實物，可是最後他終究失望了。山水演化的是他的「苦結」（29 行）；他終究是凡人，無法「紮一對草翅膀」就能「凌空飛去」（第 24 和 25 行）。他的情懷、想法等都是相當「中國式」的；他並未如西方浪漫派詩人那樣，把理念不斷推演下去。王家新〈在山的那邊〉寫「我」小時候對山的那一邊的海洋充滿了憧憬，「有一天我終於爬上了那個山頭」（6 行），可是他失望了，因爲山外有山，畢竟他並未一攀爬就把所有的奧祕都揭露了，相反地，他感到更加困惑。在第二段最末一節，詩人把口吻從第一人稱改爲第二人稱，並說我們在翻爬過無數座山後，我們終究會看到象徵希望、勁道十足的海，詩人說海「是一個全新的世界」，能「在瞬間照亮你的眼睛」（第二段，18～19 行）。李靜的〈走向高山〉和李鋼的〈在山上〉都或隱或顯地在寫詩人心理及生理趨向成熟的過程，前者採取第二人稱，把個人小我的經驗外在化、普遍化；走向高山是一種具體的象徵，象徵人類走出自我以把自己奉獻給大自然。詩人認爲「成熟是一個藍色的瞬間／那麼長／又那麼短」（最後一節），它可以是生理的，也可以是心理的，而這兩者都得經過不斷追尋才能達到的。李鋼的〈在山上〉篇幅比李靜的長了一倍以上，他的山不僅爲大自然之縮影、象徵，而且是他「生命走上旅程」（2 行），是他不斷追尋和思索的場所、背景。鄭愁予的〈霸上印象〉以及其他七、八首頗有山水詩鼻祖謝靈運好奇好險、披荊斬棘「描聲」繪色去表現大自然的各種靜態美與「動態美」（林文月，頁 41）。像這首〈霸上印象〉，前頭爲驚心動魄的描寫，最後幾行又有點表達玄理的味道，他早年遊記式的寫作方法，眞令人不期然會想到謝靈運給山水詩所建構的典範。

梅新的〈風景〉，可爲此第三類山水詩中之異數：手法新穎。他一開頭就說：

> 不成風景不入山
> 入山成風景
> 握住一山性向奔瀉如瀑布
> 是風景
>
> （1～4行）

這首詩不管是氣勢、比喻以及文字簡扼恰適等等俱達高妙的境界。詩人把自己外化比喻爲風景，其霸氣令人肅然起敬；說到「握住一山」，其勁道更大，由於這一握，他竟然玄想到自己的「性向奔瀉如瀑布」，輝煌榮耀，他竟然是大自然美的典範。這首詩寫他一步一步：「發現自己更風景」（9行）；風景就是他，他就是風景。顏元叔在〈梅新的風景〉一文裡說：「在這首詩裡，梅新的情緒相當傲獨。他顯然把自己的詩看成風景，把山看成詩的至高境界。所以……我敢說這首詩的題意是梅新的自我歌頌」（頁122）。我覺得梅新不僅在自我歌頌，而且還在自我榮耀呢；他是大自然美的典範（paragon）。

把山水認定是神話的具現或某物的變形也是山水詩的一種類型。東南亞的華人把東馬沙巴首府哥打京那峇魯（Kota Kinahalu；前此叫亞庇）東北郊的神山管它叫做「中國寡婦山」，即爲此種精神的表現，黃騰君在〈亙古悲劇〉中說后羿

> 最後一支響箭
> 沒有射落太陽

竟射穿了一壁錦繡江山

（1～3行）

又說到他的「汗水淌成漓江／淌成悠悠的神話傳說」（5～6行），說悠悠的漓江從后羿身上流出來，這則神話當然想像得非常生動。跟黃幫君的想像有些相似的是把漓江轉化爲天上的銀河，然後又把它轉化爲「一把無情的利劍」（1行），把桂林的峯巒劈開在漓江兩岸，然後又說在一萬多年前

東郎和玉女被你分離，
化作了凝聚苦難的石山。
啊，漓江，無情的江，
你曾折散一對美好的姻緣。

（5～8行）

這個雙重的轉化變形的書寫人就是曾憲瑞，他的詩就叫做〈漓江〉。在這首詩第二節，他再度以第二人稱說漓江「你是一條多情的絲絨，／江水是你擰成的纏綿」（9～10行），在一萬年後的今天，漓江竟然脫胎換骨，變成紅男綠女的恩人「紅娘」（13行）。彭浩蕩的〈桂林的山〉也有這麼一道轉換手續：

一萬匹天國的駱駝
溜出了籬門
自由地徜徉在漓江之濱

盛怒的神
一夜之間將它們化成了岩石
於是，平地上崛起了
山的一支奇特的
家族
（東騏編，332～333 頁）

彭的設想非常奇特，以神祇爲變形的主軸，在一夜之間把動態的駱駝轉變成漓江邊的岩石，在這一轉化之間，虛實相輔，動靜相生，「而貫穿其中的則是詩人對桂林的山的線條、形態與氣韻的審美感受，是詩人對於祖國山河的熱愛之情」（李元洛，頁 566）。管用和的〈象山遐想〉不說神祇把某物變成爲某物，而卻說桂林的象山爲來自萬里外的眞實動物的變形，牠所以願意變形，那卻是肇始於「愛」：

它愛漓江，它愛桂林，
痛飲一江美的清流，
愛美愛得真誠啊，
愛美愛得深厚……
年深日久，
終於變成了石頭
（5～8，15～16 行）

至於其他許許多多人物之變形則可能由於悲傷或悔恨等（如中國寡婦山、望夫石和神女峯等等）所致。艾伯拉姆斯（M. H. Abrams）提到浪漫派詩人擅長以新的觀點重寫重構古代的事物與神話（66～67頁），這一點，我們似乎也在當代山水詩人中看到，這應該不致是一項巧合吧？

舒婷的〈神女峯〉寫的本應是三峽巫山十二峯背脊的石頭，可是她卻把這個象徵婦女貞潔牌的石頭的外貌扯下，把它還原為一個少女，美麗而且憂傷，詩人問：「心／眞能變成石頭嗎？」（12～13行）她不僅僅是一個少女，而且是一個相當現代、充滿背叛之心的少女，詩人又問「她」：「與其在懸崖上展覽千年／不如在愛人肩頭痛哭一晚！」（17～18行）。她不僅僅從神的地位下凡到人間，而且是一個旣典雅且又熱情的當代少女。李麗中在評騭這首短詩時最後說：「這首詩達到了個性與時代性、形象與情感、知性與感性的高度統一。女詩人那『美麗的憂傷』，因現代意識的浸潤而倍生光輝」（頁85）。顧城的〈石壁〉寫得那麼冷凝；他把「兩塊高大的石壁」（1行）當作兩個背負深仇大恨的仇家站在那兒要開始決鬥的樣子來處理，有立體畫的柱勁；擬想變形的感覺，並把所有的感情都儘量稀釋篩除掉。大陸的向明在〈桂林的人〉中，他把山脊當作當地男子漢的背脊，把當地清純的水認作為大姑娘的靈魂，這種精神玄想式的變化在神話中比比皆是。最後必須一談的是葉廷濱的〈想飛的山岩〉。他的這座如「一隻掙扎的鷹」（1行）的山岩跟對岸亭亭玉立的神女峯對峙；它旣是「自由前一秒的囚徒／又是死亡前一秒的存在」（15～16行），更是「延續數千年追求的痛苦」（17行），而這痛苦「是蒼鷹的／個人的，也是民族的」（李麗中評語，頁195）。儘管詩人預感到「飛騰是一場山崩地裂」，但是，他還是堅信：「你會飛的」，因為「你的靈魂是眞正的鷹」（30、29以及32行）。這首有關山岩變形為蒼鷹的詩的主旨寫的是對自由的追求。英國浪漫派詩人大都想以詩爲改革當代政治社會結構的武器，想在現世建立「一個相等於天堂的新世界」（艾伯拉姆斯，頁28），葉廷濱的山岩詩即擁有這種「預示精神」（Prophetic Spirit），而他預言的是自由終將蒞臨大地。

我最後要討論的一種山水詩即爲純寫景、純歌詠自然山水之美的詩，這類詩在山水詩中所佔的份量既多且優越，這也表示，中文山水詩人還是有所繼承，懂得「以物觀物」，這尤其在那些深受道家禪家思想影響的詩人，如葉維廉和王潤華身上最爲顯著。在對這一模式的舉隅中，我先提海外的詩人，第一個當然得先提到王潤華。王的《山水詩》（1988年）跟他在《內外集》（1978年）時對山水的了解以及攫捕手法都截然不同；《山水詩》中的篇章爲類乎謝靈運的遊記式山水，通常蘊含一個遊程進展，有時還把參悟所得包含其中，這一類山水詩自爲自然詩中之最大宇，這並非我在此所要論列的。收在《內外集》中的詩篇，其中將近有一半都能以形媚道，即物即眞地讓意象自由興發、演出，做到葉維廉所一再强調的王維和孟浩然等人所攫住的純粹經驗。我在三年前寫的一篇論文中即提到王潤華這種創作手法及境界之捕獲應跟他終年研究司空圖有關，我當時並曾略爲分析了他的〈狂題——仿唐朝司空圖〉第三闋（〈寫實兼寫意（下）〉，頁6）。現再錄引這首詩的第四闋如下：

藏在碧蔭的野屋
如鳥聲
響亮
而看不見

獨步於自然之道
跫音如鐘
卻無迹可尋

（《內外集》頁 74）

這闋詩禪意很濃，第一節第一個意象把蘊藏在綠蔭中的野屋與鳥聲對等，這一來，視聽意象即被串連起來，獲致錢鍾書所謂的通感（synaesthesia）效果；後兩行又說鳥聲響亮，這當然隱約側提到人之存在，可是卻又「看不見」，這當然又是一通感作用。我在此要特別提出來的是，這些「藏」、「聽」和「看」的動作都有自然興發的意味，即物即眞（喻依＝喻旨）。這在第二節的效果也一樣，「獨步於自然之道」的是你、我、人類，跫音響亮如磬如鐘，你我要尋覓（道）卻可眞不容易。這兩節詩的意符即等於意旨，它們自然興發，其中即有高致玄意，無待詩人加以直指，這就正好證實了米勒所說的，中國山水詩人無須一邊創作一邊推演意念的話。這首詩中所展現的那種淸、幽、明、快以及空、寂、虛、靜等，套句葉維廉的話，「我們聽到的聲音往往來自『大寂』，來自語言世界以外「無言獨化」的萬物萬象中」（《比較詩學》，頁 156）。王潤華《內外集》將近一半的詩都可以達致此一境界，也就是劉若愚所說的中國古典詩中那種情景交織、無我觀照（selfless contemplation）的境界（頁 287 及 288），而前頭即已指出來，葉維廉本人自《松鳥的傳說》（1982年）前後即寫了不少這一類「以物觀物」的詩。

王潤華中期的山水哲學——禪意無須理性說明、即物即眞、符具即等於符旨——在其一首〈山水哲學〉中尤其表達得淸晰無遺。這首詩中段說：

路走盡在
　樹叢

溪流消失在
煙霧中

岸斷絕成
　古渡

水開瀾處
　有遠帆

（《內外集》頁 42～43）

路、樹叢、溪流和煙霧等意象都是一些短鏡頭，由於它們的存在並不涉及時態先後以及人稱等等，因此是被並置在我們讀者面前；它們都不賦予甚麼寓意象徵，應該只是人們意識觀照的實物重心，如此而已！王潤華的〈山水哲學〉頗有以詩論詩的意味，也即是說，我們如果要創作現代山水詩，似乎也可或也應像王那樣依樣畫葫蘆一番即行。

如果說王潤華由於深受道家以及禪家的影響，才能創作出像他收輯在《內外集》裡那樣泯除個己，讓意象自由演出的詩，那麼像吳岸以及大陸和臺灣一些並未太受道、禪影響的詩人，他們也能偶爾寫出劉若愚所說的第三種境界的詩，這就表示，當代詩人確確實實可從古典詩甚至同時代的詩人那兒學到一些技巧的。我們還是先引吳岸的〈羊城印象〉如下：

珠江滾滾滾
江畔人潮滾滾滾
江水溢入街衢
人潮湧進江裡
江水人潮
一起奔流

（《旅者》頁 116）

當然，我們可以說江水和人潮的「滾滾滾」已經摻雜了詩人的意識作用（noesis），而珠江和人潮等則為意識對象（noema），這首詩之所以能寫成當然是這兩者互涉互構的結果；也即是說，詩人把此一 lived experience 或 heightened experience 用文字表達了出來。吳岸這首詩寫於1980年的廣州，其實在這之前，吳也寫了〈行船〉和〈尼亞河野渡〉（俱見〈旅者〉等頗富於純粹經驗的詩，甚至比這幾首還要早五、六年的〈荒村〉、〈待渡〉和〈重上拉讓江〉（俱收入《達邦樹禮讚》（1982 年）），吳也已逐漸能略去推理、說理的手法，而逐漸讓意象自由興發、演出。

在中國大陸，自新詩潮於 1979 年發軔以來，年輕的詩人衝勁十足，他們也逐漸能寫出一些純粹寫景、即物即眞、離形去知並虛以待物的詩，譬如王曉利的散文詩〈山谷裡的風〉（《山行》之二，頁 66～67）、匡國泰的〈如夢的青山〉（上篇）第一首、張揚的〈漓江煙雨〉（東騏編，頁 154）和沙白的〈秋山〉等等。為了論證，我們還是引錄孔孚的〈海上日落〉如下以見一般：

青蒼蒼的海上，
鋪條瑪瑙路。

太陽走了，
像喝多了酒。

果然跌倒了，
在天的盡頭。

這六行詩正好是六個意象的並置，它們都是意識的對象物，未受太多理性思維的「沾染」；它們即物即眞，但並不一定要向我們傳達甚麼大道道；它們是經驗的瞬間迸發、濃縮，即所謂 heightented experience 也，深厚的思想意義「本來就並非衡量山水詩的高下的唯一標準」（李元洛，頁 567），尤其在當今道禪美學已逐漸建立爲一套品評詩歌的策略的時候，處處還要以西方標準或中國古來某些零碎又僵硬的標準來月旦山水詩，那眞顯得旣滑稽且又迂腐。

在臺灣，能寫上提這種意象自由興發、純粹經驗的山水詩的人可眞不少，《七十年代詩選》眞能達到這種境界的大概只有鄭愁予的〈北峯上〉及〈一槳之舟〉等數首，可是到了 1976 年出版的《八十年代詩選》時，我們一翻即可找到季野的〈羈泊篇〉和〈秋墳〉、岩上的〈海岸極限〉、林煥彰的〈蘆葦〉、非馬的〈從窗裡看雪〉、洛夫的〈隨雨聲入此而不見雨〉、葉維廉的〈天興〉六首和〈蕭孔裡的流泉〉，甚至紀弦的〈冬天的詩〉以及管管的〈潑墨山水〉的前節，不管你說這是由於臺灣詩人六、七十年代時特別時興於寫具象詩（concrete poetry）的結果，還是受到中國古典山水詩以及葉維廉的影響都好，臺灣自七十年代以來，詩人即能逐漸摒棄演繹性的推理概念化自然景物，這卻是不爭的事實。

葉維廉的詩一直到六十年代初期都比較重視演繹性，重視把概念不斷發展出來的創作方法，這只要看一看他的〈城望〉（1956 年）、〈夏之顯現〉（1960 年）和〈河想〉（1962 年）等較長的一些詩即可發覺他創作方法的一些蛛絲馬迹。他在〈夏〉詩中說：

> 我欲扭轉景物，我欲迫使
> 所有的情緒奔向表達之門
> 通至未經羅列的意象
> 與花的狂歡，與及歸家的
> 鎖匙在匙孔裡搖響，與及結結巴巴的
> 孩童的比喻……。
> 說我浪漫，說我患了無可救藥的懷鄉病
> 太陽總不會忘記花款的安排。
>
> （見《愁渡》頁 34～35）

這首詩其實寫的是夏景，但他卻在層層表現 heightened experience 的同時，他說理，說出他當時的創作嘗試與努力，詩中的意象都是一些符具，任由他所驅使，朝著一個固定的方向托出他的符旨（也即意圖）來。但是在此同時，葉維廉卻經由研究艾略特的創作方法以及龐德翻譯中國古典詩所受到的啓發之中，他發覺了中英詩因句構、因思維差異所可能引申出來一連串異同（convergence and divergence），這就是他寫於1960年那篇論文〈靜止的中國花瓶〉的重要意義：即對他的創作生涯以及學術開拓意義以及對臺灣詩人寫具象詩、寫純粹經驗的詩的意義。葉維廉開始大量創作具象詩以及純粹經驗的詩應在他嘗試結合各種媒體寫成《醒之邊緣》（1971年）這時期，詩集裡的〈溢出〉第五首有如下兩節：

塵色的南山
瀑布
汩汩的
不捨晝夜的
沖擊
輾石坊

沿河
有乘涼的人
擁著野菊
呼呼入睡

（頁43）

他這兩節詩中，每一行都是一個自足的意象，它們被並置在一起，詩人並不想給它們強行注入聯想；詩人所欲表現的是山水自身，不擬在把它們聯貫後托出甚麼意旨來。在這冊《醒之邊緣》之後，葉維廉於八十年代初出版的《松鳥的傳說》（1982年5月）和《驚馳》（1982年9月），每本有一半以上都是山水詩，而且都以他一貫所推銷的道家美家（以物觀物）寫成，茲不擬細論。

行文至此，本擬再討論一下很特殊的一類，即當代山水詩的變體「派樂第」（parody），例如范方的〈江陵〉和〈南山歸來〉、洛夫的〈出三峽記〉和〈登黃鶴樓〉等，後來想到這一模式的詩牽涉到一個非常特別的文類，應在另一個場合爲之，因此暫時略去。另一方面，山水與社會文化雜揉的詩，這裡也不擬討論，因爲要追索下去，再純粹的山水詩也摻雜有某些社會文化意義，如此討論，那會越糾纏越複雜，因此也只有略去。我在文中曾引伸到愛華德士的話，山水景物變化多端，那就像觀察者每個人個性觀念不可能完全一致一樣。果眞要這樣强辯的話，則山水詩的模式何止我上面所細加討論的那五種類而已！經過仔細探討之後，我發現當代大部份山水詩都是以我觀物，大都强把自我的情懷投注入山水景物中，山水並非其眞正的正文。另一方面，中國當代山水詩人確可在推演意念方面多下工夫。

附　　註

①對於自然詩與田園詩的傳承關係，以及中西田園詩的一些差別，請參見拙文〈自然詩與田園詩傳統〉〈中外文學〉十卷七期（1981年），頁4～23，尤其頁10和12。

②范文瀾在其《文心雕龍》〈明詩〉注三十四條案語中把「庾闡諸人」列爲寫山水詩的第一詩人，見范著《文心雕龍注》（臺北：明倫影本，1970年），頁92；張心滄（H. C. Chang）認爲庾闡應爲謝靈運之「眞正先驅」，見張著 *Chinese Literature 2: Nature*

Poetry（Edinburgh: Edinburgh UP, 1977），頁 10；傅樂生認爲山水詩的先驅應爲左思、孫綽和許詢等人，見氏著〈中國山水詩的起源〉，Asia Major 第七卷（1960），頁 78～97；林庚和皇甫修文認爲第一首山水詩應是曹操的〈碣石篇〉，見林著《中國文學簡史》二册（上海：古典文學，1957），第一册頁 154，以及皇甫修文〈古氏田園詩文的美學價值〉，收入伍蠡甫編《山水與美學》（臺北：丹青繁體字本，1987），頁 364；洪順隆〈山水詩起源與發展新論〉《六朝詩論》（臺北：文津，1985年）頁 61 以及 87；君實編《中國山水田園詩詞選》（香港：上海書局，1977年）把〈三秦民謠〉列爲山水詩部份第一首。

③到了1989年，潘亞暾在評介王潤華的《山水詩》時還這麼說：「在中國大陸，評論家習慣上接受劉勰的觀念，把描繪山川景物寄意或抒情的詩篇叫做山水詩。《文心雕龍．明詩》從詩歌發展史著眼，認爲山水詩始盛於西元五世紀的謝靈運時代……這是符合事實的。」這代表的當然是非常傳統的一種看法，見〈山水有清音——喜讀王潤華《山水詩》〉，《蕉風月刊》四二八期（1989年），頁 26。

④唯一的例外可能只有葉維廉和林文月的論文以及古添洪的英文論文 "Landscape or *Shan-Shui* Poetry: A Deconstructive Perspective," *A Comparative Study of Three Poetic Genres in the Semiotic Approach* (Taipei: Bookman, 1989), 頁 36～64; 修正本又發表於《師大學報》第三十五期（1990年6月），頁 159～182。王建元的〈現象學的時間觀與中國山水詩〉，收入鄭樹森編《現象學與文學批評》（臺北：東大，1984年），頁 171～200。

⑤王文收在《中古文學風貌》。《中古文學風貌》原與《文學思想》和

《文人生活》合爲一册《古文文學史稿》，於 1948 年出版。我手頭擁有的《中古文學風貌》1973年由香港中流出版社出版，〈玄言・山水・田園〉在這書中爲第三篇，頁 47～83。

⑥其實，葉維廉所特別强調的這種山水詩的境界即是劉若愚（James J. Y. Liu）在“Three “Worlds' in Chinese Poetry” 裡所縱論的中國古典詩詞中的第三種境界。提到這第三種境界，劉說：

This is a world where emotion and scene are completely resolved in each other, and the barrier between the external world of phenomena and the internal world of feeling is broken down. The poet submerges his consciousness in the universe, and the beating of his heart is identified with the pulsation of all life. It is a world that transcends ordinary human emotions, yet it is not cold and devoid of all feeling—rather it is permeated with a feeling of serenity and harmony, of being at peace and at one with the rest of creation.（p.287）

劉的例子主要取自王維，他也提到此一境界之獲致跟老莊思想有關，但他並未像葉維廉那樣，把其觀察所得發展成一套美學系統。

⑦據我所知，朱光潛早在 1960 年即已用電影用語「鏡頭」來隱喻詩人自己的情趣或觀感，見其發表在《文學評論》第六期（1960 年）上那篇〈山水詩與自然美〉，收入伍蠡甫編著《山水與美學》：頁 193～206；引文見伍編第 204 頁。

⑧關於王維詩中純粹經驗的營造以及托出，請參見葉維廉的 'Wang Wei and the Aesthetic of Pure Experience,' *Tamkang*

Review, 2:2～3:1 (1971～1972), 199～217。

⑨中文翻譯取自鄧仕樑，〈中國山水詩的起源〉，收入中大中國古典文學翻譯委員會編譯之《英美學人論中國古典文學》（香港：香港中文大學，1973），頁 123。本文所用譯文除非有特別說明，俱都採自鄧譯。

⑩傅樂生對"生命化象徵"（animating imagery）的看法以及米勒的推論說明俱都取自溫薩特——大寫的春夏降臨進入景物而與景物混合、人爲大自然的精靈、西風爲雪萊的「精靈」等等（頁 113～114）。

⑪王夫之的用語取自《薑齋詩話》下卷，收在丁福保編的《淸詩話》（臺北：明倫出版社，1971年），頁 14。

⑫關於西方現代詩人向中國古典山水詩汲取各種技法所涉及的思想突破、詩境的逼近中國山水詩等層面，葉維廉在〈中國古典詩和英美詩中山水美感意識的演變〉一文有非常精湛的論列，請尤其參見該文後半部（《比較詩學》，頁 167～194）。

⑬張漢良此文序介的是張默等人合編的《八十年代詩選》，這本詩選出版於 1976 年，連七十年代都無法全數概括其內，這點只要研探一下張默和瘂弦等人編的幾本十年一代詩選即可發覺：他們都把年代挪前許多。這本《八十年代詩選》應改爲《七十年代詩選》較正確。

⑭張在文中第二大節開頭說：「作爲一個遊蕩者，我無意建立臺灣十年來詩的類型架構，甚至文學多元系統中的支系統。……近十年來，文學獎的頒贈可以大略顯示都市詩已成主導文類。」（頁 44）解構姿態一般批評家未必能領會，他所說的文類主導可早已深植入他們心中。

⑮王潤華這首詩原刊於 1974 年 10 月出版的《大地詩刊》第十期頁 4

～7，後被選入《八十年代詩選》頁21～22。

⑯愛德華士（Richard Edwards）認爲，在風景畫的世界中，沒有眞正的大自然（Nature），有的只是無數自然景物（natures）以及觀察描繪這些景物的畫（頁30）。

⑰中國人由於對山水（河山）的熱愛與關懷，使他們寫了許多山水、田園詩，而這些詩已構成一個特殊的傳統。山水即爲他們的正文。跟林庚和宗白華幾乎相似的話也可見諸葉維廉與周策縱的對話（《境會物遊與愛》，頁7～8）。

⑱李元洛敎授的〈高山流水，寫照傳神——論詩中的自然美〉是第一篇討論當代中國山水詩的論文，是我在蒐集資料要寫我的論文而向他請敎時，他才提醒我並幫我蒐集了不少大陸之外不易找到的單篇山水詩。他這論文涉及的範圍沒有我廣泛，重點是當代山水詩中的自然美，可他又非常强調詩的時代精神與歷史沈澱，跟我的研究方法大體上並不一樣。

⑲劉若愚（James J. Y. Liu）以"world"一詞來迫譯中文詩論中的「境界」一詞；此處所提到的兩種境界即劉文中的第一、二種，見劉文頁280～281，238。

⑳葉維廉說：「『行旅』作爲一種流露及組織自然事物的策略，奠定了後來湯姆森《四季頌》一詩，和華滋華斯大部份的詩，包括《序曲》的呈露自然方法。」見〈美感意識意義成變的理路〉，頁31。

㉑有關臺灣具象詩的特色與成就，請參見張漢良的〈論臺灣的具體詩〉，收入《現代詩論衡》（臺北：幼獅，1977），頁102～126。

引用書目

一、中文部份

于沙，〈長江三峽歌〉《第一行足迹》（長沙：湖南人民出版社，1984），頁？

王瑤，〈玄學・山水・田園〉《中古文學風貌》（香港：中流，1973），頁47～83。

王夫之，《薑齋詩話》上下卷，收入丁福保編《清詩話》（臺北：明倫，1971），頁3～22。

王建元，〈現象學的時間觀與中國山水詩〉，收入鄭樹森編《現象學與文學批評》（臺北：東大，1984），頁171～200。

王家新，〈在山的那一邊〉收入李麗中編著《朦朧詩・新生代詩》（天津：南開大學出版社，1988），頁241～242。

王潤華，〈山水哲學〉和〈狂題——仿唐朝司空圖〉《內外集》（臺北：國家，1978），頁41～44，71～76。

孔孚，〈海上日出〉，收入其詩集《山水清音》（重慶：重慶出版社），頁96。

白樺，〈相知〉，收入李元洛和洛夫編《大陸當代詩選》（臺北：爾雅，1989），頁103～104。

匡國泰，〈如夢的青山（上篇）〉《聯合副刊》1990.07.12：29版；後收入《如夢的青山》（九龍：金陵，1990），頁21。

匡國泰，《鄉風組曲之四：山遇》，《藍星詩刊》第廿七期（1991年4月），頁105。後收入其詩集《鳥巢下的風景》(長沙：湖南文藝，1992），頁92。

向明，〈桂林的人〉，見東騏編《桂林山林詩選粹》（桂林市：漓江，1990），頁106～107。

向明，〈花城歡樂節〉《紅寶石》（廣州：新世紀，1990），頁63。

伊甸，〈漓江上的幻覺〉，收入東騏編，頁103～104。

朱光潛，〈山水詩與自然美〉，收在伍蠡甫編《山水與美學》（臺北：

丹青，1987），頁193～206。

李靜，〈走向青山〉，收入喻大翔和劉秋玲編《朦朧詩精選》（武昌：華中師大，一九八六），頁114～115。

李鋼，〈在山上〉，收入閻月君等編《朦朧詩選》（瀋陽：春風，1985），頁233～234。

辛鬱，〈原野哦——一個大陸同胞的訴願〉，收入張默、洛夫和瘂弦編《七十年代詩選》（高雄：大業，1969），頁150～151。

李元洛，〈高山流水，寫照傳神——論詩中的自然美〉《詩美學》（長沙：江蘇文藝，1987），頁562～592。

李元洛致本人信，1990年9月29日。

余光中，序〈白玉苦瓜〉和〈大寒流〉，《白玉苦瓜》（臺北：大地，1974），頁1～4，頁153～157。

余光中，〈十年看山〉，《紫荊賦》（臺北：洪範，1986），頁188～190。

杜運燮，〈秋〉，收入章亞昕和耿建華著《中國現代朦朧詩賞析》（廣州：花城，1988），頁118～119。後收入其詩集《晚稻集》（北京：作家，1988），頁1～2。

李麗中，評介舒婷的〈神女峯〉，收入氏編《朦朧詩・新生代詩》，頁84～85。

君實編，《中國山水田園詩詞選》二册，香港：上海，1977。

吳岸，《達邦樹禮讚》，吉隆坡：鐵山泥，1982。

吳岸，〈羊城印象〉，《旅者》（古晋：砂勝越華協，1987），頁116。

林庚，〈山水詩是怎樣產生的〉，《文學評論》第三期（1961），頁91～101。

林庚，《中國文學簡史》二册，上海：古典文學，1957。

林文月，〈中國山水詩的特質〉，《山水與古典》（臺北：純文學，1976），頁23~61。

宗白華，〈關於山水詩畫的點滴感想〉《文學評論》第一期（1961），頁16～17；此短文後收入《美學與意境》（臺北：淑馨出版社，1989），頁317～319。

周夢蝶，〈落櫻後，遊陽明山〉，收入張默等編《七十年代詩選》，頁41。

洛夫，序他和李元洛合編的《大陸當代詩選》（臺北：爾雅，1989），頁5～10。

洛夫，〈山的邀請〉，收入上海文藝社編《八十年代詩選》（上海：上海文藝社，1990），頁292～293。

洪三泰，〈漓江〉，收入東騏編，頁209～210。

范文瀾，《文心雕龍注》，臺北：明倫，1970。

洪順隆，〈山水詩起源與發展新論〉《六朝詩論》再版（臺北：文津，1985），頁55～88。

皇甫修文，〈古代田園詩文的美學價值〉，收入伍蠡甫編，頁361～382。

耿建華，〈秋—社會—人〉，收入他和章亞昕合著《中國現代朦朧詩賞析》，頁119～120。

梅新，〈風景〉，《再生的樹》（臺北：驚聲，1970），頁116～117。

陳慧樺，〈寫實兼寫意：馬新留臺作家初論（下）〉《蕉風》四二〇期（1988），頁2～12。

陳鵬翔著，許儷粹譯，〈自然詩與田園詩傳統〉《中外文學》十卷七期（1981），頁4～23。

張漢良，〈現代詩的田園模式〉和〈論臺灣的具體詩〉，俱收入《現代詩論衡》（臺北：幼獅，1977），頁 103～126，159～176。

張漢良，〈都市詩言談〉，《當代》第三二期（1988），頁 38～52。

曹道衡，〈也談山水詩的形成與發展〉《文學評論》第二期（1961），頁 26～33。

殘雪，〈鑼鼓山〉，收入東騏編，頁 259～260。

舒婷，〈神女峯〉，收入李麗中編著，頁 83～84。

舒婷，〈祖國啊，我親愛的祖國〉，收入閻月君等編《朦朧詩選》，頁 42～43。

彭浩蕩，〈桂林的山〉，收入東騏編，頁 332～333。

黃幫君，〈亙古悲劇〉，收入東騏編，頁 276～277。

賀敬之，〈桂林山水歌〉，收入東騏編，頁 205～208。

張萬舒，〈黃山松〉，收入鄒絳編，頁 425～426。

曾憲瑞，〈漓江〉，收入東騏編，頁 316。

葉廷濱，〈想飛的山岩〉，收入李麗中編著，頁 193～194。

葉維廉，〈夏之顯現〉，《愁渡》（臺北：仙人掌，1969），頁 33～38。

葉維廉，〈靜止的花瓶〉，《秩序的生長》（臺北：志文，1971），頁 94～115。

葉維廉，〈溢出〉第五，《醒之邊緣》（臺北：環宇，1971），頁 42～44。

葉維廉，〈中國古典詩和英美詩中山水美感意識的演變〉和〈語言與眞實世界〉，俱收入《比較詩學》（臺北：東大，1983），頁 87～133，133～194。

葉維廉，〈境會物遊與愛〉，《憂鬱的鐵路》（臺北：正中，1984），頁 7～9。

葉維廉，〈美感意識意義成變的理路〉《中外文學》十五卷十期

（1987），頁4～45。

管用和，〈象山遐想〉，收入東騏編，頁351～352。

鄭愁予，〈霸上印象〉，收入張默等合編《七十年代詩選》，頁174～175。

潘亞暾，〈山水有清音——喜讀王潤華《山水詩》〉《蕉風》四二八期（1989），頁26～29。

謝永就，〈山，本想再說〉《蕉風》四〇三期（1987），頁39。

顏元叔，〈梅新的風景〉附在梅新的《再生的樹》，頁122～144。

顧城，〈石壁〉收入李麗中編著，頁97。

二、英文部份

Abrams, M. H. *Natural Supernaturalism*. New York: Norton, 1971.

Chang, H. C. *Chinese Literature 2: Nature Poetry*. Edinburgh: Edinburgh UP, 1977.

Edwards, Richard, "The Artist and the Landscape." *Renditions* 6 (1976), 30～52.

Frodsham, J. D. *The Murmuring Stream*. 2 vols. Kuala Lumpur: University of Malaya P, 1967.

Frodsham "Landscape Poetry in China and Europe." *Comparative Literature* 19: 3 (1967), 193～215.

Frodsham "The Origins of Chinese Nature Poetry." *Asia Majorg* (1960), 68～104

Ku Tim-Hung. "Landscape or *Shan-Shui* Poetry: A Deconstructive Perspective," *A Comparative Study of Three Poetic Genres in the Semiotic Approach* (Taipei: Bookman,

1989),pp.36～64; a revised version of this was published in the *Bulletin of National Taiwan Normal University* 35 (1990), 159～182.

Liu, James J. Y. 'Three "Worlds" in in Chinese Poetry.' *Journal of Oriental Studies* 3 (1956), 278～290.

Miller, James Whipple. "Englsih Romanticism and Chinese Nature Poetry." *Comparative Literature* 24 (Summer 1972), 216～236.

Wellek, Rene, "The Concept of Romanticism," in *Concepts of Criticism*. Ed. S. Nichols. New Haven: Yale UP, 1967.

Wimsatt, W. K., Jr. "The Structure of Romantic Nature Imagery," in *Verbal Icon*. Lexington: University of Kentucky P., 1954. pp.103～116.

Yip Wai-Lim. "Wang Wei and the Aesthetic of Pure Experience." *Tamkang Review* 2:2～3:1 (1971～1972), 199～217.

悲秋的傳統與衍變

摘　要

本文藉七、八篇有關秋天的詩，逐步探討秋與愁的關係、悲秋文學傳統的形成以及其變異。向來人云悲秋，莫不溯自宋玉之〈九辯〉。事實上，悲秋之文字見諸屈原〈九章〉者至少三見，〈詩經・四月〉亦存「秋日淒淒，百卉具腓」之句。本文從文字上考察，認爲「悲秋」早就植根於中國人之記憶裡，實爲一原型。宋玉〈九辯〉爲其自傷並同時憐憫其前輩屈原之作，由於他外在化其悲情，故其主題具有普遍之基礎，跟後代無病呻吟之作大有不同。

悲秋跟秋天之肅殺、跟詩人身處叔世有關。本文在分析〈九辯〉第三章後指出，「肅殺」之觀念不僅最早見諸《呂覽》卷六、《莊子・齊物論》，也見諸〈九辯〉第三章，詩人把悲情外射，外界蕭條凜冽之景，又爲產生積愫之誘因。

悲秋詩除了反映詩人之心境，亦能反映時代之面貌。宋玉悲秋乃因時代使然，其社會、政治批評乃師承自屈原之〈離騷〉，其社會批評與史賓塞（E. Spenser）在《牧童的月曆》中所表現者有些一樣，惟其政治批評跟史氏之宗教批評顯然有別。很可惜的，此一批評傳統後世詩人繼承者不多（杜甫〈秋興〉第四首顯係例外）；後世悲秋之作卻繼承了遯世高遊之傳統。秋乃萬物成功之時，生性比較樂觀之詩人乃有抗拒悲秋之舉，葉夢得乃作了其美秋賦〈鷓鴣天〉。

在這篇論文裡，我們要挑選七、八篇有關秋天的詩，俾以探究悲秋如何逐漸形成一個特殊的文學傳統，以及悲秋的主題如何在宇宙的悲哀、社會和政治嘲諷這幾個層次上展露出來。在探索之中，我們會發覺，中國詩人在面對淒涼和肅殺的秋天時，會比英國詩人更傷感和感情熾烈；我們也會發覺，所謂的套語式（也同時表示題旨的）詞彙和片語最常在這一類詩中出現。

在中國古典詩中，一如在英國古典詩中，秋天往往跟悲傷或者憂鬱糾結在一起，可是詩人在處理悲哀或憂鬱這個題旨時則未必牽扯到秋天。例如，漢樂府中的〈悲歌〉（郭茂倩，卷五十七，一後至二前）、張衡的〈四愁詩〉（丁福保，册一，卷二，十前至十後）和曹植的〈九愁賦〉（歐陽詢等，卷三十五，頁620～621），悲則悲矣，惟都跟秋天無關。但是，我們也得承認，中國古典詩中，像杜牧的〈愁〉（彭定求等，卷八，頁6007～6008）和辛棄疾的〈醜奴兒〉（唐圭璋，卷三，頁1920）這一些詩確曾觸及秋天，雖然秋天這個季節在這些詩中所佔比重並不太大，這就是爲甚麼我們得採用「往往」這修飾詞，而不能應用比較確鑿的「總是」這個狀詞。

中國詩人素來善寫悲秋之詩詞幾已無人不知，這一點有些像西方人之獨鍾憂鬱文學。古代中國人對秋天和憂傷的密切糾葛感觸深入，觀察細微，所創造的表意字「秋」和「愁」，字形生動地說明了它們之間的關聯。根據郭沫若和其他甲骨文字專家的臆測，「秋」字的一個象形字體[illegible]實爲蟋蟀在秋天唧唧啾鳴之模擬；蟋蟀在黃昏時分啁啾，尤其在夜央時際鳴叫，其聲淒楚，聞之大爲哀傷。因此，詩中之提到蟋蟀，必能令人聯想到秋季或是激發愁思悲情。

秋和愁的密切關聯很清楚地蘊含在「愁」這個表意字中。愁，許慎《說文解字》解作「㥑也」（段玉裁，卷十，甲四十七後），上「秋」下「心」，字形顯示「愁」字是一晚起字，至少應比「秋」字晚出。這個表意字小篆作𢘲，形象生動，很具體地把秋天——一個代表收穫、成熟以及所蘊含的喪微和淒淸的情景——加諸人心上的整個重量和衝擊展露出來①。人心和秋天的交接，其感應有底下數端：意識到生命的短促、榮華之不可久留，知覺自然法則無情的運作，哀悼個人放浪形骸的過往，短暫地逃避入醇酒的世界以及其他一連串包含在詩中的聯想。這樣的詮釋是非常有意義的，因爲它能使我們切入到詩人感應和創造的核心去。

論者認爲，宋玉的〈九辯〉開啓了後代悲秋之傳統，這可從底下兩點加以說明：第一，這篇賦體制頗長，詩人的熾烈情感貫穿其間；第二，在這篇賦裡，詩人致力於鞏固賦體，使其永固不朽。實際上，假使在英國情形有異，至少在中國而言，悲秋此一概念實係千古常新的。這一概念早已包括在屈原的〈九章〉甚至更早一些的《詩經》篇章裡。例如，在屈原的〈九章〉裡，我們可以看到如下的詩句：

欸秋冬之緒風。

（洪興祖，卷四，八前）

悲秋風之動容兮。

（洪興祖，卷四，十四後）

悲回風之搖蕙兮，心冤結而內傷。

（洪興祖，卷四，二十九前）

事實上，根據作者的句構，哀歎也好，為某事悲傷也好，其內涵都是一樣的，悲秋實源於現象界對人心的衝擊。如果根據孫作雲的說法，第二個詩句可視為悲秋之源頭（頁8），那麼我認為這三幾行詩都應是肇始，因為「欻」和「悲」指的都是同一回事。

同樣地，同樣的悲歎也可在《詩經・四月》裡找到，雖然這時候詩人用的不是賦體而是四言詩：

秋日淒淒，百卉具腓。
亂離瘼矣，爰其適歸。

（朱熹，《詩集傳》卷十二，二十六後）

朱熹認為這四行中的前兩行為「興」，爰以導出後兩行的意旨（朱熹，《詩集傳》，卷十二，二十六後）。大體上，把這技巧層面的「興」跟其所導出的意旨結合在一起的主要關鍵不在描述上的類似而在於所要傳達的意蘊。「淒淒」，朱熹解作「涼風也」（同前注），此說未必可徵；屈萬里作「寒涼貌」（上，頁175）較契合當時的狀況。刺骨的寒意為此佚名詩人之所感，但是說自然界的花木都病了當然是源自移情作用的運作，此種移情作用使得詩人把外界都染上他的情感。詩人感到寒意，自然植物逐漸都枯萎，這些都得歸諸現象界的摧毀力量。同樣地，在人類世界，我們可以把製造亂離之根由找出來，那就是那些點燃烮火的侯王。現象界的摧毀力量似乎跟統治者掛勾，給人間製造大混亂，這使得我們的佚名詩人痛苦不堪。哀傷以及為不幸的生命哀悼構成了〈四月〉這首詩的基調。

宋玉在〈九辯〉裡巧妙地擴大處理了悲悼的主題——悲悼詩

人受挫折的生命以及為現象界悲傷，後世寫悲秋的詩人往往會回過頭來向他乞求靈感甚或尋求超越。我認為這是宋玉的自剖之作，在作品裡，詩人把自己個人的挫折感跟屈原的結合在一起②，他為其精神導師悲悼，實際上係為自己悲傷③。〈九辯〉自宋洪興祖和朱熹以來即被分成十節（章）或九節④，其第一節最是淒楚哀惻：

悲哉秋之為氣也！
蕭瑟兮，草木搖落而變衰。
憭慄兮，若在遠行；
登山臨水兮，送將歸。
泬寥兮，天高而氣清；
寂寥兮，收潦而水清。
憯悽增欷兮，薄寒之中人。
愴怳懭悢兮，去故而就新；
坎廩兮，貧士失職而志不平；
廓落兮，羈旅而無友生；
惆悵兮，而私自憐。
燕翩翩其辭歸兮，
蟬寂漠而無聲，
雁廱廱而南遊兮，
鵾雞啁哳哳而悲鳴。
獨申旦而不寐兮，
哀蟋蟀之宵征。
時亹亹而過中兮，
蹇淹留而無成。

（洪興祖，卷八，一前至二後）

這一節詩所表達的寂寥憂傷跟「英國的疾病」憂鬱類似，可又不盡相同。相同，由於它很自然地從心靈的最深處迸發出來，但是這種悲惻又是不同的，因爲它跟秋天密切相聯，而秋天又跟陰陽五行相互糾結。這一節文字所開啓的悲秋傳統比僅僅是源頭重要多多了；悲秋是一基型，似乎深深地烙印在中國人的記憶中，不管他們是不是意識到這傳統的存在，他們對於淒涼以及肅殺的秋天都會有所反應。後世所寫的悲秋詩，無論是模擬、執意超越原作或者擴展原作的範圍，大都感情洋溢甚至相當感傷，所有這些都可證實「悲秋」已成爲一個基型。

假使宋玉僅僅只抒寫他如何喪失官職以及他的戚友如何規避他等等，則他的悲戚僅能算是個己的，不能從小我推展到大我的地步；而事實上，他這篇〈九辯〉比僅是記錄他的挫敗有更深一層的意義。他的困厄悲傷是促使他創作這篇傑作的催化劑（陸、高和黃，頁 98）。爲了使其經驗普遍化，他不僅把這些經驗强加到他恩師的經驗之上，而且更利用自然界淒淸肅殺的氛圍來强化、外在化他的悲情。因此，他的作品巧妙地結合了底下數個來源：爲他自己悽惻的生命、爲飽受困頓的屈原的生命以及爲肅殺的自然界同悲。

宋玉不像英國詩人納西（Thomas Nashe, 1576～1601）那樣恐怕秋天過後冬天的蒞臨，或者像胡德（Thomas Hood, 1799～1845）那樣把秋天當作一個寂靜、荒涼和憂傷的季節來處理（陳鵬翔，頁 243～ 244，以及頁 250～254），他成功地把失望、悲傷和生活上的挫敗外在化，更尖銳地把對時代的腐敗的控訴表達出來。在上面引錄的第一節詩裡，大小細節似都染上詩人的積愫。他利用非常感性的細節，詳細告訴我們他憂傷以及挫敗的原委：他不僅失去官職而且朋友都逐漸疏遠他；他已年逾四十而仍未獲致任何成就。事實上，他陸續在其他章節告訴我們，他像極了屈原，爲人認眞而且正直，時時想爲國效勞。但是非常反諷地，他也遭受跟屈原相同的際遇，他由於擁有這些德性而被除職。這種遭遇不可避免地令他想到他的前行者以及最令他欽佩的導師——屈原。

宋玉的際遇跟屈原的相當類似。不過上引的第一節詩中，我們發覺宋玉不似屈原出身貴冑之家庭，他只是一介布衣，一個失職的「貧士」。詩人在另一節詩裡說到他

無衣裘以禦冬兮，
恐溘死不得見乎陽春。

（洪興祖，卷八，九後）

這些自剖性的言辭除非我們能另作詮釋，否則我們就得承認它們恰確地反映了一個靈魂在忍受冤屈和失望，這些說詞跟屈原寫在〈離騷〉和〈九章〉中的並不相同，因爲屈原在這些篇章裡雖說絕望和痛苦，但他從未說他貧病交加。宋玉很可能像屈原一樣，曾受到寵信而後又受到小人之讒毀，不得不離開楚都，遠走他鄉。同樣地，這時最令他心神交瘁的並不是他蹇厄的運道，而是楚王正受到羣小的包圍。更有甚者，他發覺自己就像屈原一樣的遭遇，此時已找不到途徑可把眞相傳達給楚王。非常明顯地，令宋玉感到失望和沮喪的原因不僅僅只有一端。

坦白講，以前的批評家應用陰陽的概念、甚至鄒衍的形上哲學來探討宋玉的憂憤並非毫無道理，雖然他們的評論有時顯

得相當言過其詞。例如，朱熹在評論〈九辯〉的前四句時這樣說：

> 秋者，一歲之運盛極而衰，肅殺寒涼，陰氣用事，草木零落，百物凋悴之時，有似叔世危邦，主昏政亂，賢智屏絀，姦凶得志，民貧財匱，不復振起之象。是以忠臣志士遭讒放逐者，感事興懷，尤切悲歎也。
>
> （《楚辭集注》，卷六，一前至後）

朱熹的話除了證實鄒衍的形而上思想影響深遠以外，同時也顯示，他可能已經意識到，天人合一的觀念在宋玉甚至更早時早已相當流行。對朱熹以及其他一些批評家而言，秋季即等於叔世或亂世⑤，在這個世界裡，有點像葉芝在《第二度降臨》所描述的：「事物分崩離析」，「上焉者全缺乏信念，而下焉者則充滿強烈的激情」（頁346）。假若朱熹有幸活存今世，他一定可以成爲一位很好的主題學專家，因爲他可以巧妙地將〈九辯〉跟其作者和他所處的時代連在一起來討論。

在這裡我要對朱熹的觀點加以申述。我發覺「肅殺」這個觀念很早就在莊子以及更早的時代出現，當然最早出現時不必一定要兩個字連成一詞，可能有人僅在某處含蓄地提到。當然，我們知道是《呂氏春秋》首次把「肅殺」的觀念跟刑法、政治和其他學問糾結在一起⑥。在研究〈九辯〉時，我們發現「肅殺」這個觀念早已涵括在這首詩第三節前幾行，而且已發展得相當完整：

> 皇天平分四時兮，竊獨悲此廩秋。

白露既下百草兮，奄離披此梧楸。
去白日之昭昭兮，襲長夜之悠悠。
離芳藹之方壯兮，余萎約而悲愁。
秋先戒以白露兮，冬又申申以嚴霜。
收恢台之孟夏兮，然欿傺而沈藏。
葉菸邑而無色兮，枝煩挐而交横。
顏淫溢而將罷兮，柯彷彿而萎黃。
芸櫹槮之可哀兮，形銷鑠而瘀傷。
惟其紛糅而將落兮，恨其先時而無當。

（洪興祖，卷八，三後至五前）

就結構而言，這一長段詩擴展了這一章第一、二行所蘊含的悲秋觀，亦即秋天是一破壞力量，能把自然界的草木花卉都摧毀殆盡。在這一節詩中，秋天正如詩人在第一章所描述的，寒冷、淒涼，甚至帶著惡兆頭，實際上是一主要象徵，象徵事物的衰敗狀態。白露、嚴霜，尤其是那無可觸摸而又無所不在的氣，這些可都是秋天最鮮明的代表，能摧殘自然景物以展現它的統馭力量，結果是，百草枯萎了，甚至連最堅實的梧桐和楸梓都遭到戕害⑦。詩人由於情感的投射，覺得自己也跟植物界一樣「萎約」而悲從中來，微觀與宏觀對等的觀念隱約貫穿全詩，雖然這並不是清楚地說出來而已。

宋玉的〈九辯〉有許多因素使得它很傑出，疊字、同韻、對句和長短句的運用只是這些因素的一部份，由於楚辭專家游國恩早已提到這些，茲不贅述（頁 238～243）。我要在這裡特別指出的是，詩人對一些帶「心」字根字的應用，這些含有悲傷憂戚意義的字功用非常大。它們除了把主題烘托出來以外，即是構成動向（movement）和反動向的功能，不斷把綿綿不絕的悲情刺向我們的心坎；英文裡帶有悲戚慘惻含義的字如 sadness, sorrow, distress 和 grief 等都是相當抽象的字彙，它們都沒有像「心」這樣的字根所含有的視覺效果，告訴我們這些字都跟人最敏感的根源——心——有關。

詩人除了懂得應用帶「心」字根字來表現他的深沈悲情之外，他在外在化他的情懷也顯得非常精巧，上引第一及第三章即最佳例證。他不似胡德那樣以借助狄米德（Demeter）和她女兒帕瑟芬妮（Persephone）來演繹他的悲傷（陳鵬翔，頁251～254），或像雪萊（Shelley, 1792～1822）那樣喚使自然景緻和意象來爲將逝去的一年唱輓歌並同時爲新年的到來歡呼（同前注，頁 248～250），而是讓生命中某些明亮的片段以及某些基型詞彙和意象來演出他的情懷。例如，在第一節詩中，遠遊以及送將歸、貧士失職以及友朋星散，以及詩人突然發覺自己已年過四十而一事無成，這些都是最關鍵的時刻，最最能很自然地引起人們的哀憐。此外，跟這些燦爛的片段一樣重要的是各種意象的運用。這些意象，每一個都擁有一個套語式詞彙來彰顯自己，它們是用來外在化詩人的內在世界的。毫無疑問地，翩翩南歸的燕子，唧唧嘶叫的夏蟬突地瘖啞，嗈嗈狂叫的野雁向南飛行，聲聲啁哳的鵾雞叫得很悲傷，以及徹夜鳴叫跳動的蟋蟀，這些都是詩人所聞所見者，這些意象連綿構成一幅麗錦，主要並非僅作修飾之用，而是爲了要把詩人的悲戚外在化。詩人深處悲戚的境地，他不只知覺到上提的一些生物在白天的活動，也聽到蟋蟀在夜晚徹夜悲鳴。

在第三節詩裡，白露和嚴霜爲吾人在農曆七月以及九月所聞所感者（鄭玄注《禮記・月令》，卷十六，十八前以及卷十七，二後），作爲基型意象，詩人一見到它們即能引發他的憂鬱情懷；然而，當我們想進一步切入詩人創作的過程中時，我們立刻發覺情形可沒那麼簡單。宇宙性的悲哀一直套在詩人對政治社會事務的悲歎之上，因此，要把宇宙性的悲哀和個人的悲歎分開幾乎是不可能的。就表面意義而言，露和霜意指兩種自然景物，這兩種景物我們常在溫帶地區見到；但是就引申義而言，一如它們在大部份《楚辭》章節中所顯現的，它們都暗指某些種破壞力量以及當權者的殘酷無情。因此，詩人的悲傷是三方面的：爲個人的挫敗而悲傷、爲政治的混亂而悲傷、更爲現象界的淒涼肅殺而悲傷。在此脈絡底下，葉子殘瘁而受創、枝柯交錯而萎黃以及嫩枝愈來愈稀疏等意象都充滿了詩人的憂鬱和悲傷。

宋玉的〈九辯〉在許多層面來說實爲悲秋文學之源頭，上提的套語式詞彙、有關自然景物的意象以及最重要的中心題旨，這些都是我們在後世詩歌經常發現的。例如，離宋玉時代不久的王褒就用賦體寫了一篇〈九懷〉，內中以非常戲劇性的口吻來抒寫屈原的憂傷和不幸際遇，其中有底下數行：

秋風兮蕭蕭，舒芳兮振條。
微霜兮眇眇，病殀兮鳴蜩。
玄鳥兮辭歸，飛翔兮靈丘。⑧

霜、蟬和燕子等套語式意象俱源自宋玉的〈九辯〉，其中第二行提到秋風對花卉和枝葉的影響是再淸楚不過的，很明顯地，它們是詩人壓縮了宋玉詩中第三節第三至第四行以及第十三到第十七行的意象而寫成的。王褒所受的影響是明顯的，因爲我們只有在宋玉的龍頭詩找到這些套語式詞彙，而王褒借助這些詞彙係爲了同一個目的——即把悲秋的題旨襯托出來。

在古典英詩裡，我們發現只有少數幾首秋天詩結合了憂鬱或悲傷的母題，跟這個强烈相反的是中國古典詩，其中有許許多多秋天詩都是爲了抒寫各式悲情而寫成的。在淒清肅殺的氣氛和環境底下感到憂愁、孤單、寂寞甚至沮喪是相當普遍的情懷，而中國詩人擅於表現此一情懷可已家喻戶曉，並且已構成一個獨特的文學傳統。毫無疑問地，這個傳統的形成跟中國人的氣質甚至他們的民族性有關。然而，我們的研究卻顯示，中國古典詩人所受的文化制約完全不同，他們鮮少爲了憂愁而寫憂愁，而通常都會把這種情懷跟秋天結合起來一併寫。他們在面對秋天時所展現的洋溢感情和感傷，這跟宋玉所肇始的文學傳統以及鄒衍的形而上思想有密切的關聯。

自從宋玉以來，詩人有意間或無意間都在爲悲秋的題旨開拓可能的空間以便推陳出新，這已變成一個非常普遍的做法。在此一脈絡下寫成的詩，它可能是詩人噩運或混亂時代的剪影，也可能把詩人的挫敗跟亂世結成一體。漢末特別是魏晋所謂的亂世，這個時候，每個人的命運和財富都會被捲入洪流裡，因此，我們的詩人在這個時候寫了不少悲秋的詩賦。當然，有許多在這些時代完成的詩並不能納入上提的幾個類型中，因爲這些詩的用意純粹只在表現一個普遍性的狀況：人類在面對季節的遞嬗時所流露的宇宙性悲哀。

後世所寫的悲秋詩未必都題名爲「悲秋」⑨，它們可能標爲「秋懷」、「秋思」、「詠秋」、「秋日」、「秋夜」以及其他許許多多名稱，名稱裡甚至連「秋」這個表意字都可能沒有。在漢末以及魏晋初期，繁欽的〈愁思賦〉⑩、曹丕的〈燕歌行〉和〈感物賦〉、曹植的〈秋思賦〉⑪和夏侯湛的〈秋可哀賦〉⑫在當時可能極爲著名，然而比較而言，它們現在並不比潘岳的〈秋興賦〉有名。潘岳的〈秋興賦〉我們很快就會加以分析，現在讓我們先看看曹丕的〈雜詩〉，可就了解各階級的人都可能受到宇宙性的悲哀所襲擊。

曹丕的〈雜詩〉是這樣寫的：

漫漫秋夜長，烈烈北風涼。
展轉不能寐，披衣起徬徨。
徬徨忽已久，白露沾我裳。
俯視清水波，俯看明月光。
天漢迴西流，三五正縱橫。
草蟲鳴何悲，孤雁獨南翔。
鬱鬱多悲思，綿綿思故鄉。
願飛安得翼，欲濟河無梁。
向風長歎息，斷絕我中腸。

（李善注，頁641）

這首詩極可能爲模擬某首樂府詩或某首早已佚闕的古體詩而成，因此，任何人想把它釘住歷史事實或作托意比附俱屬多餘。任何人在欣賞宋玉的悲秋傳統下寫成的詩都會發覺，這首詩裡最引人注目的北風（在其他詩裡大都是西風）、白露、草螽、雁和天漢等自然基型意象，這些都是最最有助於建立悲秋詩的意境的⑬。更有甚者，這些意象像大部份情形一樣，都設想得很巧妙，它們是詩人的情懷得以貫注入的容器。

曹丕這首〈雜詩〉跟宋玉那樣複雜的主題交錯不一樣，它的題旨是宇宙性的悲哀；這種悲哀是普遍性的，有時候忽地就掠上了心頭。也許我們經常尖銳地感覺到，然而並未能像曹丕這樣巧妙地表達了出來。詩人對於他何以感到憂傷和沮喪的原委說得並不太多，然而，我們可以感覺到這種宇宙性的悲哀似乎貫穿他整個人，切入它所觸及的事物。湯姆森（Jame Thomson, 1700～1748）的憂戚促成他去從事想像性的創造，而曹丕的悲戚是不一樣的，它使得他徹夜未眠，感到秋夜漫漫、銀河從西南向西迴流、心星和噣星閃得那麼燦爛以及其他許多事情。在詩人眼裡，白露、流水、明月、燦爛的天漢和其他星座都不能勾起他的樂趣；相反地，它們只促使他意識到孤獨是那麼無可規避、知覺到自己在宇宙間地位是那麼渺小。在其他季節或場合，草螽也許不會叫得那麼悽惻，南歸的雁也許不會孤獨地飛翔。然而在秋天，每一樣東西都令他想到憂傷、想到時間無情地消逝以及想到生命的短暫。秋天實際上是沈思默想、是思鄉的時刻。他想入眠，但是他做不到。失眠促使他想到許多事物。他擬想像飛禽一樣翺翔，不受任何限制，可是他做不到，因爲他無法像鳥兒一樣長有翅膀。同樣地，他突然被一個强烈的慾望攫住，他想渡河，可是卻找不到橋樑。他的慾望無法實現，再經此淒清肅殺的天氣的刺激，只有深深地把他拋入憂傷的漩渦中。在創作過程中，曹丕很像其先驅者宋玉，他很成功地利用許多自然界意象來把他個人的經驗外在化，也並因此普遍化。⑭

跟曹丕的做法有些略爲不同的是張載，他在〈七哀詩〉中主要想表達的是變動不居的意識和生命的短促。坦白講，張載所表達的這兩種情懷在魏晉詩中表現得相當普遍，因爲魏晉時期的特徵是政治不穩定社會動亂頻仍，當時的詩人時時活在死亡的威脅之下。張載的詩是這樣寫的：

> 秋風吹商氣，蕭瑟掃前林。
> 陽鳥收和響，寒蟬無餘音。
> 白露中夜結，木落柯條森。
> 朱光馳北陸，浮景忽西沈。
> 顧望無所見，惟睹松柏陰。
> 肅肅高桐枝，翩翩栖孤禽。
> 仰聽離鴻鳴，俯聞蜻蛚吟。
> 哀人易感傷，觸物增悲心。
> 丘隴日已遠，纏綿彌思深。
> 憂來令髮白，誰云愁可任。
> 徘徊向長風，淚下霑衣衿。

（李善注，頁 499～500）

「商氣」即等於「秋氣」或「陰氣」，這種用法是一個很好的證明，說明詩人受到鄒衍和其徒弟的形上思想的影響。此一片語和其他諸如「秋風」、「蕭瑟」、「寒蟬」、「白露」、「梧桐」、「鴻鳥」和「蜻蛚」等套語令人想到蘊括在宋玉的〈九辯〉第一和第三章中類似的詞彙。更有甚者，此詩的語調和悲秋的主題明確顯示，此詩應屬於宋玉所建立的文學傳統。

張載很像曹丕，對於他何以感到憂傷的原委，他所說的非常少。他像曹丕一樣，遠離故園，而且正如他在第十八行所表明的，更遠離了情人。這些個人經驗，正如曹丕在其詩中所展現的，很可能是促使他創作這首詩的誘因或根源；但是這些經驗卻跟他目前的情懷密切結合，成就了他的詩篇。換言之，這些個人經驗在詩中俱已昇華、進入永恆的境地。

非常清楚地，張載詩中的基調是憂傷和哀悼，爲了托出此一基調，詩人應用了上提的套語詞彙以及底下這些意象：陰森的枝柯、西褪的浮景、蒼鬱的松柏以及孤禽高棲桐枝上等等。然而，在此我們得指出一件事實，那就是說，這首詩引進了松柏這個非常鮮明的意象，而此一意象在魏晋詩中用得相當普遍。松柏通常種在墳墓附近，是爲墳塋的換喻。墳墓確實是我們這位詩人在創作時所目睹的景象，而也確能說明他哀傷的一部份緣由。我們在前頭已指出來，魏晋時人經常生活在㷀火和死亡的威脅下；張載在另一首〈七哀詩〉也說得很清楚：「季世喪亂起，賊盜如豺虎。」（李善，頁499）⑮。喪亂和掠奪確爲詩人之所見，很自然和不可避免地，它們會令詩人想到生命之無常和人生之短暫。事實上，我們覺得這首詩中也蘊含有這兩個母題，雖然詩人並未把它們淸淸楚楚說出來而已。詩人處在哀傷的境況下，很容易受到現象界的變幻無常所影響。他孤獨得像棲息在梧桐樹上的孤禽，像離去的鴻雁那樣聲聲哀鳴。他的感興和傷感俱都源自亂世。

潘岳的〈秋興賦〉像宋玉的〈九辯〉一樣，在文學史上佔有一奇特的地位，後人寫悲秋詩賦往往會回過頭來看這篇詩賦，以獲求靈感超越或作爲對抗⑯。假若我們認爲宋玉開啓了悲秋的傳統，那麼我們就得承認潘岳這公子哥兒創始了用「秋興」作爲標題的風氣；「興」爲一動詞，即由秋天所「興發」而作的意義，題材可爲各色各類，瑣屑或雄渾、飄逸或傷感、個人的或普遍性的俱可包括在「秋興」此一陽傘底下。例如，杜甫用這個標題寫了八首詩，在詩中，他結合了當時與過去的經驗以及其他許多觀感反應等。他在第一首詩巧妙地營造陰鬱悲戚的腔調，然後逐步提昇、化解，因此他完成的這一組詩強密度都很高，語調相當別致而並非純粹是爲了憂戚悲傷而已（楊倫，卷十三，二十二後至二十六後）。王昌齡的〈秋興〉（彭定求等，第二冊，頁 1430）處理的是詩人瑣屑的日常生活，整首詩的語調顯得舒緩而平和。齊己的〈秋興寄胤公〉（彭定求等，第十二冊，頁 9452～9453）描述田園生活，其特色在營構一幅舒緩的氛圍。張著的〈秋興〉（錢謙益，甲卷十九，三十六後）側重在刻劃隱居生活的樂趣和滿足感。很明顯地，秋興詩的題材和範圍在後代逐漸擴大。

然而，潘岳的〈秋興賦〉就像它的源頭宋玉的〈九辯〉一樣，詩人徹頭徹尾的悲傷係由於他驟然發覺老之將至。詩中有一段是這樣寫的：

> 彼四感之疚心兮，遭一塗而難忍。
> 嗟秋日之可哀兮，諒無愁而不盡。
> 野有歸燕，隰有翔隼。
> 游氛朝興，槁葉夕殞。
>
> （李善注，頁 268）

這裡所提到的四感指遠行、送將歸、臨川歎逝以及感懷老之將至，這四種悲情宋玉在〈九辯〉裡已予以抒寫。潘岳引用宋玉的目的很清楚：強化他本人和宋玉的立足點。他用很間接的筆觸，特別經由第二行一點，即很巧妙地告訴我們宋玉是悲情的化身。由於他這樣竭力爲宋玉辯解，後人把他跟悲秋的龍頭宋玉並舉也就不足爲奇了。

緊跟在前兩行之後，潘岳也像宋玉一樣，繼續採取外在化的方式來發揮悲悒的主題。第二行中的「秋可哀」嘗由潘之時人朋友夏侯湛截用爲他一篇賦的標題，這賦也寫得極爲悽惻感人。秋日何以可哀而且何以秋日所引發之哀傷綿長不盡，那就是詩人所要立即探討的課題。秋日之降臨即爲哀傷之緣由。野外的歸燕、沼澤上遨遊的隼鳥、晨早空氣中飄游的陰氣以及黃昏時分掉落的枯葉，這些意象俱爲詩人之所見，也是他情懷的外射。前三個意象除見諸宋玉的詩篇外，我們也可以在《禮記・月令篇》找到。至於宋玉對〈月令〉中的氣象記載是否有一定的貢獻，那可不是很容易證實的事情。然而在潘岳這個例證上，他很明顯是一併受到宋玉和〈月令〉的影響。

在前引八行之後，潘岳再度運用冷露、寒蟬、蟋蟀和離鴻等套語來演繹他的悲懷。我們很容易即可把這些套語溯源到《豳風・七月》、《九辯〉或《禮記・月令篇》，而這些卻也是我們常常發覺包括在悲秋詩篇者，這些套語寫在其他篇章可能卻爲了造景，以托出人類的活動，但是在這首詩中，它們卻是爲了引發詩人的悲情而設的。潘岳〈秋興賦〉的結尾主要在抒寫歸隱，這種設計跟悲秋的主題和標題本身一樣，也成爲典範成規，後世的秋興詩都把歸隱意識納入，甚至構成某些詩的主幹。李善在他的注釋裡指出，這種意識係源於老莊⑰。實際上，這種意念我們發覺也包含在宋玉的〈九辯〉中，因爲宋玉在第四章和第六章裡就說，由於時俗趨巧競浮，荒亂無度，他寧可「將去君而高翔」（洪興祖，卷八，六前）。洪興祖注曰，詩人擬「適彼樂土之他域也」（同前注）。總之，我們得在此指出，歸隱的母題就像我們即將探討的社會政治批評母題一樣，可視爲悲秋此一基調之變奏，而這種母題鮮少出現在英國處理有關憂鬱的秋天詩裡。

自從宋玉以來，「悲秋」一詞幾已無人不曉。後世大批悲秋詩詞之製作，多多少少都可溯自宋玉這個始作俑者，這個往往被痛斥爲開放矯揉做作和强裝感傷的風氣的人⑱。但是，我們在研究中卻發現，悲秋傳統之形成卻是一個相當複雜的過程。宋玉正如我們在研究中一再指出，他不只有很好的理由可以抱怨，而且他把自己遭受挫敗的經驗强加到屈原身上也非常巧妙而且富有原創性；我們的研究也指出來，悲秋的種子早已在屈原的〈九章〉甚至《詩經》裡萌芽。更有甚者，我們可以在《莊子》、特別在陰陽家的著作裡找到「肅殺」、微觀與宏觀對等（即天人合一）的觀念。毫無疑問地，所有這些對於悲秋傳統的形成都有一定的裨益。

宋玉悲秋的影響確實廣大而深遠。例如，杜甫除了撰寫著名的《秋興八首》之外，他還曾在《詠懷古迹五首》裡說：「搖落深知宋玉悲，風流儒雅亦吾師」⑲。非常明顯地，杜甫的話顯示，他對現象界對一個人心智的影響了解得極爲透徹，秋天所引發的傷悲實深深植根於人類心靈深處。

由於宋玉的影響非常大，使得一些個性較爲樂天的詩人紛紛抗拒他。在這裡，我們只想舉葉夢得的〈鷓鴣天〉作爲一個例子：

一曲青山映小池，綠荷陰盡雨離披。
何人解識秋堪美，莫為悲秋浪賦詩。
攜濁酒、繞東籬，菊殘猶有傲霜枝。
一年好景君須記，正是橙黃橘綠時。

（唐圭璋，二冊，頁779）

為了凸顯他跟宋玉唱反調的意圖，葉夢得給他這首詩副標〈美秋賦〉，並題記說秋天有其豐饒處，在這時候，自然萬物不是紛紛開花就是結果纍纍（同前注）。秋天象徵豐滿、成就和幸福，我們實在沒有理由不感到怡悅和滿足。詩中用了東籬、菊花、綠橘和黃橙等意象，這些都是所謂的套語式詞彙，再加上詩人所擁有的池塘和綠荷，景緻不能說不美矣。

現在我們得回頭來探討宋玉〈九辯〉中的政治、社會批評。實際上，社會批評確為所有騷體詩中非常重要的質素，後世悲秋詩鮮少繼承這個非常有價值的一環，殊屬可惜。例外當然也有，例如杜甫《秋興八首》的第四首以及有些秋閨詩（假若這些詩也可以包括在我們的悲秋詩的名目下）就是。

在並置對比中，我們發覺史賓塞（E. Spenser, 1552～1599）在《牧童的月曆》中的社會批判題旨實源自田園詩鼻祖狄奧克里塔斯（Theocritus, 308?～240? B.C.）和威吉爾（Virgil, 70～19 B.C.），宋玉的則採自屈原的《離騷》。這樣一經說明後，我們還得指出，史賓塞的批判針對的是社會和宗教，而宋玉的則著重在社會和政治。史賓塞在《牧童的月曆・十月》批評當代忽略了詩歌潛移默化的教育功能，這種忽略是很可悲的，宋玉則只批判當權者把像屈原這樣傑出睿智的人放逐，他們這樣做是盲目無知的。

史賓塞和宋玉兩人對時代的腐敗的批評相當直截了當。在史氏眼裡，教區的牧師的人格應為一般人之模範，這樣才能提昇教區內信徒的品格，很不幸地，牧師大都是「世俗的孩子」（〈五月〉，第 73 行）。他們本應致力於傳教勸善，可是他們不此之圖，卻營營苟苟，涉足聲伎的競逐，結果呢，其信徒都受到他的邪惡行徑所蠱惑。迪根・戴維（Diggon Davie）在

〈九月〉所說的話足以反映這一點：

> 有這樣的牧童，必有其羊羣，
> 除非他順從牠們的喜好，
> 牠們才不聽從他的使喚；
> 牠們隨意溜蕩和滯留
> 而且隨意踹回羊欄。

> Like as the shepherds, like bene her sheep,
> For they nil listen to the shepherds voyce,
> But if he call hem at theyr good choyce,
> They wander at will, and stay at pleasure,
> And to theyr foldes yead at their owne leaure.
> （Spenser, 454, 11. 141～145）

在宋玉眼中，國家的領導人得像一匹良駒，懂得如何把主人載到目的地——快樂和繁榮。

在實際批評的做法，宋玉不像史賓塞那樣刻劃一些像皮爾和波林諾（Piers and Polinode）、湯瑪林和莫勒（Thomalin and Morrell）那樣的牧童牧師來扮演好和壞傳敎士的角色，他常常以應用比喻性言辭和暗喻來使他的抨擊生動化、具象化。他像他老師屈原的做法一樣，也應用氣象界中的浮雲、白露和嚴霜、動物界中的梟、雁和駑駘來指射那些邪佞羣小和造謠中傷者；相對於這些，日月因其廣被不倚，騏驥和鳳凰因其珍稀，他則用它（牠）們來指明君賢才。

史賽塞按照田園詩的模式創作，把複雜的人生擺在天眞爛漫的背景下來處理，而宋玉則用騷體來創作，在此情況下，他像其他騷體詩人必定會對世俗世界的邪惡提出抨擊。例如，〈九辯〉第四章（洪興祖的分段）說：

何時俗之工巧兮，背繩墨而改錯！
卻騏驥而不乘兮，策駑駘而取路。
當世豈無騏驥兮？誠莫之能善御。
見執轡者非其人兮，故駶跳而遠去。
鳧雁皆唼夫梁藻兮，鳳愈飄翔而高舉。
圜鑿而方枘兮，吾固知其鉏鋙而難入。
衆鳥皆有所登棲兮，鳳獨遑遑而無所集。
願銜枚而無言兮，嘗被君之渥洽……。
欲寂寞而絕端兮，竊不敢忘初之厚德。
獨悲愁其傷人兮，馮鬱鬱其何極？

（洪興祖，卷八，六下至八上）

在這裡，前兩行、第十一和十二行跟屈原〈離騷〉的某些句子相似（洪興祖，卷一，十二下、十三上和二十上）。此外，宋玉學他老師應用騏驥和鳳凰來指賢能之士，雁鳥、野鴨和駑駘來指卑賤邪佞之人⑳。這種比喻和類似構成一個極為特殊的傳統，但是一旦濫用了，它們隨即喪失原有的魅力與原創性而變成陳腔濫調。

宋玉就像屈原一樣，也有一個偉大的靈魂。他感到沮喪，個人因素固然很重要，可更重要的還是更為深廣的原因。他看到時人荒腔走調、賢佞不分，忍不住就要抨擊一番，他這種反應我們也在史賓塞以及其他詩人身上見到，當然這些詩人也未必是寫悲秋詩或是田園詩的。

後世的悲秋詩，由於語多浮誇而空洞，時常遭到抨擊，但這不等於說這一類詩就一無是處，杜甫的《秋興八首》和歐陽修的〈秋聲賦〉的寫作即證明這個傳統歷久而常新。由於本人在寫博士論文時曾對歐陽的賦加以詳論（陳鵬翔，頁288～290），此處即不贅言。在杜甫《秋興八首》的第四首中，我們即可聽到社會政治批評的聲音，雖然這種聲音是以比較委婉巧妙的方式表達出來的。這首詩是這樣寫的：

> 聞道長安似弈棋，百年世事不勝悲。
> 王侯第宅皆新主，文武衣冠異昔時。
> 直北關山金鼓震，征西車馬羽書馳。
> 魚龍寂寞秋江冷，故國平居有所思。
>
> （楊倫，卷十三，二十三下至二十四上）

就結構而言，杜甫這首詩在整組詩中佔有一個相當重要而且是轉捩點的地位。它的語調雖悲悒，惟卻也不陷入徹底的絕望中。這首詩繼續探討第三首即已開始的長安的社會和政治狀況，在這裡，詩人把都城的種種變化比喻作棋盤上的風雲。變化是不可避免的，但不一定往好的道路走，有時是越變越糟。很明顯地，詩人在這詩中所表達的批評是含蓄的，含蓄之中染織著他的憤怒。他感到悲傷，可主要並非純粹爲了私人受到挫敗，更重要是爲了國家遭到不幸而悲傷。社會和政治秩序都被推翻了，新受封的藩鎮此時都意氣扈揚，他們不僅僅接收了王公巨卿的房舍，甚至想更上層樓，自爲帝王。很明顯地，伴隨他們而來的不是社會秩序，而是混亂甚至災難。在把這種混亂告訴了我們之後，詩人繼續寫到更大的動亂，這時整個國家似已陷落入大混亂之中，南北俱有征戰。

在欣賞杜甫詩的同時，我們似在閱讀唐朝中期以後的歷史。實際上，詩人的意圖比這個複雜多了，歷史只是糖衣，包裹著詩人的苦楚和憤慨。讀者如果敏銳一些，他立刻會發覺，社會政治秩序之遭到破壞、國家之陷入大混亂，所有這些都是由當政者一手造成的。後世詩人所寫的悲秋詩，大都有關詩人的寂寞和哀傷，但是就像杜甫這首詩所顯示的，它們有時也可以是一面很好的鏡子，恰切地反映了作者的時代狀況及弊端。

上面的研究顯示，中國古典詩人對秋天懷有特殊的愛好。自從宋玉以來，詩人悲秋已是很普遍的做法。而他們悲哀的原委可以是個人的、普遍性的或者是這兩者之合。然而不管怎麼說，他們的感興往往是受到文學傳統或是形上思想的制約。更有甚者，所謂的「哀悼」或「悲懷」跟西方的悼詩（lament）是截然不同的，因爲西方的悼詩通常指的是「輓歌」（elegy）此一文類，這種文類用在田園詩中有關冬天的部份而非秋天的部份。假若我們讀過西方早期的田園詩以及史賓塞的《牧童的月曆》，我們就會意識到，西方輓歌結尾部份常把死者神聖化，而這種成規似乎跟輓歌此一文類密不可分；在中國古典詩中，「悲秋」實際上就是對自己的際遇感到憂傷，對時代的腐敗或國家的衰落深感歎息，對突然發覺自己年華不再感到哀傷，或者由於上提這三數種因素糾結在一起而感到鬱結沮喪。

附　　註

①這個微妙而複雜的關係，史達祖在一首題叫〈戀繡衾〉詞裡表達了出來，見《全宋詞》卷四，頁 2344。

②同樣的看法請參見胡念貽作〈宋玉和他的作品〉，《楚辭研究論文集》第三集，頁 181 以及同一作者的〈宋玉作品的眞僞問題〉，前揭書，頁 198。

③除非以後能挖到甚麼資料加以證實，宋玉是不是屈原的弟子的問題將無以解決。司馬遷在《史記》（卷八十四，頁 2491）給屈原作傳時，只說宋玉比屈原晚生；另一位漢代學者王逸在給《楚辭》作注（收在洪興祖，卷八，一後）時，只說宋玉是屈原的弟子，可並未給我們提供細節，何以他有此看法。有鑑於宋玉在好幾個地方模仿屈原的〈離騷〉和〈九章〉，我暫認定他是屈原的間接弟子。

④宋玉的〈九辯〉實爲一整體。洪興祖在《楚辭補注》（卷八，一前至十三後）首開風氣把它分成十章（節），朱熹在《楚辭集注》（卷六，一前至十二前）裡的做法略有不同，把它分成九章。現代楚辭專家游國恩在其所著《楚辭概論》（頁 230）裡指出，《楚辭》之分章節，除非實能配合意義之完整和押韻之需要，否則這種區分並沒太大的必要。

⑤例如，王夫之在詮釋〈九辯〉第三章首二行時也有類似見解。見《楚辭通釋》，頁 124。

⑥在《莊子》和《呂覽》裡，「肅」和「殺」只單獨應用，高誘注《呂覽》和《淮南子》時才結合二詞；《呂覽》把肅殺跟刑法和政治等糾結，此爲通識。這些論斷俱見本人的“*Chiu* and the Tradition of Literary Melancholy," 頁 69～71。

⑦歷來學者專家認爲，宋玉用「百草」以喩嚴刑暴虐以及其他種種託意附會，請參見洪興祖撰《楚辭補注》，卷八，三後至五前。

⑧此段引自〈九懷〉第六章，章名〈蓄英〉，見洪興祖《楚辭補注》，卷十五，七前。

⑨根據本人統計，《全唐詩》中只有六首（這六首之中四首取個略爲不同的《傷秋》爲標題）取名〈悲秋〉，《宋詩鈔・宋詩鈔補》只有兩首取名〈悲秋〉，《元詩選》有十七首取名〈悲秋〉，《列朝詩集》有兩首取名〈悲秋〉。

⑩徐堅的《初學記》（卷三，十五前）給繁欽的這首詩取名〈秋思賦〉。

⑪歐陽詢等編纂的《藝文類聚》（卷三十五）給曹植這篇〈秋思賦〉取名〈愁思賦〉。

⑫徐堅《初學記》（卷三，十四後）給夏侯湛這篇賦取名〈秋可哀詩〉。

⑬這些詞和片語俱採自《詩經》和《楚辭》的某些篇章，讀者如想知道詳細的來源，可參見李善注《昭明文選》，頁 641。

⑭李善在《昭明文選》（頁 641）裡認爲，曹丕作此〈雜詩〉時，其乃在西征途中。

⑮很湊巧地，王粲在其〈七哀詩〉（李善卷二十三，頁 498）第一首也寫了非常類似的兩句：「西京亂無象，豺虎方遘患。」

⑯在尋求靈感以求超越方面，這方面的詩相當多，而且甚至不易指證。不過無論如何，劉禹錫在〈秋聲賦〉（姚鉉，卷八，六十三前及後）裡一併提到這兩點。至於抗拒，請參見李白的〈秋日魯郡堯祠亭上宴別杜補闕范侍御〉（彭定求等，頁 1779）和黃公度的〈悲秋〉（呂、吳和吳，卷三）。

⑰潘岳〈秋興賦〉結尾一百五十二字中，李善的注釋（卷十三，頁269～270）即指出，其中有二處提到老子、七處提到莊子。藤野岩友在指出潘岳受到老莊的影響以後，他認爲〈九辯〉末章的要旨主要源於莊子（頁475）。

⑱例如，劉大杰在其《中國文學發達史》即指責，說宋玉的「〈九辯〉是中國第一篇無病呻吟的好文章，是一篇徹底個人主義化的唯美作品」（頁99）。

⑲見《詠懷古迹五首》第二首（楊倫，卷十三，二十七前）。

⑳有關宋玉如何模仿屈原，請見游國恩《楚辭概論》，頁231～235。

引用書目

中文部分：

丁福保編，《全漢三國晉南北朝詩》，三册，台北：藝文，1968。

王夫之撰，《楚辭通釋》，台北：廣文，1963。

司馬遷，《新校史記三家注》，北京：中華，1959。

朱熹撰，《詩集傳》，四部叢刊本，上海：商務，1936。

朱熹撰，《楚辭集注》，台北：藝文，1974。

李善注，《昭明文選》，北京：中華，1974。

呂留良、吳之振和吳爾堯編：《宋詩鈔、宋詩鈔補》，三册，甲寅涵芬樓影印本，台北：世界，1962。

段玉裁，《說文解字注》，經韻樓版，台北：黎明，1974。

胡念貽，〈宋玉和他的作品〉，《楚辭研究論文集》第三集，北京：中國語文學社，1970，頁177～189。

胡念貽，〈宋玉作品的眞僞問題〉，同前書，頁190～205。

姚鉉，《唐文粹》，四部叢刊本，台北：商務，缺日期。
洪興祖，《楚辭補注》，汲古閣本，台北：藝文，1965。
徐堅撰，《初學記》，嘉靖辛卯錫山安國重校刊，台北：新興，1972。
唐圭璋編，《全宋詞》，北京：中華：1965。
陸侃如、高亨和黃孝紓，《楚辭選》，香港：大光，1973。
郭茂倩編，宋本《樂府詩集》，台北：世界，1967。
游國恩，《楚辭概論》，台北：商務，1968。
彭定求等，《全唐詩》，附日本上毛河世寧《全唐詩》逸三卷，北京：中華，1960。
楊倫編，《杜詩鏡銓》，二册，台北：藝文，1971。
孫作雲，〈從《離騷》的寫作年代說到〈離騷〉、〈惜誦〉、〈抽思〉、〈九辯〉的相互關係〉，《楚辭研究論文集》第三集，頁1～9。
鄭玄注，《禮記》，孔穎達疏，《十三經注疏本》，台北：藝文，缺日期。
劉大杰，《中國文學發達史》，台北：中華，1968。
歐陽詢等撰、汪紹楹校，《藝文類聚》，五册，台北：文光，1974。
錢謙益編，《列朝詩集》，絳雲樓本，上海：國光，1910。
藤野岩友，《巫系文學論》，修訂版，東京：大學書坊，1970。
顧嗣立編，《元詩選》，康熙三十三年刊本，台北：世界，1962。

英文部分：

Chen Peng-Hsiang, "Autumn in Classical English and Chinese Poetry: A Thematological Study," National Taiwan University dissertation, 1979.
"*Chiu* and the Tradition of Literary Melancholy," *Asian Culture*

Quarterly, 8 (Autumn 1980), 59～81.

Spenser, Edmund, "The Shepherdes Calender," *Poetical Works,* ed. J.C. Smith and E. de Selincourt (Oxford: Oxford UP, 1970), 415～67.

Yeats, William Butler, *Later Poems* (London: Macmillan, 1922), 346.

主題學研究與中國文學

我這個題目定得很大，乍看之下，似乎有意把比較文學內的主題學和中國文學一網打盡。事實上，這是不可能的。本文只擬就主題學在西方和中國學術上的發展做一介紹，並就它和一般主題研究的異同以及其理論層次做一些探討，最後並擬採用結構主義的分析法，給中英某些類型的詩構築一個理論系統、提供一個研究的模子。

主題學爲比較文學的一個範疇，源自十九世紀德國學者（如格林兄弟 Jacob Grimm, 1785～1863；and Wilhelm, 1786～1859）對於民俗學的狂熱研究，因此一般人總認爲它是德國人的禁臠。當初的民俗學研究側重在探索民間傳說和神仙故事等的演變；目前則已大大跨越出此一範圍，不僅探討相同的神話故事、民間傳說在不同時代不同作家的手裡的處理，而且也擴大探討諸如友誼、時間、離別、自然、世外桃源和宿命觀念等與神話沒有那麼密切相關的課題。不過不管怎麼說，主題學跟比較文學結合還是晚近一、二十年的事。①

「主題學」（thematics／thematology）這詞等於德文的Stoffkunde 和法文的*thématologie*，至於在英文裡，到底應用 thematics 還是 thematology，則還是見仁見智的問題②。依威斯坦因（Ulrich Weisstein）學證，「主題學」此一術語是由勒文（Harry Lavin）所創用③，而且爲了支持其說法，還引用勒文底下這句話作爲其書中第六章的註二：「假使曾有那一個字創用了而又被推翻，則必屬此一惹人討厭的詞無疑，至今一般字典還未開明得足以把它收入。④」勒文爲何會說它是「惹人討厭的詞」（forbidding expression）呢？我想除了thematics容易跟形容詞thematic造成混淆外，就是在五、六十年代，大多數學者還不能接受「主題學」成爲比較文學的一部門。即使博學如比較文學美國學派的泰斗韋禮克（Rene Wellek）在其第三版的《文學原理》，依舊認爲

> 追溯文學上（譬如蘇格蘭女皇瑪麗的悲劇）所有不同的版本，這對探求政治情操的歷史，也許是一個很有趣味的問題，而且當然偶爾會說明了鑑賞史的轉變，甚至悲劇觀念的轉變。但是，這種探源工作本身並沒有真正的連貫性或辯證，它並未提出單一的問題，當然也就未提出批判性的問題。主題史研究（Stoffgeschichte）是歷史中最不富有文學性質者。⑤

在歐洲大陸，貝登史伯哲（Fernand Baldensperger）和哈札特（Paul Hazard）都堅決反對這一門研究，理由很簡單，這一類研究「會永遠不完整」，而且未涉及文學的相互影響⑥。法國派比較文學家的實證主義傾向是可以理解的；但是英美學者之不能接受這一門學問也許是源於素來的排斥歐洲事務心理，也許是眞的排斥其不完整性。不管怎麼說，至今爲止，一直對這一門學問有所闡發的大都還是法德人士⑦。蘇俄學者對理論的建樹也已逐漸翻譯成英文⑧，逐漸形成一股影響力。詳細探討各方學者的理論容後再說。

類似西方的主題學研究在國內的發展我認爲至少已有將近六十年的歷史，中間似乎有所中斷，因此使人誤以爲我們沒有這一類研究，那是令人感到非常啼笑皆非的事。當然，國內學者在二十年代甚或更早以前所做的主題學研究，並未採用「主題學」這麼一個名詞。這個名詞當然可以算是一個新詞，是最近三、五年才由馬幼垣、李達三和我等所啓用⑨。如果要給它下個定義的話，那麼我們可以這麼說：主題學研究是比較文學的一部門，它集中在對個別主題、母題，尤其是神話（廣義）人物主題做追溯探源的工作，並對不同時代作家（包括無名氏作者）如何利用同一個主題或母題來抒發積愫以及反映時代做深入的探討。由於最近現象學、詮釋學（hermeneutics）、記號學（semiotics）和讀者的反應批評（reader response criticism）等方法的蓬勃發展，我們未嘗不可能就不同作者對同一主題的知覺（consciousness）來探討其差異，或純從讀者的反應來勘察同一主題的演變？由於主題學的理論和方法並未臻至極境，這些期望應是有可能實現的。

既然已提到主題學在國內的發展，其來有自，我們還是先從引用鄭樵在《通志・樂略》上的一段話著手。鄭說：

> 稗官之流，其理只在唇舌間，而其事亦有記載。虞舜之父、杞梁之妻，於經傳有言者不過數十言耳，彼則演成萬千言……。顧彼亦豈欲為此誣罔之事乎？正為彼之意向如此，不說無以暢其胸中也。⑩

這幾句話不僅道出民間傳說在庶民之間的驚人發展，而且直指這些有名佚名作家的「意向」，他們利用民間故事來「暢其胸中也」。因此，我們不只可從其對故事的處理來了解其心態，亦可經由這些不斷孳長的故事來管窺各時代的眞面貌。顧頡剛的〈孟姜女故事的轉變〉是第一篇重要而且相當完整的民俗研究⑪，其大文中就引了鄭樵這一段討論孟姜女故事的孳乳的話。顧氏的主題學研究是否曾受到西方民俗學研究的影響，目前我尚無資料來證實這一點。不過他初次的嘗試以及往後的研究都能把握住鄭樵這一段話的眞諦，而避免了西方早期主題史（Stoffgeschichte）研究只考證故事的增衍而不及其他的缺失，這卻是有目共睹的事。他在論證唐末貫休（832~912年）的〈杞梁妻〉是孟姜女故事的一大轉變時，即開始提到這詩是「唐代的時勢的反映」⑫，然後於探索「杞梁建築長城、孟仲姿哭長城」的複雜原因時，更肯定而且具體地指出孟姜女哭倒萬里長城的故事與時代社會密切關聯：

> 隋唐間開邊的武功極盛，長城是邊疆上的屏障，戍役思家，閨人懷遠，長城便是悲哀所集的中心。杞梁妻是以哭夫崩城著名的，但哭崩杞城和莒城與當時民眾的情感不生什麼關係，在他們的情感裡非要求她哭崩長城不可。⑬

我要特別強調的是，顧頡剛不僅能直指杞梁妻從無名氏過渡到孟姜女以至孟仲姿的演變過程⑭，更重要的是，他能把作品與時代對看，甚至據以窺測有名無名詩人的用意，而避免了西方早期主題學只考證故事源流而不及其他的缺失。在他看來，杞梁妻哭倒萬里長城已「是唐以後一致的傳說，這傳說的勢力已經超過了經典，所以對於經典的錯迕也顧不得了。」⑮更有甚於此的是，她已成爲無助婦女吐露胸中積愫、控訴社會的利器或象徵。

令人感到嘲諷的是，追隨顧氏之後的學者在做主題學論文時，要不就是未注意到他的貢獻，要不就是未擁有他見著知微的洞察力，只顧考證故事的增衍異同，而未及探尋其孳乳延展的根由，落入早期西方主題學研究的窠臼中。鄭明娳教授於民國68年12月8日假中央大學舉行的第一屆中國古典文學研究會議上發表的〈孫行者與猿猴故事〉⑯就是典型的例子。她這篇論文是她當時正在撰寫中的博士論文的一部份，從猿猴人性化的故事開始，中經無名氏《補江總白猿傳》和《大唐三藏取經詩話》等至百回本小說《西遊記》，詳細考證勾勒出猴子故事的神聖化過程，考據論證等俱無缺失，可說是非常精采的一篇論文。問題是我們在看完這篇論文後，我們還是弄不淸楚爲什麼有這麼多作家要利用猿猴故事來作文章。純粹出於作者的奇思麗想，抑或有別的「用意」存在？這些都是屬於美學層次的問題，如果學者們在論文中約略加以說明，讀者們一定會感到更加興味無窮。葉慶炳老師在講評時指出，動物成妖必與人發生性慾關係，早期的猿猴故事應是愛情故事的先驅，因爲早期人們的愛情受到禮敎的束縛，因此只有藉動物來表達（這段話據本人當時所作的記錄而來）。葉先生是魏晋南北朝志怪小說的專家，他的話應該是有所根據的，絕非無的放矢。從此可見，學者們若能在美學的層次上多下一些工夫，把所硏究的作品跟時代與作者聯繫起來看，必能提出更豐富的研究成果來。

像鄭明娳這樣做的研究論文最近越來越多⑰，讀者隨時可在報章學報上看到。我們絕對不敢否定它們的價值，只是在讀這一類研究成果時，總覺得它們若有所「缺」。現在再舉一篇成功的主題學研究論文來支持我的論點。這裡我要舉的是王秋桂發表在《淡江評論》上的一篇英文文章〈孟姜女故事早期版本的發展〉⑱。王先生這篇文章應是他博士論文的一部份所改寫完成。在我看來，顧頡剛對孟姜女故事所做的考證研究實已非常仔細完整，不想王先生在做了仔細的考證後竟然有新的發現和指陳。他在探討搜集在《琱玉集》（完成於七、八世紀之交）和《文選鈔》（完成於西元 658 至 718 年間）裡兩則孟仲姿故事指出，這兩則故事雖是在隋朝以後才抄錄下來，唯「它們很可能是歷經長期傳誦後的成果」⑲，因此得擺在唐朝以前的歷史架構裡來觀察它們如何反映了時代現實⑳。然後他根據北史、北齊史和隋史等記載，一一指出那時北朝和隋朝一共修築了若干里長城，徵集了多少士兵來完成任務。我認爲王文最大的貢獻就在此，他雖未言明他已修正或推翻了顧頡剛的說法，實際上，這兩則故事已提到孟仲姿哭倒萬里長城，則顧氏所謂「貫休詩是孟姜女故事的一大轉變」的說法就被超越了，而孟姜女哭倒萬里長城不僅是唐代開疆拓土的時勢的反映，同時也更是北朝和隋朝拓殖經營邊疆的一面鏡子。

上面舉的兩個例子明顯地告訴我們，王文更富啓發性。它雖非比較文學論文，但它對藝術層面的探索顯然比鄭文深刻。問題是因爲用英文寫成，因此一般寫類同西方舊式主題學論文的本國學者未必有機會看到。王秋桂繼承的正是顧氏甚至可以說是鄭樵所建立據作品以蠡測時代風貌以明作者「意欲」的傳統。柯斯提爾茲教授（Jan Brandt Corstius）在提到主題學研究時，曾提醒比較文學學者「必須了解到，只要主題學研究能根據作品本身，增進我們對西方文學許許多多時代的特色的了解，則它就有價值。」㉑勒文在〈主題學與文學批評〉一文裡也提到主題係因作者與時代不同變異：

> 主題類似象徵，意義極為分歧：也就是說，它們可以在不同的情況賦予不同的意義。這使得對這些主題的探索成為思想史的研究（參考艾倫〔Don Cameron Allen〕對諾亞或安德生〔George K. Anderson〕對流浪的猶太人的研究）。我們在查究了某些時代（例如華格納在歌劇中再演出《尼白龍根之歌》的故事）、某些地點（例如威吉爾把羅馬與特洛埃城牽連起來）或某些作家——為甚麼聖女貞德的形象能感動像馬克吐溫、蕭伯納和法朗士這樣的懷疑論者而卻無法獲得莎翁的同情心？——為何選擇某些主題後，我們的了解必能更豐富些。㉒

柯斯提爾茲和勒文這種話當然不會從韋禮克口中說出來，但正是目前做主題學研究所必須有的共識。這些話如果跟五十年前顧頡剛的論點並擺對看，則更能顯示顧氏在主題學研究上的重要性。也就是說，在柯、勒二氏說出同樣的話以前，我們的顧氏早已著了先鞭，在身體力行，據作品以了解作者的意欲並用以印證時代，使我們對孟姜女故事與唐代的時勢之間的關係有深一層的了解。

話雖這麼說，但是不可否認的，中國學者對主題學理論的探討還是相當薄弱。不僅如此，連深入而徹底的主題研究也還相當有限。顧頡剛在《孟姜女故事研究集》第一冊的序文中提到他的研究和期望時說：

> 我的研究孟姜女故事，本出偶然，不是為了這方面的材

料特別多，容易研究出結果來。……孟姜女在故事中還是次等的（我五、六歲時已知有祝英台，但孟姜女到十餘歲方知道），費了年餘功夫已有這些材料，而且未發現的怕尚有十倍廿倍。像觀音、關帝、龍王、八仙、祝英台、諸葛亮等等大故事，若去收集起來，真不知有多少的新發現，即如尖酸刻薄的故事，自從《徐文長故事》一書出版以來，大家才想起，這類故事是各處都有而人名各不同的。所以浙江的徐文長，四川便是楊狀元，南陽便是龐振坤，蘇州便是諸福保，東莞便是古人中，海豐便是黃漢宗……。這類故事如果都有人去專門研究，分工合作，就可畫出許多圖表，勘定故事的流通區域，指出故事的演變法則，成就故事的大系統。我的孟姜女研究既供給了別的故事研究者以型式和比較材料，而別的故事研究者也同樣地供給我，許多不能單獨解決的問題都有解決之望，豈非大快！㉓

顧頡剛在這一段文字中所提及的十來個民間傳說，在過去五六十年來，搜集或研究得比較可觀而且深入的只有顧頡剛本人撰編的《孟姜女故事研究集》三册（中山大學 1928 及 1929 年）及王秋桂於 1977 年在劍橋大學完成的博士論文《中國俗文學裡孟姜女故事的演變》、㉔周青樺的《梁祝故事研究》（婁子匡編民俗叢書第一五四號，台北，1974），錢南揚的《祝英台故事集》（1930年）。錢南揚及顧頡剛等發表在《民俗周刊》（九三至九五期合刊「祝英台故事專號」，1930 年 2 月）探討祝英台故事的論著，其他學者的《呂洞賓故事》二集（1927 年）和《徐文長故事》一至五集（1929 年）㉕；另外，他所提到的觀音、關帝、龍王和諸葛亮等，可說還沒有比較完整的研究。顧氏的期望五十五年來大體上尚未能完全實現，寧不怪哉。

馬幼垣晚於顧文五十年後發表的《有關包公故事的比較研究》結尾一段這麼說：

> 近年比較文學興盛，大家開始在「主題研究」（thematic studies）上下功夫。在中國文學內，此種課題甚多，包公自然是其中顯著之例，其他如孟姜女、王昭君、董永、八仙、目蓮、劉知遠、楊家將、呼家將、狄青、岳飛、白蛇等，都是極繁繞的問題，牽涉長時期的演化和好幾種不同的文體，而且往往還需借重西方學者對西方同類文學作品的研究，以資啟發參證。由於此等問題的異常複雜，對研究者來說，挑釁性也增加。㉖

馬幼垣在此提及的一些主題學課題，孟姜女及八仙上提都已有專書研究，王昭君故事黃縈琇在民國 22 年 5 月已發表了長篇研究《王昭君故事的演變》（見《民俗周刊》一百二十一期），目蓮已有陳芳英的《目蓮救母故事之演進及其有關文學之研究》㉗，白蛇故事除了許文宏於 1973 年發表在《淡江評論》上的英文論文外㉘，潘江東於民國 68 年在文化大學完成的碩士論文《白蛇故事研究》據口試委員之一的曾永義教授說，「資料大抵該備於此」㉙，想必可信；包公除了馬氏在做研究外還有海登（Allen Hayden）㉚在研治，董永和岳飛僅有相當完善的資料彙編㉛，至於劉知遠、楊家將、呼家將和狄青等，恐怕還有待大家的努力。不過，在此必須一提的是曾永義於民國 68、

69 年在《中國時報》發表的〈梁祝故事的淵源與發展〉和〈從西施說到梁祝〉二文；曾氏是目前國內想給民間故事的發展提供一些理論基礎的一位年輕學人，容後再論。

顧頡剛的孟姜女故事確曾給別的民間故事研究者提供了「型式和比較材料」的方法，但主題學研究從三十年代中期到七十年代中期似乎中斷了近四十年。自七十年代以來，尤其是最近三、五年，這方面的研究又顯得蓬勃起來。反觀西方主題學研究自十九世紀中葉發軔以來，三十至五十年代似乎沈寂了一陣子，惟自六十年代以來，由於理論的確立拓展，研究者也就愈來愈多。任何對主題學稍微有所涉獵的人都知勒文、威斯坦因、法艾特（Walter Veit）、杜魯松（Raymond Trousson）、弗朗瑟爾（Elisabeth Frenzel）和湯瑪薛弗斯基（Boris Tomashevsky）等在理論上的建樹。至於專著，則里奧·威斯坦對唐璜（1959 年）、鐵特揚（Charles Dédéyan）對浮士德（1954 ~ 1961 年）、杜魯松對普羅米修士（1964）、勒文對黃金時代的神話的探究，都是有目共睹的貢獻。至於單篇論文，大家只要翻一翻美國現代語文學會所編的《國際書目》（*International Bibliography*）中〈一般研究：主題與類型〉（General: Themes and Types）部份詳細查閱一番，就會發覺主題學研究自六十年代中期以來，又趨於蓬勃。

在進入理論探討之前，我想在此得給主題學和一般主題研究作個區分和說明。主題學是比較文學中的一部門（a field of study），而普通一般主題研究（thematic studies）則是任何文學作品許多層面中一個層面的研究；主題學提索的是相同主題（包含套語、意象和母題等）在不同時代以及不同的作家手中的處理，據以了解時代的特徵和作家的「用意意圖」

（intention），而一般的主題研究探討的是個別主題的呈現。最重要的是，主題學溯自十九世紀德國民俗學的開拓，而主題研究應可溯自柏拉圖的「文以載道」觀和儒家的詩教觀。假使我們接受湯姆森（Stuith Thompson）把民間故事分成類型和母題（type and motif）的做法以及他給組構母題（constituent motifs）所下的定義㉜，則主題學應側重在母題的研究，而普通主題研究要探索的是作家的理念或意圖的表現。早期主題史研究側重在探索同一母題的演變，鮮少有挖發不同作者應用同一母題的意欲；現在主題學的發展（其實顧頡剛五十五年前早已做到），上面已提及，則有這種趨向。也就是說，批評家可經由剖析分解故事的途徑，進而來揣測作者的意圖。如果我們就這個角度來看，則主題學研究顯然有借助於普通主題研究的地方。

我寫這篇論文有一個用意即在向讀者指出，類似西方主題學研究這樣的概念，宋朝的鄭樵即約略擁有。但是前面也提到，中國學者對這門學問在理論上的探討是相當薄弱的，這卻也是不爭的事實。顧頡剛在其於 1927 年發表的〈孟姜女故事研究〉結論部份指出：

> 我們可知道一件故事雖是微小，但一樣地隨順了文化中心而遷流，承受了各時各地的時勢和風俗而改變，憑藉了民眾的情感和想像而發展。我們又可以知道，它變成的各種不同的面目，有的是單純地隨著說者的意念的，有的是隨著說者的解釋的要求的。我們更就這件故事的意義上回看過去，又可以明瞭它的各種背景和替它立出主張的各種社會。㉝

在這一段文字裡，民間故事衍變的關鍵與憑藉以及近年來西方主題學理論所强調的研究價值所在全都觸及了。同時，研究者在考究一個故事主題時，人物、事物和場面（situation）等他們都不至於忽略，詩詞散文和小說等主題學必須跨越和掌握的不同文體他們全都碰到，甚至貝登史伯哲批評主題學研究會「無窮無盡」顧頡剛也已體驗過㉞，問題是我們非常缺乏更深一層的探討，而且中國文學批評裡沒有「母題」此一概念。此外，主題與人物、母題與主題、意象等關係，對這些非常重要的問題我們俱未做過深入的探索，而西方卻在反覆探討中。

前面已提到曾永義想給民間故事研究提供一些理論基礎。他曾在不同的場合提到故事的發展必經過「基型」、「發展」和「成熟」這三個階段㉟。在〈西施說到梁祝〉一文裡，他對此三階段的前二者有比較詳細的發揮。他說：

> 民間故事的「基型」，可以說都非常的「簡陋」，如果拿來和成熟後的「典型」相比，那麼其間的差別，往往不止十萬八千里，甚至於會使人覺得彼此之間似乎沒什麼關係。可是如果再仔細考察，則「基型」之中，都含藏著易於聯想的「基因」，這種「基因」，經由人們的「觸發」，便會孳乳，由是再「緣飾」、再「附會」，便會更滋長、更蔓延。……有時新生的「緣飾」和「附會」照樣含有再「觸發」的「基因」，如此再「緣飾」再「附會」，便幾乎沒有完了的一天。所以民間故事的孳乳展延，有如一滴眼淚到後來滾成一個大雪球一樣，居然「驚天動地」，有如星星之火逐漸燎遍草原一樣，畢竟「光耀寰宇」。㊱

曾永義把所有民間故事的發展歸結出「基型」、「發展」和「成熟」三個階段，這是顧頡剛未曾做出的歸納，當然非常有創意。還有他上面這段縱論故事發展經過「基型」和「發展」二階段的文字，當然要比上引顧氏的理論詳盡而充實多了。可是，假使讀者們眼光敏銳一些的話，必然會發覺他的概念多多少少已蘊藏在上引顧頡剛那段文字中，甚至於蘊藏在本文前引鄭樵的《通志・樂略》上的那段文字之中。不過不管怎麼說，曾氏能據前人之研究成果而加以發揮，在建立本國人的主題學理論上，實已跨出了第一步。

西方學者在做主題學研究時有比較堅實的基礎。自從芬蘭民俗學家阿勒恩（Antti Aarne）在 1910 年給西方民間故事（開始時係建立在北歐的資料上）作了分類而建立了一個系統以後㊲，西方大部份國家甚至日本的學者都已給其本國的民俗傳說作了詳盡的分類甚或建立了系統㊳，因此在資料的應用上當然比我們的方便太多了。更重要的是，湯姆森根據他修訂及迻譯的阿勒恩《民間故事的類型》的經驗，再加上後來孜孜不息地搜集和研究，終於依據四萬個故事、神話、寓言、傳奇、民謠、笑話及其他類型的故事，在 1932 至 1936 年推出了六大卷的《俗文學母題索引》（*Motif Index of Folk Literature*），在書中根據英文字母（I, O 和 Y 除外），把母題分成二十三類。他們這兩位學者的影響雖然不是立即的，但是卻是非常壯觀。柏勒普（V. Propp）採取科學的型構的研究方法，把阿勒恩與湯姆森故事類型 300 至 749 號中的一百個神仙故事分解歸納成三十一個功能（他的 function 大略等於其他學者的母題或故事構成質素），於1928年寫成結構主義的經典之作《民間故事的型構》（*Morphology of the Folktale*），而李維史托斯（Claude Lévi-Strauss）則把這種方法擴展應用到神話結構的分析和詮釋上，成績斐然。

反觀我們的主題學研究，在資料搜集方面，自從《徐文長故事》及顧頡剛的《吳歌集》出版，資料的搜集顯然還做得不夠㊴，至於像阿勒恩和湯姆森這樣的歸類，望斷秋水至1978年總算有了丁乃通的《中國民間故事類型索引》（*A Type Index of Chinese Folktales*）。丁氏把中國民間故事（主要是童話〔märchen〕，傳說和神話及其他類型一概不收，而傳說與神話的份量比童話還要多）根據阿、湯（AT types）法分成843類㊵，國內學者對丁先生的分類容或有不盡同意之處，但這總是有了個起步。至於理論層次的探索和建立，讀者從我這文章前面兩三段的論證以及後邊的討論，一定可以發覺我們還停留在相當一般性的討論階段。如何從這種一般性的探討提昇到精緻的理論的建立應是大家所關切的。

湯姆森在《民間故事》一書中，把所有的民間故事分成「類型」和「母題」二類：類型爲一「有獨立存在的傳承故事」，這些故事有時雖或「可與其他故事一起講述」；母題則爲「故事中最小的因素，此種因素在傳統中有延續下去的力量。」㊶在做了這種界定後，接著他把母題分爲三種：㈠故事的主角，㈡爲情節背景中的某些事項，㈢事件。事件佔了母題的大部份，且能單獨存在。一個類型可能只有一個母題，也可能有許多母題㊷。在1953年發表的一篇文章裡，他認爲

> 這些母題就是原料，世界各處的故事即據此而構成。因此，把所有簡單與複雜的故事分析成組構母題（constituent motifs），並據此做成一個世界性的分類

是可以辦到的。㊸

湯姆森對母題的認定可能有人不盡然同意，因爲他的母題觀所包括的某些因素應撥充到主題的名目下，但卻可作爲我們討論的起點。第一，故事的主角在主題學研究裡可稱爲主題也可以稱爲母題，主要應以其在作品中的功能而定；跟故事主角密切相關的某些事件如追尋英雄進入地獄，孟姜女哭倒萬里長城俱可稱爲主題的一部份。第二，湯姆森的理論係建立在研究分析民間故事的基礎上。我們在利用他的母題觀來解析抒情詩甚至敍事詩中的某些中心意象時，我們該怎樣修正其觀念才能配合我們的需要？這一點待我們討論意象與母題的關係時再討論。第三，也是最重要的一點，他擬把所有民間故事分解成更基本的組構母題此一企圖，確實給後來的結構主義者帶來莫大的啓發與鼓舞。例如柏勒普和李維史托斯就是據此意圖而給神仙故事與神話作了更精確和更科學化的分析和抽離，他們所提出來的理論對後來的結構主義者影響非常深遠。

假使我們不固步自封，願意把主題學範圍從民間故事的研治擴展開來把抒情詩也包括在內的話，則意象和套語（topos）也應佔有一定的地位。在詩中，意象和套語的應用都有積極的功能在；它們常常還承擔起象徵的角色來。這些意象和套語都是大大小小的母題，是組成一篇作品的重要素質。顯然地，湯姆森的母題觀並未考慮到母題所承擔的意義質素。而我們知道，意象除了提供視聽覺等效果外，最重要的是它們所潛藏包括的意義功能。

在研究抒情詩尤其中國的四言絕句時，意象與母題的關係必須廓清。也就是說，意象與母題是兩個意義涇渭分明的詞語，還是可以相互應用？大體上，學者和理論家都認爲意象和母題是兩個層次不同的概念。提到意象，吾人立刻會想到龐德的定義「意象就是在一利那間同時呈現一個知性及感性的複合體」，這複合體能使人在欣賞藝術品獲得一種從時空的限制中掙開來的自在感、一種「突然成長的意識」㊹。意象能在我們面對藝術品的利那給我們的感覺是自足的，然後我們才會想到它們所可能給出的意義㊺。意象除了視覺意象外，還有聽覺、觸覺和味覺等類。在抒情詩裡，一行詩通常具有一個意象，有時甚至具有兩三個不等。這麼一個意象有時可能是一象徵，例如布萊克的〈病玫瑰〉中的「玫瑰啊，你病了」的玫瑰，但這畢竟是少數（是所謂的「個人性象徵」（private imagery）。一般的了解是，一個意象若能不斷出現時，它才可能被賦予象徵的意義。倒是母題跟象徵的關係可能要更密切一些。根據我做中英抒情詩、自然詩的比較研究的一點心得，我認爲好幾個意象可能構成某個母題（譬如季節的母題、追尋的母題或及時行樂的母題）。我用「可能」這詞表示，有許多意象叢未必能形成母題，因爲這已涉及「母題」這個詞的本義了。舉例來說，英國中古英文裡的著名傳奇《嘉溫爵士與綠騎士》的第二部份前兩節共有四十五行，描繪的大體上是季節的遞嬗，這就構成了觀照人類的生死再生的神話型態的季節母題，而當中的意象何止四十五個㊻。多年前我在寫博士論文時曾給中英古典詩人做過統計：十八世紀後英國詩人若寫一百首詩，只有 0.53 及 0.28 首涉及秋天和春天，而中國詩人則有 5.68 和 1.99 首涉及描寫秋和春；當時我認定一首四言絕句必須有兩行或兩行以上涉及秋或春，它們才算包容秋或春之母題，純粹的景物描寫未必就跟此二種母題有關㊼。在中世紀拉丁文學裡曾發揮過特別

的修辭功能的「套語」（topoi）不是爲了托出「幽美的情境」就是爲了表達特別的題旨，因此大都可算是母題。㊽

前提母題與象徵的關係可能比與意象還要密切一些。容格在1964年曾指出，母題（即「單一的象徵」）實際上即等於原型（他所謂的「原始意象」）㊾。母題即是單一的象徵。在美學的範疇裡，佛萊爾在其《批評解剖》裡認爲「象徵」作爲言辭溝通的單元就是「原型」。他給母題下的定義是「文學作品中作爲文辭單元的象徵」㊿，而一首詩則是一個「母題交錯形成的結構。」(51)母題這個詞的原義是「感動以及促使人做某事」(52)，但由於很早就變成音樂技巧的一部份，即爲托出主題而不斷應用的結構成因（structural elements），其與「象徵」此一觀念搭上線也並非毫無來由的。母題是重複出現的意象，而且除了表層意義外尚有弦外之音，這和象徵的形成和功用大體上都是一致的。

除了上提母題與意象、象徵一些微妙的關係外，母題與主題的關係也得略微釐清。主題學中的主題通常由個別的或特定的人物來代表，例如尤利息斯即爲爲追尋的具體化，耶穌或艾多尼斯（Adonis）爲生死再生此一原型的縮影等。母題我認爲是由兩個或兩個以上不斷出現的意象所構成，因爲往復出現，故常能當作象徵來看待。在敍述結構裡，華西洛夫斯基（Veselóvskij）給母題下的定義是：任何敍述中最小的而且不可再分割的單元(53)。他這種看法大體上是不錯的。一個母題（例如四行詩僅僅只寫春或秋）可以構成一個主題，但一個主題通常是由兩個或多個母題托出。主題和母題俱有涉及理念的地方，因此我認爲湯姆森在《民間故事》一書中給母題所下的定義未涉及概念是有所欠缺的，但因爲他的定義係歸納自民間故事和傳說，則其缺憾是可以理解的。在份量上，我同意威斯坦因所說的「母題是較小的單元，而主題則是較大的。」㉞此外，理論學家大都同意「母題與場面有關」，他們所指的場面（situation）也就是湯姆森所說的背景中某些事項以及事件；而「主題則跟人物有關」。㉟

我在這前面花了一些篇幅來討論母題與意象、象徵和主題的關係，一來這些術語在主題學研究裡非常重要，二來在討論過程中，其實我是不斷在給自己甚至中國的主題學比較研究尋找立足點。在提出我想給自然詩（至少秋天詩）所做的模子之前，我必須（其實是任何主題學研究者都必須）提到湯瑪辞弗斯基給母題重新下的定義，因爲他的定義與我對母題的了解有一些關係。湯瑪是一形構主義者，他跟後來的薛柯夫（Scheglov）、朱可夫斯基（Zholkovskii）以及其他結構主義者如柏勒普和李維史托斯都有相同的做法：就是把作品簡化成某些顯著的成因或基本質素（fundamentals），這些基本質素就像一個句子中的構成部份：主詞、動詞或受詞。他在〈主題學〉裡有一段話牽涉到母題的定義以及他的理論的基礎如下：

> 在把文學作品簡化成主題元素後，我們就獲得了不能再減縮的部份，即主題素材中最小的質子：「黃昏蒞臨」，「拉斯若尼可夫殺死那老婦人，」，「那英雄（或主角）死了，」，「信收到了，」等等。作品再不能縮減的部份的主題就叫做母題；每個句子實際上都有它的母題。㊱

他這個定義確實有新鮮之處，但是一提到「每個句子都有它的母題」時，這跟普通文法書給句子下的定義就幾已等同了。不過不管怎麼說，他對母題的意義層面之强調卻可以補充湯姆森的定義之不足。母題之應用對整首詩的結構（尤其是主題結構）是肌膚相關的，把母題（其實也即組構元素）分剖出來，然後再把它們的構成原則顯現出來⑰，這種結構主義的分析法已切入了藝術創造活動的核心裡，其貢獻是不容置疑的。

在我於 1979 年 7 月完成的博士論文《中英古典詩歌裡的秋天：主題學研究》裡，我曾給在中英古典秋詩不斷出現的意象和母題如楓葉、白露和西風，蟋蟀、葡萄和罌粟花等創造了一個名詞叫做「套語詞彙」（topical words and phrases）。它們除了是秋天詩萬無一失的「指標」（indicator or pointer）之外，也同時是「主旨」的（topical），因爲它們能「直指詩之宏旨所在」⑱。更重要的是，這些套語在不同的文學傳統裡早已糾結上繁複的聯想，在在能展顯不同民族不同的心智活動。詳言之，「白露」的「白」和「西風」的「西」在中國古典詩裡常常已不純是「一種顏色」和「一個方位」這麼單純的聯想；它們早已糾結上（而我們在應用時有時也「忘」了眞有如斯的含義呢）一套極複雜而巧妙的陰陽五行思想。再舉「蟋蟀」一母題（意象或套語）以說明中英民族心智活動的不同。這是中英古典詩裡常常出現的一個意象。在中國古典詩裡，蟋蟀爲秋季諸多層面（如季節的遞嬗、及時行樂、悲傷和警惕等等）甚或整個季節的縮影⑲。但是在英國古典秋天詩中，這意象就未必蘊含了這麼豐富的心智活動在內。例如濟慈的〈秋頌〉（To Autumn）中的蟋蟀是蟄伏在籬笆間。當田野收割完畢後，牠們伴著蚊蚋、羔羊、知更鳥和燕子等齊聲唱出「秋天的樂音」來（第二十四行「你也有你的音籟」）。牠們的叫聲透露了滿足和收穫以外，頂多也只有淡淡的美麗的哀愁了。

在未詳細提出我想給研究中英秋天詩建立的模子以前，在此我必須提到兩位蘇俄文學理論家的做法，因為我們的企圖有些雷同。在〈朝向一個『主題——（表現技巧）——作品』的文學結構的模子的建立〉（“Toward a ‘Theme——(Expression Devices)——Text’ Model of Literary Structure”）中，薛柯夫和朱可夫斯基認為文學作品的主題並非作品的「摘要」，而是「系統的抽象觀念，其價值在於這概念與作品間是否已建立充分令人信服的等同關係」；接著在另一個脈絡裡，他們又說：「主題就是作品減去表現技巧。」⑥⁰所謂「表現技巧」就是「等同法則」（correspondence rules），就是組構元素的組合法則。假使我們能把握住一位作家所採取的一些固定法則，則我們多少能更深入地進入到他的創作世界中。

薛柯夫和朱可夫斯基的做法與柏勒普的非常相像：柏氏在《民間故事的型構》中把一百故事分解組合就像在處理一個故事，而薛朱二氏所要證實的是：「在某種意義而言，一位作者在不同的作品中所表現的只是同一個東西」⑥¹。既然許多民間故事或一個作家的不同作品展現的只是一個或三幾個主題的變異而已，因此他們認為可經由作品結構的分解和重組而尋繹出它們的「轉化的法則」（laws of transformation）來⑥²，這種做法毋寧是文學研究之福，誰都無可厚非。

我認為在中英古典秋天詩或是中西及時行樂詩裡，經由結構的分析組合，然後給它們找出轉化的規律是相當可行的。中國秋天詩所要表達的主題無非是悲憤、感懷身世、時間的遞嬗、收穫和滿足，如果遭逢亂世則詩人的感憤感懷也愈深。而英國古典秋天詩所著重表達的主要是時間的壓迫感、季節所展示的生死再生的型態、收穫、滿足和憂傷。前面已提到，中英古典詩都有一些套語指標，怎麼樣應用這些指標來表現上提的這些主題是很巧妙的創作問題，結構主義者所特別關懷的是「母題（指標）→主題」以及「主題↔作品」中間所追隨的等同法則。在表現豐收及滿足的主題時，中英詩人慣常使用的是瓜果葡萄稻穀等秋天收穫物的意象，如欲表現頹敗、哀傷等意旨時，他們就應用落日、落葉、秋蟬、蟋蟀和西風等令人聽望而心生悽惻的意象或母題。從這些意象或母題推展到把主題托出，其手續不外乎 contrast, intensification 或 combination 等。所以我認爲給中英秋天詩或中西及時行樂詩等尋出一個鑑賞或批評的模子來是可以做得到的。

附　　註

①例如，一般比較文學系學生常常用的一本書*Comparative Literature: Method and Perspective*, rev. ed., Newton P. Stallknecht and Horst Frenz（Carbondale: Southern Illinois Univ. Press, 1971）就未收入有關主題學的論文。這本書第一版出版於1961年。到了 1968年，Jan Brandt Corstius 的*Introduction to the Comparative Study of Lieterature*（New Work: Random House, 1968）裡即用了一些篇幅來討論主題學；同年Ulrich Weisstein 的 *Comparative Literature and Literary Theory*（Bloomington:Indiana Univ. Press, 1968），則全書七章就有一章專論主題學。勒文（Harry Levin）的大作"Thematics and Criticism, "*The Disciplines of Criticism*, ed. Peter Demetz, Thomas Green, and Lowry Nelson (New Haven: Yale Univ.

Press, 1968）也是於這一年才發表。

②勒文在創造 thematics 這個名詞時就提到，其形容詞 thematic 恰好與「主題」（theme）變成形容詞時，字母完全一樣；主題研究（thematic studies）一般側重在探討作品的意義，而主題學研究則是探究同一主題在不同時代不同作家的處理，其側重點是技巧的。見上引勒文的大作頁 128。勒文雖知道 thematics 與 thematic 會造成困擾，但是，他在文章裡卻是 thematics 與 thematology 相互應用，或許是擬使二詞共存。其他學者如註①裡提到的 Corstius 和 Weisstein 則僅用 thematology。這兩個詞的應用恐怕還要依個別學者的喜好而定，無法統一的了。伊利諾大學的周斯特（François Jost）認爲，「常見的主題學研究僅限於『主題史』（Stoffgeschichte），其實主題學即德文的 Stoffkunde 這才是主題學（thematology）的正確翻譯，即有關主題的學問或知識，有別於研究主題歷史的Stoffgeschichte。」見其*Introduction to Comparative Literature* (Indianapolis: Pegasus, 1974), p.291.

③見威斯坦因，頁 125。

④見上引勒文的文章，頁 128。

⑤韋禮克：《文學原理》第三版（New York: Harcourt Brace & World, 1956），頁 260。

⑥見威斯坦因，頁 130。

⑦除了勒文和法艾特（Walter Veit）等幾位的理論是用英文發表之外，其他的探索和闡發大都是用法文或德文書寫。有關主題學的書目見威斯坦因，頁 295～296。

⑧例如湯瑪辭弗斯基（Boris Tomashevsky）的"Thematics,"收入 *Russian Formalist Criticism: Four Essays*, tr. Lee T. Lemon &

Marion J. Reis (Lincoln: Univ. of Nebraska Press, 1965), pp.61～95；薛格維（Yu. K. Scheglov）和朱可夫斯基（A. Zholkovskii）的"*Towards a ' Theme ——(Expression Devices)—— Text' Model of Literary Structure,*" 收入 *Russian Poetics in Translation*, tr. L.M.O' Toole & A. Shukman (Oxford: Clarendon Press, 1975), pp.3～50；和薛格維的"Towards a Description of Detectiue Story Structure," 收入 *Russian Poetics in Translation*, pp. 51～77 都是非常富有啓發性的論著。

⑨見馬幼垣，〈有關包公故事的比較研究——三現身故事與清風閘〉，《聯合報》（1978 年 4 月 11 日及 12 日）第十二版；李達三，《比較文學研究之新方向》（台北市：聯經，1978 年），頁 315～317；以及筆者在台大完成的博士論文「Autumn in Classical English and Chinese Poetry: A Thematological Study」（台北市：國立台灣大學，1979 年 7 月）的中文摘要部份。

⑩鄭樵，《通志》，陳宗夔校，四部備要本（台北市：中華書局，缺年代），卷二十五，頁 17b。

⑪鍾敬文在《孟姜女故事研究集》第一册的〈校後附寫〉說，顧頡剛的孟姜女故事研究是他於《古史辨》之外，「一個很成功的工作」。見《孟姜女故事研究集》第一册（廣東：中山大學，1928 年），頁 129。

⑫顧氏的〈孟姜女故事的轉變〉初刊於 1924 年 11 月 23 日出版的《歌謠週刊》（北京大學）上，後收入《孟姜女故事研究集》第一册；引文見這一册，頁 24。

⑬見《孟姜女故事研究》」第一册，頁 46～47。其他尚在頁 28～29，頁 115～116 等處，或發揮或綜合民俗故事反映時代的論

點。

⑭關於這複雜巧妙的推論過程，見《孟姜女故事研究集》第一册，頁34～37。

⑮同前註，頁 32。

⑯收在《古典文學》第一集（台北市學生書局，1979），頁 233～256。也見《西遊記探原》（台北市文開文化事業，1982年）頁167～186。這文章在她的博士論文裡略有少許改動。

⑰本人必須指出，鄭教授的博士論文《西遊記探原》有一些地方曾探討到《西遊記》故事在東方國家如印度和韓國的淵源散佈，多少可列入比較文較文學的範圍內。

⑱原文作 "The Formation of the Early Versions of the Meng Chiang-nü Story," *Tamkang Review*, 9.2 (1978), 111～40.

⑲見前註頁 121。

⑳見前註頁 121。至於探討這兩則故事如何反映時勢，則請看頁121，123～128。

㉑ *Introduction to the Comparative Study of Literature*（New York: Random House, 1968), p.121.

㉒ Harry Levin, "Thematics and Criticism," *The Disciplines of Criticism*, ed. Peter Demetz, Thomas Greene, and Lowry Nelson, Jr. (New Haven: Yale University Press, 1968), p.144.

㉓《孟姜女故事集》第一册，頁 4～5。

㉔王秋桂博士論文原標題爲"The Transformation of the Meng Chiang-nü Story in Chinese Popular Literature," Cambridge diss., 1977.

㉕本段文字內容，除了參照我手頭擁有的資料外，尚參考了譚達先《中國民間文學概論》（香港：商務，1980 年）附錄〈參考資料選

抄和主要理論作品參考書目〉一文，特此誌明。至於路工編的《孟姜女萬里尋夫》（上海，1955年）和《梁祝故事說唱集》（上海，中華，1960）則只是資料彙編，貢獻雖然有，只是談要研究，則連西方早期主題史研究的精神都未企及。

㉖參見註⑨的馬文，《聯合報》1978 年 4 月 12 日第十二版。

㉗這是陳女士於民國 67 年在台大中文系撰成的碩士論文，後來她把有關目蓮故事的基型演變部份發表在《中國古典小說研究專集》第四輯（台北市：聯經，1982 年），頁 47～93。

㉘許文的標題及發表出處如下："The Evolution of the Legend of the White Serpent (Part Ⅰ & Ⅱ)," *Tamkang Review*, 4, nos. 1 & 2 (April & October, 1973), 109～127, 121～156.

㉙潘文已出版成書，定名爲《白蛇故事研究》（台北市：學生書局，1981年）。曾永義的評文〈潘江東的《白蛇故事之研究》〉初刊1979年3月20日的《中國時報》第八版，後收入其所著《說俗文學》（台北市：聯經，1980 年），頁 153～157。引句見頁 155。

㉚ 見 Anthony C. Yu, "Problems and Prospects in Chinese-Western Literary Relations," *YCGL*, 23 (1974), p.52.

㉛所提兩書是杜穎陶編《董永沈香合集》（上海：古典文學，1957年）和杜編《岳飛故事說唱集》（上海：古典文學，1957 年）。

㉜Stith Thompson, *The Folktale* (New York: Holt, Rinehart & Winston, 1946), p.415, and his "Advances in Folklore Studies," 收入 *Anthropology Today*, ed. A. L. Kroeber(Chicago: University of Chicago Press, 1953), p.594.

㉝見《孟姜女故事研究集》第一册，頁 123～124。

㉞見《孟姜女故事研究集》第一册的序文，頁 4。

㉟見〈梁祝故事的淵源與發展〉、〈潘江東的《白蛇故事之研究》〉和

〈從西施說到梁祝〉三篇文章，這些文章都收入他的《說俗文學》，頁 122、154 和 160。

㊱見《說俗文學》，頁 160 及 162～163。

㊲阿勒恩的《民間故事的類型》（*The Types of the Folktale*）出版於 1910 年，後由湯姆森（Stith Thompson）兩度修正、翻譯及擴充，全書至1961年版時，總共收了二三四〇個條目。他們把民間故事分成五大類後，再細分成三十二小類。

㊳據湯姆森說，至 1950 年代初期，世界上已有將近二十個國家根據阿勒恩的系統給其民俗傳說作了詳細的分類。See *The Folktale*, pp. 419～421, and "Advances in Folklore Studies," p.591.

㊴參見譚達先《中國民間文學概論》，頁 447～487；《敦煌變文集》（京都：中文出版社，1978年），頁 915～916；以及 Nai-tung Ting, *A Type Index of Chinese Folktales*, FF Communication No.223 (Helsinki: Academia Scientiarum Fennica, 1978), pp.252～279.

㊵Nai-tung Ting, p.17; pp.10～11 and 14, for reasons of using AT types and excluding myths, legends, anecdotes, etc.

㊶見*The Folktale*, p.415.

㊷見前註，頁 415～416。

㊸見其"Advances in Folklore Studies," p.594.

㊹Ezra Pound, "A Few Don'ts," 收在 *Prose Keys to Modern Poetry*, ed. Karl Shapiro (New York: Harper & Row, Inc., 1962), p.105.

㊺See also Northrop Frye's definition of "poetic images" in *Anatomy of Criticism* (Princeton:Princeton University Press, 1957), p.81.

㊻*Sir Gawain and the Green Knight*, ed. J. R. R. Tolkien and E. V. Gordon, 2nd. ed revised by Norman Davis (London: Oxford University Press, 1967), pp.14～15.

㊼Chen Peng-Hsiang, *Autumn in Classical Englsih and Chinese Poetry: A Thematological Study*, Taipei: National Taiwan University, 1979, pp.15～25.

㊽Cf. Harry Levin, "Motif," *Dictionary of the History of Ideas*, 4 vols. ed. Philip P. Wiener, et al. (New York: Charles Scribner's Sons, 1973), III, p.243.

㊾見 Levin, "Motif," p.242.

㊿Frye, pp. 73, 99 and 366.

51Frye, pp.77 and *passim*.

52這是法國翰林院於 1798 年出版的《字典》第五版給母題所下的定義。所引見 Levin, "Motif," p.235.

53見柏勒普《民間故事的型構》第二版修正 (Austin: University of Texas Press, 1968), p.120;See also Fokkema and Kunne-Ibsch's *Theories of Literature in the Twentieth Century*(London: C. Hurst & Company, 1978), p.18.

54Weisstein, p.313.

55Ibid., p.139; 再參 "Thematics and Criticism," p.144.

56Boris Tomashevsky, "Thematics," 收入 *Russian Formalist Criticism: Four Essays*, trans.& ed. Lee T. Lemon and Marion J. Reis (Lincoln: University of Nebraska Press, 1965), p.67.

57巴茲（Roland Barthes）用「解剖」和「顯露」（dissection and articulation）兩個術語來描述結構主義的整個分析過程；見其大作 "The Structuralist Activity," *Critical Theory Since Pla-*

to, ed. Hazard Adams (New York: Harcourt Brace Jovanovich, Inc., 1971), pp. 1197 and 1198.

⑤⑧見註㊼，頁 4～5； for "topical words and phrases," see pp. 4 and *passim*.

⑤⑨在甲骨文裡，「 秋 」字的一個寫法「 [illegible] 」，據郭沫若考證，即爲像蟋蟀之形。他說：

龜字從唐蘭釋。唐讀爲秋。卜辭又有[illegible]字，即說文龝字所從出，龜屬絕無有角者，且字之原形亦不像龜。其像龜甚至誤爲龜者，乃隸變耳。今按字形，實像昆蟲之有觸角者，即蟋蟀之類。以秋季鳴，其聲啾啾然，故古人造字，文以象其形，聲以肖其音，更借以名其所鳴之節季曰秋。

引文見高鴻縉著《中國字例》(台北市：三民，1960 年)，頁 227。唐蘭的詮釋見《古文字學導論》(台北市：樂天影印，1970 年)，卷二，頁 41 前至 42 後。

⑥⓪Yu, K. Scheglov and A. L. Zholkovskii, "Towards a 'Theme——(Expression Devices)——Text' Model of Literary Structure," trans. L. M. O'Toole, in *Russian Poetics in Translation*, trans. and ed. L. M. O'Toole and A. Shukman (Oxford: Clarendon Press, 1975), pp. 7 and 27.

⑥①Ibid., p.31.

⑥②"System of transformation"和"laws of transformation"是 Gean Piaget 和 Michael Lane 的用語；對這些名詞的發揮和應用，見 Isaiah Smithson, "Structuralism as a Method of Literary Criticism," *College English*. 37, no. 2 (1975), pp.145, 147, and *passim*.

附記 在本文的寫作過程中，承蒙張漢良兄幫我找到一些資料，特此誌謝。

主題學理論與歷史證據

以王昭君傳說爲例

何謂主題學？根據普林斯（G. Prince）和姚斯特（F. Jost）的說法，主題學爲「主題或許多主題的科學」或知識（頁 23；第十三章注 36，頁 291）。既然是一種有關主題或許多主題的學問，那麼，它必然必須是一門系統性的研究。既然是這樣，那麼它的內容或範疇應是那一些呢？

由於我唸博士班時就對這一門學問發生興趣，而且又由於我曾寫過一篇有關中西主題學理論的文章①，因此，我對這一門特殊的學問與發展一直投以莫大的關注。它的發軔是十九世紀德國的民俗學研究，而且是比較文學草創時期相當重要的內容。自從被韋禮克（R. Wellek）在《文學原理》（西元 1956 年）裡把它斥爲文學史中最不具美學層次的研究以來（頁 260），它並沒有消聲匿迹。事實上，六〇年代末七〇年代初期見證的是主題學研究的復甦期，勒文（H. Levin）的兩篇文章，杜勒謝（L. Dolezel）的〈從母題素到母題〉以及威斯坦因（U. Weisstein）和姚斯特的著作中有關主題學的篇章俱可爲例證。在實踐方面，西方研究神話和傳說人物如普羅米修士、唐璜和浮士德等的經典著作都在這時期相繼面世，我認爲麥柯弗（M. G. McGough）的博士論文《主題史／主題學：歷史概覽、綜述與實踐》（西元 1975 年）可視爲這十年間的界標。

八〇年代以來，用英文寫成的主題學理論和文章當在二十來篇（包括歸岸（C. Guillén）1993年由哈佛出版的論著中那篇〈主題：主題學〉），著作當在十三本左右（這還不包括1988年秋季《新比較》上頭的專號），這也難怪前年由哈佛大學出版社的一本論文集要取名《主題學批評的復興》（*The Return of Thematic Criticism*）。杜魯松（R. Trousson）、吉爾曼（S. L. Gilman）以及該書編者沙勒茲（W. Sollors）等都異口同聲指出，近年來美國學界已重新對主題學發生興趣（頁290、294和xiv），這未嘗不是一個可喜的現象②。更有甚者，西方自1985年底開始，已爲主題學研究召開了六次研討會或國際會議，這些會議成果不是出版成學報的專號就是以專書面世（沙勒茲，頁xiv～xv和頁301），看來到了八〇年代末年，他們眞的是決心要結束人們對主題學的「憎惡」。③

根據前頭的簡略說明，我們可以這麼說：主題學發軔於十九世紀末德國的民俗學，其發展線索迄今約爲：

㈠十九世紀末以迄五〇年代的重心是主題史（Stoffgeschichte）；

㈡六〇年代至八〇年代中期的重心爲主題史兼主題學（Stoffkunde或thematics或thematology）；

㈢八〇年代中期以來，主題學題目大都被納入現今流行的各種課題之中（根據沙勒茲的說法，這些課題是族羣本體、族羣性、族羣中心論、女性軀體、女性隱喻、女性本體、婚姻、性慾、社會階級和社會身份等等，頁xii）。

但是，我們必須指出，理論的發展與實踐並未全方位互補、支援，因爲有些實踐研究未必是有意識地在理論的引導下完成的。早期對某一主題的源流考察採取的是異時性研究法，到了六〇年代柏勒普（V. Propp）的《民間故事型態學》在西方流行以來，主題／母題的研究已跟結構掛上鈎，側重的是並時性的句構研究法，亦即側重在對主題的深層結構的探索，可這也並不意味著對主題的語意探討已完全消失（古特曼承續前人對「關於〔性〕」（about [ness]）的探討和畢林克（M. Brinker）對「主題」這個詞的各種涵義的探索即爲例證）。

八〇年代見證的是主題學理論的深化與複雜化。在理論層次上像柴歐考斯基（T. Ziolkowski）那樣仍以繫聯文學作品中的「主題、母題和意象」跟其「社會、文化以及歷史背景」（頁 ix）的做法仍大有人在（也絕不可能絕迹）。我們也看到語意學知識被大量應用來探求文字在經緯間的意義（例如 Hrushovski 的文章即是），更看到耶魯大學人工智慧小組在列耐特（W. Lehnert）領導下利用人工智慧的知識來分析故事的「情節單元」（plot unit，或稱爲主題抽象化單元〔TAU＝Thematic Abstraction Units〕）④，當然這些研究成果確能增加吾人對故事中組構單元的鋪陳的了解。但對我來說，我確實較對蘇俄形構主義者朱可夫斯基（A. L. Zholkovsky）和薛柯夫（Yu. K. Shcheglov）所提的衍生／表現性詩學（Soviet generative poetics 或 poetics of expressiveness）以及另一些理論家從相反方面對「主題化」（“Theming” 爲普林斯一篇論文的標題）著手的理論感到興趣，一方是演繹的，另一方都是歸納。

朱和薛這兩位蘇俄的結構主義理論家仍舊沿襲柏勒普1928年在《民間故事型態學》一書中所揭櫫的企圖——即企圖把一位作家的作品或類似主題的文本抽繹成一兩個句子，他們企圖把文學研究模式化、圖表化⑤，他們要找出「主題→文本」的標準衍生序，亦即確立主題與文本的「契合邏輯」（朱可夫斯基，頁 28）。朱氏以爲，「主題是明確歸結出來的一些指涉性或語碼範疇常數，文本即根據表現性技巧的常數中推演得來」（頁 25）。換言之，文本即由推展表現性技巧而得到。表現性技巧（expressive devices，簡作 EDs）是結合主題與文本的一些操作法則（operational rules），根據朱和薛的說法，這些法則只有後列十種而已：具體化、擴增、重複、變異、細分、對比、協調、結合、預備和減縮（朱可夫斯基，頁 25；薛和朱，頁 2）⑥。問題是，我們在實際運用這些法則／單元來分析文本時，我們當會發覺，這十個表現性技巧可能會合併產生新的表現性技巧，如是觀之，則它們的數目必然會超過十個。比這個更嚴重的問題是，我們用甚麼法則來引導規範這種結合？（N. Diengott〔丁格特〕，頁 99）

朱和薛的衍生詩學係從作者的角度著手（writer-oriented），他們所建立的是「主題 $\xrightarrow{EDs}$ 文本」這個衍生文本模子；相反地，另一批從事主題科學研究的學者像普林斯和林蒙・柯南（S. Rimmon-Kenan）則從讀者的角度著手，從事的則是文本「主題化」的建構。以普林斯的理論來看，他非常重視閱讀時的情境，據他說：「欲加以主題化的文本是包括了主題分析者的情境。甚至更明白地說，我老是建構我做主題分析的作品」（引見丁格特，頁 102）。跟朱和薛全然不顧閱讀時的情境不同，普林斯認識到不同的讀者會做不同的主題化操作，由於害怕會流爲徹底的主觀論，他還提出了表現的均衡、中心性、架構的具體性和範圍四項約束條件以爲限制，當然，這些都只是一些依據經驗歸結而得到的原則而已，並不需太多的文字論述即可理解的。

在七〇年代至八〇年代中期記號學和解構論最爲興旺的時候，主題學的重要性確曾受到挑戰；解構批評凸顯的是母題的交互作用而非穩定的主題，它尤其質疑「概念性本體」（conceptual identity）這麼一個理念（巴維爾〔T. Pavel〕，頁 124）。不過，這些理論並未把主題研究扳倒。我們上頭介紹的各式主題學理論都跟上提的理論並行發展。到了八〇年代中期，由於受到女性主義、非美文化研究、弱勢論述以及後殖民論述這些較具政治取向的理論的聯合攻擊，新批評、記號學和後結構主義等類別的形式主義都相繼退下陣來，文本的主題內容又重新受到重視（前引，頁 124）。

在未對主題和意象、母題、特徵、套語等等相關術語做某種基本的陳述之前，我們還是轉回頭來先看看中文世界裡主題學理論的一些進展。首先，我用中英文寫成的那篇〈主題學研究與中國文學〉一直是臺灣和大陸中文比較文學界的教材或參考資料，受到這文章啓發的論文和著作，大陸的年輕學者王立算是蠻特殊的，他這四、五年來已先後寫成《中國古代文學十大主題》、《中國古典文學九大意象》以及有關俠士和復仇等主題的著作四、五本，由於他一直跟我通信來往，自然受到我的影響。在臺灣，由接觸而獲悉，碩士論文像王金生的《白兔記故事研究》（西元 1986 年）和洪淑苓的《牛郎織女研究》（西元 1987 年）等都是在有意識吸收主題學理論或者參考了我的論文之後寫成的（因爲他們不是曾向我請教過就是論文口試時找了我去當委員，故可確定），很可惜都尚未能進入主題學理論的拓展，甚至是連主題學理論裡的「主題」（theme）不僅指抽象的概念（即語意的層次）也同時指具象的人物（即所謂的

「前譬喻性的」主題人物，亦即句構的層次）這個簡單卻是非常重要的概念都無法弄清楚，故他們的論述仍只能停滯在考述神話傳說人物的源流系統上——亦即停滯在傳統的主題史研究上（當然更不可能有比較批評的涉獵），無法像柏勒普那樣採取並時性的分析法，把故事解剖與重構（decompose and recompose，爲巴特〔R. Barthes〕用語），然後凸顯它們的深層結構、組合文法，並把它們句構化、符碼化或圖表化。同樣的缺失也可以在大陸學者的主題研究論著中見到。

不過，不管怎麼說，臺灣學界受到主題學理論的啓發而寫成的論文當不在少數⑦，可是正如李漢亭（李奭學）六、七年前所寫的一篇綜覽性文章裡所指陳的

> 跨國性的主題學論題，應該是臺灣可以大量墾拓的對象，因為中國在文化上主導東西數千年，民俗故事或一般觀念給予四鄰的影響相當充沛，若以接受而言，印度佛教母題影響中國文學處同樣不少。種種因緣皆顯示臺灣學者擁有足夠的文化資源，可以在跨國性的主題學領域中發揮所長。然而，事實遠非如此：專書不論、單篇論文處理的仍以本國民俗主題母題的演變為主，跨出門檻者極小，原因何在？（頁53）

臺灣學界爲何還那麼缺乏實質比較性的主題學論文？李漢亭以爲是西方這一套理論本身的歧異太大所造成的後果，我卻無法苟同。我認爲，一來當然是我們對這一套理論的介紹研究做得不夠；但是，最關鍵的應是我們學界本身缺乏宏觀思想，以致一般人都急功好利，然後才是潛心學習外語以及搞好科際整合

的問題。前面提到西方自西元 1985 年底開始已爲主題學召開了六次會議，我們除了在我之後上海的謝天振寫了一篇中西角度的主題學理論之外⑧，那就是王立這幾年在大陸各學報上每年都發表了十來篇主題學論文，國際會議呢？

我在拙文《主題學研究與中國文學》裡把中文主題學的觀念推溯至宋鄭樵的《通典・通志略》這段話：

> 又如稗官之流，其理只在脣舌間，而其事亦有記載，虞舜之父、杞梁之妻，於經傳所言者數十言耳，彼則演成萬千言。東方朔三山之求，諸葛亮九曲之勢，於史籍無其事，彼則肆為出入。《琴操》之所紀者又此類也。顧彼亦豈欲為此誣罔之事乎？正為彼之意向如此，不得不如此，不說無以暢其胸中也。（卷二十五，頁 17b）

這裡不僅對有歷史根源及無歷史根源的民間傳說的孳乳現象有所陳述，而且對散播傳說者的意圖有所揣測（作者用主題人物係爲了「古爲今用」），這些話都跟柯斯提爾茲（J. B. Corstius）在其《比較文學概論》裡一再强調文學主題應跟其時代及其作者的意圖繫聯有所契合。例如柯氏說：

> 一篇主題學研究的價值只有建立在它能增長我們對西方文學許多時期的特色的了解上頭，而根據的是文學作品本身。（頁 121）

這裡他說的是文學作品與時代的「關聯」（頁 121～122）。另一方面，他在探討里茲蒙（H. M. Richmond）的一篇論文時提到，「里氏在研究傳統主題時給我們提供了有關每一位詩人的個性細節。但傳統主題的處理亦略為顯示了某一個時期的文學嗜好」（頁129）。換言之，研究文學主題應把它們跟作者以及其時代繫聯，直接切入到美學層面（即技巧意圖等等）的探討，這才是主題學研究起死回生的萬靈藥。

在同一拙文裡，我還企圖把中國文學裡的主題學初期因子推源到昭明太子的《文選》裡提到：「蓋文學乃踵其事而增華」這種技巧與主題的不斷推衍與精進，相信把類似西方的主題學觀念推溯到魏晋南北朝應是夠遙遠的了。王立在其《中國古代文學十大主題》的〈緒論〉中規避了我這種推源做法，另從「主題類分」亦追溯到我國這部最早的總集《昭明文選》來，並提到它把賦分成「京都」等十五類，將詩分為「補亡」等二十二類的「類分的標準不統一」（頁2）。另一方面，他雖提及《藝文類聚》等大型類書的問世，竟不從《藝文類聚》或最早的類書《北堂書鈔》著手來探討主題類分的原則，卻很快就跳到宋人編的《百家注分類東坡詩集》和最早的詩話總集《詩話總龜》來討論其中的分類，並認為「這些類分已頗具思致，其雖似細密精工，仍不夠科學」（頁3～4）。我認為這種類分討論雖有一定的意義，但最重要的還是應從主題的概念、性質和鋪展等來著手。⑨

這樣一來，我們還是得回到主題、母題等這些最基本的概念來。東西方一般都認為主題為藝術品的抽象核心部份，去除了這核心，藝術品顯然就顯得貧瘠。換言之，主題就是支撐藝術品的隱形或內在架構；既然是「隱形」的，它顯然是抽象的，可既然是「架構」性的，它顯然又跟情節內容等有些微關係。渥爾柏斯（T. Wolpers）就認為，「吾人不應把主題當作純粹抽象概念（就像在思想史以及一般論述那樣），而應把它當作伴隨著吾人所應用的母題與語言中的某些東西」（頁89）；克萊恩（H. Klein）甚至指出，姚斯特所認為的主題為抽象而母題為較具體的看法並非英美普遍的看法，他的例證是馬幹（P. Marcan）的書目《詩歌主題》（*Poetry Themes*, 1977）和哈托（A. Hatto）的《黎明女神：情人在黎明時分的約會與分離》，他尤其看不出「情人在黎明時分的約會與分離」有何抽象成分可言（頁147）。事實上，主題學這門學科本來就是先從研究人物主題推展而來，而逐漸及於抽象概念如愛情、死亡、時間意識等等的探索，套句現代語言學術語，亦即從句構學走向語意學的探討⑩，可這種趨向到了八〇年代以來似乎越來越趨複雜、精緻化。除了論文前頭提到的柴歐考斯基、赫魯索夫斯基、列耐特、朱可夫斯基和普林斯等人四、五個方向的理論發展之外，我們在此還得一提畢林克和古特曼對於「關於〔性〕的探討⑪。所謂「關於性」，就是我們在閱讀一篇文學作品後對這篇作品的認知式反省：它到底探討了些甚麼？回答這個「關於……」問題可以從最抽象的看法一直扯到對一連串情節對人類生活或命運的轉變這樣較具象的描述（畢林克，頁21）。例如，有人問：荷馬的史詩《奧德賽》「關於」⑫些甚麼？我們會說：「它是有關奧德賽的追尋」、「它是有關奧德賽對自我／性命的追尋」，一直到「它所描述的許多冒險犯難逐漸促使奧德賽對人生有較深遠的體會和了解。」這樣的問答是非常基本的語意探索，可我們在中文文獻中仍未見到有任何這樣對「關於〔性〕」的探討（而這種探討就是對主題意義的深入探討的第一步），這不正顯示了我們對主題意義的深切了解缺乏興趣嗎？

萊爾在〈關於〉這篇短文裡曾把論述（discourse）釐分為「語言學的有關於」（linguistically about）與「指涉性的有關於」（referentially about），而古特曼（N. Goodman）則把這種區別改稱為「修辭學的有關於」（rhetorically about）和「暗喻性的有關於」（metaphorically about）⑬，這些區別對我們閱讀或詮釋文學作品都有一定的意義，但我覺得跟我們做主題學研究更有關的是「關於」與另一個類似概念「認為」（seeing as）的關聯，因此就把這些區分（存而不論）。「認為」不表示某種認同。根據維根斯坦的說法，「認為」應是把某一東西的本質挑出來、讀出來，由於一般都缺乏「正確」或「可靠」的指認法則或標準，因此，一幅漫畫在你看來可能是一隻老鼠，而在我看來，它則可能變作是一隻兔子。不過不管怎麼說，這種認知確也是我們建立主題詮釋的一種策略，因此仍值得吾人重視（見畢林克，頁33～37）。

跟「主題」一樣，母題（motif）也是一個非常複雜的藝術概念；「主題」就是中國古代文學研究裡對作品「義理」的蠡測或作者「意圖」的索隱，可「母題」則是一個徹徹底底的外來概念。就字源而言，它本源自拉丁文動詞*movere*（動或推動）的過去分詞式*motus*；根據勒文的說法，「在西方語言裡，這個詞跟它的相關詞式，原指刺激物或是動作的根源。逐漸地，它們的涵義從實際物界轉移到心理範疇，實際上即從動作／運動轉移到情感」（〈母題〉，頁235）。根據勒文的研究，這個傳統對母題所下的雙重定義在《法蘭西學術院字典》第五版（西元1978年）即有載錄：「運動以及促使去做某事」，可是這本權威字典要到其第六版（西元1835年）才肯把母題在音樂學裡較專門的用法寫下來：「為旋律詞語，指統馭整闋樂曲的原始概念。」勒文認爲，這個定義純係跟隨六、七十年前《百科辭典》（*Encyclopédie*, 1765 年）上頭的定義，同時，這本《百科辭典》上頭還有一篇探討十八世紀歌劇的定義的文章，文章提到「母題」爲「歌劇獨唱曲中的主題概念」，這種看法的源頭應是義大利——在義大利，拉丁文的 *motivo* 早即用來指音樂旋律的基本部份。他又認爲，音樂由於其類似抽象特質，最能給我們提供母題作爲結構因素的最佳例證⑭。至此，「母題」這個詞本身所蘊含的動感意義與音樂中母題所發揮的結構意義應是值得我們重視的，而蘇俄形構主義者自柏勒普一直到朱、薛都把注意力側重在故事的建構法則分析上，是有一定道理存在的。

母題到底是甚麼？有人說它是主要概念、意蘊或主旨，那麼它跟主題作爲一個抽象概念來比較又有何區別？一般認爲它是由三幾個意象構成的（例如“Sir Gawain and the Green Knight”開頭部份的季節母題描述和張賢亮《男人的一半是女人》中的大青馬母題），它是比主題更基本的概念，也比主題較具象，而且「作爲一個文字和視覺單元，它可經由聯想之用而負載主題」（勒文，〈主題學與批評〉，頁 139）。如果根據湯瑪余維斯基（B. Tomashevsky）的說法，則一整個作品有其主題，這個作品的個別部份亦有其主題，而母題則是「主題素材中不能再減縮的、最小的質點」，又說「作品中不能再減縮的部份之主題即謂之母題；事實上，每一個句子都有它自己的母題」（頁 67），他所舉的例子像「黃昏來臨了」、「拉斯可寧尼可夫殺死了那個老婦人」、「英雄死了」、「信件收到了」、「拐走新娘」和「善助人的動物」等等（頁 67），跟柏勒普的童話故事的三十一個功能對照，我們就會發覺它們大都太小且不具功能性，可是擺在湯瑪斯自己的理論架構裡來看，他這種非常激越的定義或許是可以通的。因爲在他看來，母題不僅有「非自主母題」（bound motif），而且還有「自主母題」（free motif），非自主母題僅跟故事的進展密切關聯，而自主母題則跟情節（plot）的布局相依存。換言之，非自主母題與故事的進展前後相契結，而自主母題所影響的則是情節的因果相依。例如作者所舉的「枝節話」，這在一個緊密完整的故事中絕無其存在的空間，可是它對情節的建構有時卻具有決定性和統馭的功用。持平而論，湯瑪斯對母題這種區分是非常高明而且有意義的，問題是，把母題定義得這麼小，它究竟跟意象還有甚麼區別呢？

一般認爲，主題是比較抽象的，而母題則是比較具象的；主題多跟人物相牽扯（威斯坦因，頁 139；勒文，〈主題學與批評〉，頁 133 和頁 144），而母題則跟情境（situation）⑮或「情節片段」（segments of plot）相依存（威斯坦因，頁 139；勒文，前引，頁 144）。問題是，某些主題既然是由某些人物（例如尤里西斯、唐璜或浮士德等）的具體化（而且主題學研究這門學問，本來就是發軔於這些民間傳說、神話人物的），則針對環繞著這些人物的冒險犯難行徑所做的抽象化過程，其無論如何都無法達到與概念（concept）一樣透明的地步，概念像侵略性、自戀狂等等僅僅是意義、是透明的，它們並不等於主題。換言之，主題不僅涉及抽象過程，它還涉及故事情節的開展與鋪陳部份⑯，我們僅僅提到（比如）荷馬《伊利亞特》的主題是特洛埃城邦的興喪、《奧迪賽》是有關於尤里西斯的追尋，其實這種說法常常都是不足的，因爲它們都忽略了作者孕思創作過程中對素材的安排以及包蘊在這些主要主題裡面次要主題（subtheme）的層層開展。主題必須是有實質內容的，它是既超越的（因爲抽象）且也是內存的，是它把看似不連貫的母題／母題素繫聯、結合起來，所以它的主觀性⑰與不透明性層面永遠都是無法剔除的；否則它就是文字的意義或概念而非主題了。

「不管我們指稱的文學形式爲何物，主題主要指的是內容，而我們很難在形式層面上輕易攫住作品」（柏金斯，頁166）。這種對形式層面了解的困難在七〇年代初可能還是個問題，自從柏勒普的《民間故事的形態學》（西元1968年）在英美出版以來，愈來愈多的主題學者都在企圖模式化、語碼化這個形式過程。依據里蒙・柯南的描述，把不連貫的質素（母題或功能）結合起來涉及結合、概括性和定標籤三個手段，而根據前面提到的朱和薛所提倡的衍生詩學模子與「主題 $\xrightarrow{\text{EDs}}$ 文本」的說法，則內容形式化可總結爲具體化、擴增和重複等十道「表現性技巧」（即EDs）而已，這種做法大體上都是朝簡易化、句構化文本的方向出發的。

主題學者對於主題與母題數目的多少一直都言人人殊。如果僅僅從涉及歷史源流的演變與人物素材這種角色來著手，則西方從尤里西斯、普羅米修斯、浮士德到聖女貞德這樣數下來，中國則從孟姜女、王昭君一直數到梁山伯和祝英台，數目的確都蠻有限的，可是，如果我們再從一個母題／功能都可能構成一個主題以及結合數個母題／功能也可以構成一個主題這種思維出發，則主題的數目無論如何都應比母題爲大。更何況，吾人當今所謂的主題學，其意涵與範疇早非當初的主題史（Stoffgeschichte）所可擬比，從這個角度來思維，則主題的數目顯然是無可限量的⑱，而梅可（Paul Merker）所估計母題約有一百個（見威斯坦因，頁 139），歌吉（C. Gozzi）和波爾地（Georges Polti）都估計戲劇的情境應只有三十六種（引見勒文，〈主題學與批評〉，頁 136；威斯坦因，頁 140）以及法朗哲（Elizabeth Frenzel）分類指出西方文學傳統只有五十四個母題等等，「在實踐上，〔他們似乎〕都未認可母題的結構，而且主要關注的是母題的出現與重現，而非其功能」（丹姆希，頁 569）。我甚至要說，他們把母題的定義定得太寬鬆，仍舊未把視界從民俗學轉移到詩歌小說等現當代文學類型上頭來。我想大多數主題學家都不會反對給主題與母題做分類，而且我想也很少有人會反對借助當代的學科像語意學、系統控制學與人工智慧等來概括、簡化文本，並給「主題 EDs 文本」模式化、語碼化，問題是，母題既有重複出現而透明的一面，也有或隱或顯以及潛藏的面貌；另一方面，它們通常都必須由主題這條隱形的線把它們統馭、貫穿起來才能構成完整的意義。

主題應該是一個常數，母題應該就是變數，隨著常數而改變其組合與意涵。大多數作家一輩子，縈繞其腦際的大概只有那麼幾個主題而已。畢林克認爲主題是個別文本與其他文本在語意上的接觸座標點（locus），這「其他文本」則不僅只限在文學上的，其他如哲學、社會等科學、甚至宗教意識型態、新聞報章、專欄與個人日記書信等都是，他這種看法當然是我們所說的互文關係（intertextuality）了。這種看法當然非常有趣，顯然的，現今我們在縱論主題與母題的種種牽連時，豈可不注意到主題作爲座標點的意義呢？一個主題就是一個地界，就是一個座點，它跟作者其他文本固然有關係，跟上下古今其他作家的作品也有或張或弛的關係。

在主題學理論裡不斷談到的另一個術語是題材或素材（Stoff; subject matter），這係跟主題學的原始術語「主題史」（Stoffgeschichte）有關，縱論主題學而不探討 Stoff 似乎並未進入情況的樣子。問題是，討論素材就像我們談論任何問題都要扯到水、空氣和土地一樣迂腐，我們舉目所見所聞無不是創作的題材，而且沒有甚麼是不可進入到作品裡，關鍵還是想像力把這些看似零散不聯繫的素材（細一些應是意象與母題）熔鑄，而這已進入到美學體現（aesthetic realization，柏金斯用語，頁 117）的範疇了。到了八〇、九〇年代，如果 Stoff 仍舊像主題史發軔期那樣用來指稱浮士德、唐璜、尤里西斯等這些主題人物素材，那就未免因噎廢食。題材應該是指所有能（甚至還有潛在的）進入到文學作品中的東西，是經作者裁剪後用以烘托出其主題的材料，而在未經選擇、裁剪、錘鑄而成爲文學材料時，它們是游離的、半透明的、而且遍地皆是。德國學者像法朗哲特別重視題材（Stoff），是因爲她把題材與母題對比對立起來：母題爲一小的實質內容單元／質素，以對襯較大的內容單元（亦即題材或素材）以及比其更小的語意單元「特徵」（trait）（如：牆壁、眼睛、褲子和海洋等），在她的理論系統裡，題材幾乎就是主題的代名詞，而母題才是形成作品的基本情境了。⑲

特徵（不管是人物還是事物的）跟意象一樣，其份量都太微薄，要把這些都搜集系統化就幾乎做不到，而且即使做到了，如果不把它們跟母題結合起來一起研究，其價值畢竟有限。譬如這個人物的特徵是跟人交談不正視人，那個人物的特徵爲說起話來像大熊一樣呼呼發響，我們即使把文學作品裡有這種形象特徵的人都搜羅起來，它們除了能說明某種人物性格之外，它們跟母題或主題的科學性研究的關聯畢竟有限，所以價値也就值得懷疑了。相反的，類型（type）的份量又太大了，故事可區分爲喜劇或悲劇，人物可區分爲吝嗇或慷慨或懦弱等，情節結尾可分成封閉型或開放型等，這樣的類型區分用來當作編輯選集的標準還差强人意，至於用在主題學研究上頭，我們根本無法看出其對主題的抽繹或推衍——亦即文本的簡化——有任何實質的幫助。至於從「典型」人物（type character）的意義來理解（亦即杜魯松的做法，參見頁 14）這個詞的意涵，把它介乎母題與主題的層次，則典型人物像貪婪中的吝嗇型、愛慾中的妒忌型等，其普遍性當然無可質疑，而且把它置放在類比研究（analogy studies）的範疇裡來做也非常有意義，但是基本上，典型人物還是主題的一些型態，「還未發展出一個有效的象徵原型」（威斯坦因，頁 141）。套語（topos）原爲古希臘羅馬幼童的一種修辭練習手段，大體糾合了好幾個意象以爲典型景象／情境，它多少都有母題的功能在，這尤其在中國古代以套語爲起興（本爲韻律單元）的創作技巧來看，其功能尤其明顯。⑳

在探討過主題學理論中一些重要的概念之後，我們就要以實例（即王昭君的傳說）來做一個模式似的處理。所以我希望這種實踐都可應用到像西施、楊貴妃、孟姜女、梁山伯與祝英台以及其他大大小小的故事傳說的分析上。在理論上，我像一些理論家一樣，大體在應用主題、母題時都以較寬鬆的理論爲主，不想像湯瑪佘維斯基那樣，甚至認爲每一個句子都有其自己的主題，不過卻非常堅持母題作爲結構／組構因素的功能，這在分析短篇抒情詩（秋天詩、及時享樂詩等等）時更尤其如此。另一方面，我後面這部份論文主要並非在洋洋灑灑縱橫分析兩千年來有關王昭君故事在各種文類的表現和意義（因爲這種做法已有張長弓、張壽林甚至當代的鄔錫芬和鄺慶歡等人做過），而是在檢討王昭君主題史的缺失，所以應是批評的批評（diacritics）。我認爲過去王昭君故事研究的缺失都在不懂得把故事跟時代的宰制力量、作者的意圖（而這意圖常常是受到時代的需求所制約的）這些因素繫聯起來，所做的都是故事的孳乳流傳史，而甚少探問推測其何以會這麼演變流傳。

在主題史主題學的研究上，常常會牽扯到一個棘手的問題，即是歷史證據的問題。西方傳說中人物像尤里西斯、浮士德和聖女貞德等，中國古代傳說中人物像西施、孟姜女和梁山伯、祝英台等在歷史上都實有其人，這些歷史人物在後代的傳唱和書寫（即各種文類）中卻孳乳推演，跟原來的面目與時代頗有差異，一定要以歷史考據爲評騭這些千變萬化的文學作品，必然會抨擊其爲離經叛道，不值一顧，但從美學的眞實意義來欣賞它們，所能得到的答案必然不一樣；也就是說，歷史的眞實未必就是美學鑑賞的眞實。

王昭君的事蹟在歷史上的記載並不完整，我們所能得到的只有底下兩則：

> ㈠郅支既誅，呼韓邪單于且喜且懼，上書言曰：「常願謁見天子，誠以郅支在西方，恐其與烏孫俱來擊臣，以故未得至漢。今郅支已伏誅，願入朝見。」竟寧元年（西元前33年），單于復入朝，禮賜如初，加衣服、錦、帛、絮，皆倍于黃龍（西元前49年）時。單于自言，願婿漢氏以自親。元帝以後宮良家子王嬙字昭君賜單于。單于歡喜，上書願保塞上谷以西至敦煌，傳之無

> 窮，請罷邊備塞吏卒，以休天子人民。……
> 王昭君，號寧胡閼氏，生一男伊屠智牙師，為右日逐王。呼韓邪立二十八年，建始二年（西元前31年）死……〔大閼氏長子〕雕陶莫皋立，為復株累若鞮單于。……復株累單于復妻王昭君，生二女，長女云為須卜居次，小女為當于居次。（班固《漢書．匈奴傳》）
>
> ㈡初，單于弟右谷蠡王伊屠知牙師，以次當為左賢王，左賢王即是單于儲副。單于欲傳子，遂殺知牙師。知牙師者，王昭君之子也。昭君字嬙，南郡人也。初，元帝時，以良家子選入掖庭。時呼韓邪來朝，帝敕以宮女五人賜。昭君入宮數歲，不得見御，積悲怨，乃請掖庭令求行。呼韓邪臨辭大會，帝召五女以示之。昭君豐容靚飾，光明漢宮，顧景裴回，竦動左右。帝見大驚，意欲留之，而難于失信，遂與匈奴。生二子。及呼韓邪死，其前閼氏子代立，欲妻之，昭君上書求歸，成帝敕令從胡俗，遂復為單于閼氏焉。（范曄《後漢書．南匈奴傳》）

這兩則有關王昭君的記載，非常矛盾的是，其間離王昭君北上和親的時代越遠，其記載就越詳細，而其間記載（生二子）且是錯誤的。此外，對我們而言，其間最大的一個差異就是，在班固的《漢書》中，我們看不到王昭君的意願（她到匈奴和親是被動的；元帝把她像禮品一樣「賜」給了呼韓邪），可在范曄的《後漢書》中，她的意圖卻是鮮明地凸顯了出來（由於久「不得見御，積悲怨」而主動求行）。這之間即牽涉到歷史書寫和歷史證據的問題，照說應是時代越近越可靠，可是離昭君出國和親一百多年的范曄怎麼能提到元帝「以宮女五人賜〔呼韓邪〕」，王昭君「積悲怨」，甚至提到元帝有意把昭君留爲己用的意圖以及呼韓邪死後王昭君上書求歸等，這不可能每一件都不可靠（否則那就不是史書了），可是我們還是要探問，范曄除了掌握到較多的史料之外，他有沒有受而自己時代（南北朝）的影響？這當然是永遠都得不到答案的問題，可是不管做的是文學還是歷史的研究，我們必然都會提到這個問題的。

范曄對王昭君「積悲怨」的反應有非常生動（近乎小說手法）的描寫；她先是主動求行，然後在辭行大會上竟盛妝以赴，並且「顧景裴回，竦動左右」，這就顯得她是有點跟皇帝賭氣起來的味道。這也就難怪後世的詩人墨客要對其在後宮所受到的待遇作出種種揣測與聯想來了。

至於昭君之嫁與匈奴的單于呼韓邪有無和親意義，這可不是我這篇文章所要辯證的㉑。根據李則芬相當精扼的說法，歷史名女人在文學上的孳乳，往往遵循這樣一個共同的發展過程。

> 先由詩歌或私人筆記，提出或暗示一些細節，異於歷史紀錄。其次是，後出的稗官野史、唐人的傳奇、宋人的話本與雜劇、金之院本等，逐漸加以渲染。到元代的雜劇出現，使集其大成。因為劇本有商業性特色，賣座第一。如果劇本的內容不夠精彩，故事不夠曲折離奇，不足以滿足觀眾的好奇心，劇院決不能接受演出。所以故事一到了戲劇上，便與原始歷史事迹相去十萬八千里了。我想昭君故事在文學上的發展，也必有同樣的過

程。（頁 70～71）

李則芬這個「共同發展過程」有點結構主義分析的意味，用來規範其他故事傳說如西施、孟姜女和楊貴妃等演變一樣可靠，而且它亦注意到了社會的需求因素，唯一遺憾的是，它並未考慮到文體興遞間以及社會環境的宰執力量對傳說故事所施加的影響。同樣地，歐陽楨（E. Eoyang）的〈古典文學中的王昭君傳說〉（The Wang Chao-Chün Legend: Configurations of the Classic）和酈慶歡的《現代民間傳說的王昭君》對王昭君故事傳說在古代和現代的傳播採取的都是相當結構主義式的分析，比較能注意到故事傳說的深層結構與基本的組構成分。尤其是酈慶歡這一篇，它不僅對王昭君傳說在現代湖北興山一帶、內蒙古呼和浩特和包頭一帶及安徽一帶的傳說做了內容的說明，更對人物在傳說中的功能作用以及跟情節的關係做了圖解式的分析，最後更對比古今故事情節，雖然基調不變，可「王昭君今日展示我們的眼前的，不單是多了個笑臉，加强了點體力，連靈魂、骨血都經過淨化、換洗」（頁 476），只差沒有强調時代精神與需要對主題的質變起了根本的作用而已。㉒

在王昭君傳說的增衍擴展過程中，有好幾個文本確實起過積極的作用（可能愈來愈軼出了歷史眞實性的範疇），而且它們都或多或少反映了時代精神或作者的情懷意圖等。除了上提范曄對王昭君有「積悲怨」的臆測描述之外，在非歷史中首對王昭君傳說有所附驥的是漢蔡邕（西元 132～192 年）著的《琴操》（另說爲晋孔衍〔西元 268～320 年〕所著）。這書首提呼韓邪的子嗣繼位後欲依胡俗娶昭君，昭君不從而吞藥死（此即爲元馬致遠《漢宮秋》、清尤侗作《弔琵琶》雜劇中昭君投黑水河而死以見節之來源，可見作者染上非常深厚的儒教思想）；又提及昭君葬後的情況曰：「胡中多白草而此冢獨青」（頁 41a；此即爲李白與杜甫有關昭君詩中提「青冢」之所源出）。蔡邕之後對王昭君傳說有所增衍的當推石崇（西元 249～300 年）的〈王昭君辭並序〉，後世提到昭君出塞必抱琵琶即起自石崇〈序〉裡想當然耳的一句話「昔公主嫁烏孫，令琵琶馬上作樂，以慰其道路之思」（卷三，頁 13a），而石崇在〈王昭君辭〉裡的句子「殊類非所安，雖貴非所勞。父子見淩辱，對之慚且驚。殺身良不易，默默以苟生。……昔爲匣中玉，今爲糞上英」（卷六，頁 37b），這不僅表達了非常强烈的國族中心論，而且除了在蔡邕之後再次提到昭君嫁呼韓邪之子的事之外，這些詩句還頗能洩露石崇個人不幸的遭遇（穆思禮，頁 203～204）。石崇之後對王昭君傳說有所增衍的是《西京雜記》（此書初載漢劉歆〔西元 23 年逝世〕或晋葛洪〔西元 284～363 年〕所撰，今一般認爲是梁吳均〔西元 469～520 年〕撰），此書不僅跟《後漢書》一樣提到昭君「貌爲後宮第一，善應對，舉止閑雅」，元帝賜宴時發覺，有意把她留下來，奈因「名籍已定，帝重信於外國，故不復更人」（卷 2，頁 1 下），更首次提到昭君未得見幸係因畫工作祟以及棄市的畫工有毛延壽和陳敞等人（但尚未獨提毛延壽之名，毛卻因此一提而竟成爲捉弄王昭君之命運的罪魁原型，這恐非《西京雜記》的作者之所能料及吧）。假使《西京雜記》的作者爲葛洪，則此處有關昭君的記載何以會比范曄（西元 398～445 年）《後漢書》之所載爲詳？而且，這裡所提到畫工索賄事，宋朝的范曄何以不知／不提？假若《西京雜記》的作者爲梁朝的吳均，我們同樣要問，何以在梁朝之前的范曄不知有畫工陷害昭君之事？我們當然知道，在主題不斷因時勢而增衍的過程中，這樣追尋／追問歷史證據並沒有太大的意義，而前面我們不是已對范曄用文學家的想像給王昭君主動請求出塞和親提供「意圖」已感到不可輕信，並且提問他是否受到時代的影響嗎？

不過不管怎麼說，從梁天監元年（西元 502 年）至隋末（西元 617 年）這一百餘年間，我們看到梁王淑英妻劉氏的〈昭君怨〉、范靖妻沈滿愿的〈昭君嘆〉、陳後主（西元 553～604 年）的〈昭君怨〉和隋薛道衡（西元 540～609 年）的〈昭君辭〉都提到畫工醜畫昭君的事，根據張壽林的說法，這些歌詠顯然都和《西京雜記》同出自一個系統，代表王昭君故事在西元五、六百年左右的轉變，「這個轉變的用意是要解答其所以一個絕美的少婦會永遠沒有受過元帝的恩幸的理由」（頁 8）。反過來說，他、她們不都是在為漢元帝找開脫嗎？然後不是還有「怨」「嘆」嗎？

在唐宋及遼金文學史上，有關王昭君故事的發展，今可考資料確實貧乏了些㉓，不過在哀怨的宣洩上似乎已達到另一個新高點，琵琶、青冢和畫工等都是這時常被祭出來渲托作者情愫的意象；又根據張壽林的說法，《西京雜記》並未特指那一位畫工為王昭君作醜畫，首先這樣確指為毛延壽的當是李商隱，李在其〈王昭君〉曰：

> 毛延壽畫欲通神，忍為黃金不顧人。馬上琵琶行萬里，漢宮長有隔生春。（卷 540，頁 6209）

「從此之後，一般人遂以為使昭君不能見幸的畫工為毛延壽」

（頁 11）。此外，在唐宋時王昭君傳說的增衍過程中，我們一定得提到出現在唐宋的一篇傳唱文字〈王昭君變文〉㉔。在這裡，我們首次看到呼韓邪作爲一活生生的角色出現，他對王昭君相當憐愛，爲了討其歡心，抒解其憂傷，不惜「非時出獵」（周紹良編，頁 387），並在昭君逝世時，「脫卻天子之服，還著庶人之裳，披髮臨喪，魁渠並至。驍夜不離喪側，部落豈敢東西。日夜哀吟，無由暫掇，乃哭明妃」（周編，頁 390）。這篇傳唱文不僅保存了古代社會殉葬的描述，而且活鮮鮮地保存了唐宋民間對昭君傳說的情形。相信傳唱者對呼韓邪王的愛情還是持相當肯定的立場的。這篇傳唱文之外，我們還得提到宋朝的歐陽修（西元 1007～1072 年）和王安石（西元 1021～1086 年）。王的〈明妃曲〉第一首批評元帝昏庸竟無法看出昭君之美貌曰：

> 歸來卻怪丹青手，入眼平生幾曾有。
> 意態由來畫不成，當時枉殺毛延壽。
>
> （卷三，《青冢志》，頁 42a）

由於他敢於獨唱新意，不再獨怪畫工，故在第二首更推測並讚賞這對異族夫妻的恩愛曰：「漢恩自淺胡自深，人生樂在相知心」（卷三，《青冢志》，頁 42a），這種大膽的禮讚，自來不知受盡多少國族中心論者的抨擊與譏刺。跟王安石一樣有膽識並敢於抨擊時政的是歐陽修，他在〈明妃曲和王介甫作〉第二首中說：

> 絕色天下無，一失難再得。

雖能殺畫工，於事竟何益。

（卷三，《青冢志》，頁 41ab）

這在推崇王昭君美貌的同時，誰敢說他不是在自喻自己的才能？底下這兩句話對當時的統治者的抨擊更是毫不退縮：「耳目所及尙如此，萬里豈能制夷狄？」（引同上，頁 41b）。非常明顯地，王昭君這主題是頗能契合這兩位詩人的個性意圖與時代需求的。

首次把王昭君故事徹底改頭換面的，當推元朝馬致遠的《漢宮秋》雜劇（李則芬，頁 71；梁容若，頁 6）。此劇演昭君因毛延壽作劣畫而不得見幸，後藉琶琵聲而得寵幸後宮，終因延壽挾原畫奔走匈奴國簒啜單于興師來京索取昭君，漢不敵蕃，元帝不得不忍痛割捨禁臠，昭君途經黑水河時投河以見節，匈奴終悟受毛延壽所播弄，乃把毛綁歸漢京治罪，最後一折演昭君魂返、漢王驚秋。這些情節，或取自《琴操》、或取材《西京雜記》、或取自詩詞（石崇、李白、杜甫、李商隱及王安石等等），或純由劇作家想像虛構（如毛挾畫奔蕃並被解歸治罪、昭君魂返等），要皆以能投合吸引觀衆爲要務。即使是這樣，我們發覺作者在處理王昭君與漢元帝這個主題時仍是有所選擇有所表達的。例如，元帝把昭君賜給呼韓邪單于時的時代背景明明是漢强胡弱，馬致遠何以要把它整個扭轉過來？純粹只是配合劇情需要？如果純粹只是配合劇情需要，作者在採用這樣整個扭轉之後的劇情時，有意無意間所要透露的是甚麼訊息？劇作者在表現漢朝廷的懦弱無能時，其愛國心，其批判漢族的苟且忍辱（像石崇一般）等都是值得解碼出來的；可是，在我看過的許多討論《漢宮秋》的論著裡，我覺得只有戚法仁的

〈《漢宮秋》雜劇主題思想的探索〉最能把皇帝與宮女這主題跟時代背景繫聯，而且繫聯得非常精彩剔透。戚氏甚至根據〈王昭君變文〉中既敍「當嫁單于，誰望喜樂。艮由畫匠捉妾陵持，遂使望斷黃沙，悲連紫塞，長辭赤縣，永別神州」（周編，頁385），祭詞中又提到「姝越世之無比，婥妁傾國，和陟娉丹青，寫形遠嫁，使匈奴拜首」（周編，頁394），因此推測中唐之後流傳民間的王昭君故事中「可能〔已〕有畫匠獻圖形，而單于按圖求索的情節」（頁222），由於唐宋期間保存下來的資料相當稀少，我們不能說這種推測是不可能的。戚氏做這種推測主要在點明，王昭君故事到了唐肅宗（西元756～762年）之後起了根本的變化，富有愛國主義精神，到了元代，「馬致遠便創造性地運用這一故事寫成《漢宮秋》，藉著漢元帝和王昭君兩人生離死別的悲劇，透露出自己所處時代廣大人民所遭遇到的悲哀」（頁223），而其「借古喻今」的主觀意圖是極其自然的（頁224）。

在王昭君故事的傳播增修過程中，馬致遠的《漢宮秋》雜劇當然是相當大的一個發展，至於它跟同時代關漢卿的《漢元帝哭昭君》、張時起的《昭君出塞》和吳昌齡的《月夜走昭君》等雜劇的關係如何，由於這些曲文已全佚，我們根本無從檢證。明人雜劇有陳與郊的《昭君出塞》和薛旦的《昭君夢》，傳奇有無名氏的《昭君戎記》，梆子腔（一作崑弋腔）有收在《綴白裘》裡的《青冢記》中的〈送昭〉和〈出塞〉二齣，時劇和散曲有收在《納書曲譜》裡的〈昭君〉和〈小王昭君〉，這些不同文類中的王昭君故事大都敷衍自《漢宮秋》，然後它們又一起影響到清代的雜劇《弔琵琶》（尤侗著）和無名氏章回小說《雙鳳奇緣》以及臺灣當代的平劇《新漢明妃》。譬如說，《和戎記》中匈奴首次興兵來犯時漢以宮人蕭善音代昭君出塞以及漢帝在王嬙逝後復娶其妹王秀眞爲后這兩點爲較大的改變之外，其他情節大多因襲元曲，而且我們也很難在這些改變背後看出劇作者的意圖與時代的特殊精神。又譬如尤侗的雜劇《弔琵琶》，除了第四折演蔡文姬攜酒祭告青冢爲新添之外，其他敷衍昭君遠嫁、投江和魂返俱本自元曲。再譬如清代無名氏的《雙鳳奇緣》，前半部大抵襲取自元曲，後半部有關賽昭君的故事則完全襲自《和戎記》昭君之妹王秀眞的故事敷衍而成，所以大體上它只是歷來王昭君故事的綜合，很少重要的改變（張壽林，頁 23），因此要窺測其作者的意圖及時代意義就不具意義。

到了民國以來，除了文中提到現當代王昭君傳說在湖北興山和內蒙古呼和浩特等地播傳所特具的時代精神與意義之外，三〇年代顧青海的《昭君》三幕劇除了沿襲元曲抨擊漢室無能而致不得不以宮女代替公主送去和親之外，那就是把毛延壽、皇太子和大漢皇帝等權貴俱都寫成荒淫無度的色狼，頗能反映當時抨擊貪官污吏的調調兒。比顧青海略爲早一些完成的郭沫若的話劇《王昭君》（完成於西元 1923 年 7 月 23 日）頗有女權思想，這正如張壽林所說的，郭「賦與王昭君以新的生命，使她成了一個時代中的革命女性」（頁 24），這倒頗能契合郭氏的革命思想與時代要求男女平等的旨趣。臺灣國劇《新漢明妃》脫稿於民國五十九年，作者李浮生因體會到舊本《漢明妃》「歪曲歷史，辱國喪邦」（〈整理人的話〉，頁 38），乃把舊本胡強漢弱改正過了，回復到班固《漢書・匈奴傳》元帝以後宮良家子王嬙「賜單于」的樣貌，「從此，一代美人，淪作番王之妾，名垂千古」（〈劇情說明〉，頁 1）。高陽的歷史小說《王昭君》比李著晚八年脫稿，內中除了安排王昭君跟從秭歸同來的林采、韓文和趙美結爲金蘭之外，就是把昭君到塞外的心理進展寫得撲朔迷離——她終於想通了，並未自殺（頁 426）。

假使我們能把現代流傳於中國大陸湖北興山、內蒙古呼和浩特與安徽巢湖、瓦埠湖一帶的王昭君傳說跟曹禺寫於西元1978 年的《王昭君》拿來對照著閱讀，我們就會發現時代對王昭君這個傳說造成多麼大的影響；然後再加上周恩來的提示與交代以及曹禺自己的樂觀進取態度，一個完全嶄新的、活潑的王昭君形象就脫穎而出了。曹禺爲了寫好他的《王昭君》，曾兩度到內蒙古訪談，發覺在「蒙族地區，王昭君是一個婦孺皆知、極爲可愛的形象，彷彿成了一個仁慈的女神」（〈關於《王昭君》的創作〉，頁 192）。他爲了寫好這個富有時代意義與可愛的、仁愛的女神，完全掃除了自《琴操》、《西京雜記》與石崇的〈王昭君辭並序〉等所賦予她的哀怨、哭哭啼啼的形象，而把她恢復到范曄《後漢書・南匈奴傳》那種堅毅主動、「豐容靚飾，光明漢宮」的形象，並給她加上一層熱愛自由、活潑與締結漢胡民族感情的使命感。不管從歷史的眞實或是美學的層面來考察，曹禺的《王昭君》都應是當代非常傑出的一個劇本。劉紹銘在臺灣解嚴前抨騭曹禺這部「遵命文學」（亦即懷疑他的創作「動機」不純）時猶不忘誇獎曹禺在戲劇性經營方面「寶刀未老」（頁 155），倒是大陸的一些批評家較能從主題學的精髓著手。比如辛憲錫就充分體認到「同一題材可有不同的主題」，那是「爲了適應不同時代的需要」，又說到：

> 馬致遠宣揚愛國主義，是為了適應十三世紀抗禦異族（元朝征服者）入侵之需。郭沫若歌頌叛逆精神，是為適應「五四」時代的革命潮流——反帝反封建之需。曹

> **禹讚美民族團結，則為今天全國人民團結……的大目標而服務。這是十分清楚的。（頁 99～100）**

這就是他在文中不斷强調劇作家應「古爲今用」㉕。在「古爲今用」的原則底下，甚至歷史學家翦伯贊都認爲，我們「應該替王昭君擦掉眼淚，讓她以一個積極人物出現於舞台，爲我們的時代服務」（頁 489）。他們這些批評家的觀點雖然太過實用工具性了一些，可是文學家在利用某個主題時必然都會受到時代的宰執所影響，這可是任誰都無法否認的事實。

附　　註

①拙文叫做〈主題學研究與中國文學〉，中文發表在《中外文學》十二卷二期，頁 66～89；英文版先在第四屆國際比較文學會議發表，修正本刊於 *Tamkang Review*, 14 (1983～1984): 頁 63～83。

②有關西方主題學理論與實踐的書目，讀者早期可參考威斯坦因的《比較文學與文學理論》（Bloomington: Indiana University Press, 1973），頁 295～296；勒文的〈母題〉，收入 *Dictionary of the History of Ideas*, ed. Philip P. Wiener, et al.(New York: Charles Scribner's Sons, 1973), vol Ⅲ，頁 243～244 以及 Theodore Ziolkowski, *Varieties of Literary Thematics* (Princeton: Princeton University Press, 1983)，頁 201～252；近期可參考 Werner Sollors 編的 *The Return of Thematic Criticism* (Cambridge, MA.:Harvard University Press, 1993)，頁 301～321。

③布列蒙（C. Bremond）和巴維爾（T. Pavel）給他們編輯的專

號《主題的變異》，*Communications* 47（1988）寫了一篇後記叫做《結束憎惡》（La fin d'un anatheme）。Anathema 有「被憎恨之物」或「被詛咒之物」的意思，這當然是一個涵義相當強烈的詞。沙勒茲在其編著的書序中提到這篇後記之標題標得非常「恰切」（頁 xiv），亦即應結束對主題學研究及理論的憎惡和偏見。

④列耐特的主要論文有：㈠"Plot Units and Narrative Summarization," *Cognitive Science*, 5(1981): 頁 293～331，㈡列氏與M.G. Dyer 等，"BORIS —— An Experiment in In-depth Understanding of Narratives," *Artifical Intelligence*, 20 (1983): 頁 15～62。對於這個理論的批評和發揮，可參考 Marie-Lauve Ryan, "In Search of the Narrative Theme," *The Return of Thematic Criticism*，頁 177～188。

⑤朱、薛自 1962 年即開始合作提倡結構主義詩學，但第一篇翻譯成英文在英美世界發表的論文卻要遲至 1975 年由 L.M. O'Toole 爲之，發表在 *Russian Poetics in Translation* 第一輯。此後，他們的論文才在《詩學》、《詩學與文學理論》和《新文學史》等英文學報上出現，並受到西方學者的注意。現今他們倆都在美國名校教書。朱可夫斯基的第一本英文著作《主題與文本》1984 年由康乃爾大學出版，書前並有柯勒（Jonathan Culler）的前言。在西方，他們的結構主義詩學分別被稱爲「蘇俄衍生詩學」、「"主題↔文本"模子」或「表現性詩學」。模式化即爲「『主題 $\underrightarrow{\text{EDs}}$ 文本』模子」，而「表現性技巧」共有十個。可參見《主題與文本》，頁 25；以及薛柯夫與朱可夫斯基，頁 2。

⑥據我所知，目前引用薛和朱這套「主題↔文本」理論來分析中國文學的只有陳炳良的〈杜甫《詠懷古迹五首》細析〉，《中外文學》十

七卷七期（1988年），頁43～61。

⑦民國75年6月底我去陽明山參加王金生的碩士論文答辯，會後曾永義兄對我說：「你那篇論文給我們學界帶來不少主題學研究論文。」曾兄是客氣，其實，73年7月我在《中外文學》發表〈主題學研究與中國文學〉之前，他已指導過鄖錫芬的《王昭君故事研究》（東海，民國70年）等主題史論文；拙作乃是第一篇把主題學擺在中西比較文學的角度來做的。除此之外，還有蕭登福的《漢魏六朝佛道兩教之天堂地獄說》（臺北：學生，1989年）和《先秦兩漢冥界及神仙思想探原》（臺北：學生，1990年）、林幸謙在政大中研所由我指導的《生命情節的反思：白先勇小說主題思想之研究》（臺北：麥田，1994年）和黎活仁的《現代中國文學的時間觀與空間觀》（臺北：業強，1993年）等等，當然，這裡所列的一些主題學／史著作非全都受到我的影響。

⑧謝文的題目叫《主題學》，先收入樂黛雲編的《中西比較文學教程》，頁175～199；後收入其自己的著作《比較文學與翻譯研究》（臺北：業强，1994年）中，改題爲《論主題學研究》，頁61～91。

⑨王立在其〈緒論〉中雖然意識到「主題」與「母題」的密切關係，卻儘量規避母題，顯然對後者的理解不足，見頁5～10。

⑩我這裡的說法只是指出主題史／學的一個大概發展趨勢，並未及於法、俄結構主義者把母題／主題（Sjužet）句構化——功能化（柏勒普）和過程化（布列蒙）——的階段性發展。關於母題和主題的結構化演變，簡扼的介紹可參考張漢良《母題》，《文訊》第十九期（1985年5月），頁294～296。

⑪「關於」或「關於性」的探討始自萊爾（G. Ryle）於1933發表的一篇哲學邏輯性的文章〈關於〉（About），*Analysis*, I

(1933)，頁 10～11；接著，布特南（H. Putnam）於 1958 年，古特曼於 1972 年以及畢林克（M. Brinker）於 1993 年對這個概念再加以深入探討。

⑫中文似乎該說「〔它〕是有關於……」或「〔它〕處理〔了〕……。」

⑬萊爾的文章，請參見注⑪以及"Imaginary Objects"，頁 18～443；古特曼的論文叫"About"，頁 246～272。關於這種區分跟錫爾（J. Searle）的類似區分，請參考畢林克的論證，頁 27～32。

⑭參考勒文的〈母題〉，頁 235～236。勒文對母題的語意、母題的理論、母題在民俗學與神話學中的地位以及母題與主題學的關聯都有非常精闢的論述，論文之後又附上相當詳細的有關各語文對母題的研究書目，到七〇年代初期是非常完善精闢的一篇論文，值得參考。

⑮把 situation 譯成場面、境況就不如譯作情境，因爲威斯坦因曾說過如下的話：「順便一提，情境係人類觀點、情感或是行爲型式的分類，它們都能產生（或是起因於）各種涉及好幾個人物的情節」（頁 139）。如果只逕譯成「場面」或「境況」就無法把人類的情感等譯出來。

⑯丹姆希（Horst S. Daemmrich）說得很對，「一個主題的實質係確立在質量（文字意義）和份量（個別事件）上頭……因此，主題必須是有實質內容的，能夠維持自身與其附屬物」（頁 572）。

⑰在《歐洲文學評論集》（*Kritische Essays. zur europäischen Literatur*, 1950）一書中，柯迪爾斯（Curtius）在討論到艾略特的「客觀投影」時指出，母題不管是即存的、找出來的，還是發明出來的，它都隸屬客觀的層面。反之，主題表達的是作者原來

對生活情境的反應，是全然主觀的，是某種植根在作者自己個性中的常數」（引見沃爾伯斯，頁82）。

⑱威斯坦因也有這種看法，不過他的思維與推論跟我現今獲致的立足點並不完全類似，見頁139。

⑲有關這方面的討論，請參考勒文，〈主題學與文學批評〉，頁135和梵荷普特（M. Vanhelleputte），頁92～93。

⑳勒文認爲套語爲主題，這當然是考慮到套語對促進主題的展現來看的，同時也考慮到巴理／羅特所推展出來的套語詩的理論中的用法，我則是考慮到套語與中國古代詩歌創作的實際情況而做的推論。勒文的說法，參見〈主題學與文學批評〉，頁140。

㉑王昭君嫁與呼韓邪時是胡弱漢強，因此有許多學者認爲，她與呼韓邪的結合毫無和親意義。李則芬就是持此意見之代表，「因爲呼韓邪是降漢藩臣，不是敵國；且元帝以宮女王嬙賜單于爲閼氏，係在單于歸國時之辭行大會上面賜，王嬙並非宗室女，又未加公主或翁主封號，更未派遣大臣或武將爲媵從。其後，終西漢之世，南匈奴始終是漢之外藩，亦再無和親之事」（頁70）。李的論點當然有道理，因爲她是完全根據歷史事實所做的推論。但仍有許多專家認爲，昭君與呼韓邪的結合在實質上（即政治上）是有和親（當然就不是「和番」了）的作用的。遠的不說，單就1954年在內蒙古包頭市召灣所發掘的漢墓裡，其中即有屬於西漢後期的「單于和親」、「千秋萬歲」和「長樂未央」等陶片瓦當殘片，這些屬於當年鑄成的瓦當即清楚記載了元帝政權是把王嫁與呼韓邪看作是一個值得重視的和親事件（請參見林幹等，頁11～12）。

㉒穆恩禮（Stanley R. Munro）的〈王昭君傳說的衍變〉雖然注意到《琴操》、石崇〈明君詞序〉與〈王昭君辭〉、葛洪《西京雜記》以及往

後的敦煌昭君變文和元馬致遠的《漢宮秋》等在扭曲、擴展王昭君傳說上起了決定性的作用，而且也頗能注意到詩人（像石崇等）的情懷與主題的關聯，大體而言，它跟早年張壽林、近期鄔錫芬等許許多多王昭君研究一樣，只能算是一篇很仔細的王昭君主題史研究，要進入主題學研究還有一些距離。

㉓在〈王昭君與毛延壽〉一文裡，李則芬認爲昭君故事在這些朝代裡「絕不會十分空虛」，她並提出了㈠王昭君爲一絕代哀豔美人，㈡元代歷史劇的發展及㈢宋人話本的挖掘似未能呈展時代的面貌這三個理由來加以說明，請參考頁71。

㉔這篇變文原樣卷軸藏法國巴黎國家圖書館，伯希和氏編號爲二五五三，今較易參考的排／打字版有㈠〈王昭君變文〉，收入周紹良編《敦煌變文彙錄》（上海：上海出版公司，1954年），頁383～395；㈡《王昭君出塞》，收劉半農編《敦煌掇瑣》瑣字第十三號（中國科學院考古研究所重刊，1957年），頁83～95；㈢《小說明妃傳殘卷》，收伯希和與羽田亨共編《敦煌遺書》（上海：東亞研究會，1927年），頁35～44。

㉕在〈「笑盈盈」與「哭泣泣」考辨——關於《王昭君》評價之我見〉一文中，徐濤把作家的創作意圖喚作「政治寄托」，也就是「古爲今用」、「借古諷今」、「借古鑑今」等等，他並認爲這「正是歷史劇政治生命之所在」（頁93）。

引用書目

中文部分：

王立（1990），《中國古代文學十大主題》（瀋陽：遼寧教育出版社）。

尤侗（1958），〈弔琵琶〉，《雜劇三集》（北京：中國戲劇出版社），頁1～19。

石崇（1911），〈明君詞序〉及〈王明君詞〉，收入《書豔叢書》第十八集卷三（上海：國學扶輪社）《青冢志》卷三，頁13a和卷六，頁37b。

王安石〈明妃曲〉，收入《書豔叢書》第十八集卷三《青冢志》，卷六，頁41b～42a。

《王昭君傳》（1985），此爲《繡像雙鳳奇緣》排字版（臺北：國際文化）。

〈王昭君變文〉（1954），收入周紹良編，《敦煌變文彙錄》（上海：上海出版社），頁383～395。

〈王昭君出塞和戎記〉（1954），收入《古本戲曲叢刊》二集（上海：商務印書館）。

吳均（1977），《西京雜記》，《漢魏叢書》本（台北：新興影印）。

李則芬（1976），〈王昭君與毛延壽〉，《東方雜誌》復刊十卷二期（1976年8月），頁68～74。

李浮生（1978），〈《新漢明妃》劇情說明〉，《修訂國劇選》第一輯（臺北：國立編譯館），頁1。

李商隱（1974）〈王昭君〉，收入彭定求等編《全唐詩》第八册（臺北：明倫）卷五四〇，頁6209。

李漢亭（1988），〈臺灣比較文學發展與西方理論的歷史觀察〉，《當代》二九期（1988），頁48～59。

辛憲錫（1984），《曹禹的戲劇藝術》（上海：上海文藝出版社）。

沈滿願（范靖妻）〈昭君嘆〉，收入《書豔叢書》第十八集卷四《青冢志》，卷九，頁19b～20a。

林幹等編著（1979），《昭君與昭君墓》（呼和浩特：內蒙古人民出版社）。

范曄撰，李賢等注（1975），《後漢書·南匈奴傳》（臺北：鼎文），頁2939～2978。

班固撰，顏師古注（193），《漢書·匈奴傳》（臺北：世界書局），頁3743～3835。

高陽（1987），《王昭君》（臺北：遠景出版社）。

徐濤（1985），〈「笑盈盈」與「哭泣泣」考辨——關於《王昭君》評價之我見〉，《社會科學》（蘭州）1985年第四期，頁92～98。

郭沫若（1986），〈王昭君〉，《郭沫若全集》文學編第六卷（北京：人民文學），頁59～90。

郭曉農〈整理人的話〉，《修訂國劇選》第一輯，頁38。

梁容若（1950），〈關於王昭君之歷史與文學〉，《大陸雜誌》一卷九期（1950年11月），頁5～8。

馬致遠（1978），《破幽夢孤雁漢宮秋雜劇》，收入顧肇倉注《元人雜劇選》（北京：人民文學），頁117～143。

陳後主〈昭君怨〉，收入《書豔叢書》第十八集卷四《青冢志》，卷九，頁20a。

陳鵬翔（1983），〈主題學研究與中國文學〉，《中外文學》十二卷二期（1983年7月），頁66～89；後收入拙編著《主題學研究論文集》（臺北：東大，1983年11月），頁1～29。

曹禺（1979），〈關於《王昭君》的創作〉，《王昭君》（成都：四川人民出版社），頁192～195。

戚法仁（1958），〈《漢宮秋》雜劇主題思想探索〉，收入文學遺產編輯部編《文學遺產增刊》六輯（北京：作家），頁218～230。

張長弓（1931），〈王昭君〉，《嶺南學報》二卷二期（1931年7月），頁114～136。

張壽林（1932），〈王昭君故事演變之點點滴滴〉，《文學年報》第一期（1932年），頁1～25。

張漢良（1985）〈母題〉，《文訊》十九期（1985年5月），頁294～296。

張賢亮（1992），《男人的一半是女人》，《張賢亮愛情三部曲》（北京：華藝），頁167～370。

鄔錫芬（1981）·《王昭君故事研究》，臺中東海大學碩士論文，其第二章〈昭君故事之衍變〉（頁18～83）發表在《民俗曲藝》第二七期（1983年12月），頁105～167。

劉氏（王淑英妻）〈昭君怨〉，收入《書豔叢書》第十八集卷四《青冢志》，卷九對19b。

鄭樵《通志·樂略》，陳宗夔校（四部備要本，臺北：中華書局），卷廿五，頁17b。

蔡邕（1971），《琴操》，收入《黃氏逸書考》（臺北：藝文印書館）。

翦伯贊（1980），〈從西漢的和親政策說到昭君出塞〉，《翦伯贊歷史論文選集》（北京：人民），頁475～489。

劉紹銘（1979）〈《王昭君》──曹禺第三部「國策文學」〉，《中外文學》八卷六期（1979年），頁150～158。

歐陽修〈明妃曲和王介甫作〉，收入《香豔叢書》第十八集卷三《青冢志》，卷六，頁41ab。

鄺慶歡（1990），〈現代民間傳說的王昭君〉，《漢學研究》八卷一期（1990年），頁461～487。

謝天振（1988），〈主題學〉，收入樂黛雲主編《中西比較文學教程》（北京：高等教育，1988），頁175～199；後收入其自著《比較文學與翻譯研究》（臺北：業强，1994年），頁61～91，並改題為〈論主題學研究〉。

薛道衡〈昭君辭〉，《香豔叢書》第十八集卷三《青冢志》，卷六，頁39ab。

顧青海（1961）《王昭君》，《顧一樵全集》第四冊（臺北：商務印書館），頁77～142。

英文部分：

C. Bremond and Thomas Pavel.（1988）"La fin d'un Anatheme." *Communications*, 47:209～220.

Menachem Brinker.（1993）"Theme and Interpretation." *The Return of Thematic Criticism*, ed. Werner Sollors. Cambridge, MA.: Harvard University Press, pp.21～37.

Jan Brandt Corstius.（1968）*Introduction to the Comparative Study of Literature*. New York: Random House.

Horst S. Daemmrich.（1985）"Themes and Motifs in Literature: Approaches–Trends–Definition." *The German Quarterly*, 58.4 (Fall): 566～575.

Nilli Diengott.（1988）"Thematics: Generating or Theming a Text?" *Orbis Litterarum*, 43: 95～107.

Neal Dolan. "Selected Bibliography," *The Return of Thematic Criticism*, pp.301～321.

Lubomir Dolezel.（1972）"From Motifemes to Motifs." *Poetics,* 4:55～90.

Eugene Eoyang.（1982）"The Wang Chao-chün Legend: Configurations of the Classic." *CLEAR*, 4.1: 3～22.

Sander L. Gilman. "Themes and the 'Kernel of Truth'." *The Re-*

turn of Thematic Criticism, pp.294～296.

Nelson Goodman. (1972) "About," *Problems and Projects*. Indianapolis: Bobbs–Merrill, pp.246～272.

Claudio Guillén. (1993) "Themes: Thematology," *The Challenge of Comparative Literature*. Trans. Cola Franzen. Cambridge, MA.: Harvard Universtiy Press, pp.191 ～ 239 and pp.367～372.

Francois Jost. (1974) *Introduction to Comparative Literature*. Indianapolis: Pegasus.

Holger Klein. "Autumn Poems : Reflections on Theme as *Tertium Comparationis*." *The Return of Thematic Criticism*, pp.146～160.

Wendy G. Lehnert. (1981) "Plot Units and Narrative Summarization." *Cognitive Science* 4: 293～331.

Wendy G. Lehnert et al. (1985) "BORIS–An Experiment in In-depth Understanding of Narratives." *Artificial Intelligence*, 20: 15～62.

Harry Levin. (1973) "Motif," *Dictionary of the History of Ideas*, 4 vols, ed. Philip P. Wiener, et al. New York: Charles Scribner's Sons, 3:235～244 ;

Harry Levim (1968) 'Thematics and Criticism,' *The Disciplines of Criticism*, ed. Peter Demetz, Thomas Greene and Lowry Nelson. New Haven: Yale University Press, pp.125～145.

Major Gerald McGough. (1975) *"Stoffgeschichte" / Thematology: A Historical Survey, Synthesis, and Practical Application*.

Vanderbitt diss.

Stanley R. Munro. (1970) "The Evolution of the Wang Chao-Chün Legend." *The Chung Chi Journal*, 9.2 (May): 202~209.

Thomas Pavel. "Thematics and Historical Evidence." *The Return of Thematic Criticism*, pp. 121~145.

Daivd Perkins. (1990) "Literary Histories and the Themes of Literature." *The Return of Thematic Criticism*, pp.109~120.

Gerald Prince. (1992) *Narrative as Theme*. Lincoln: University of Nebraska Press.

Marie-Laure Ryan. "In Search of the Narrative Theme." *The Return of Thematic Criticism*, pp.169~188.

G. Ryle. (1933) "About." *Analysis* 1:10~12; (1933) "Imaginary Objects." *Proceedings of the Aristotelian Society* 12: 18~43.

Yu. Shcheglov and A. Zholkovsky. (1987) *Poetics of Expressiveness*. Amsterdam: John Benjamins.

J. R. R. Tolkien and E. V. Gordon, ed. (1967) *Sir Gawain and the Green Knight*. Rev. by Norman Davis. Oxford: the Clarendon Press.

Werner Sollors, ed. (1993) *The Return of Thematic Criticism*, Cambridge, MA.: Harvard University Press.

Werner Sollors. Introduction to *The Return of Thematic Criticism*. xi~xxiii.

Boris Tomashevsky. (1965) "Thematics." *Russian Formalist Criticism: Four Essays*, trans Lee T. Lemon and Marion J. Reis. Lincoln: University of Nebraska Press, pp.59~95.

Raymond Trousson. (1965) *Un problème de littérature comparèe: les ètudes de thèmes*. Paris: Lettres Modernes.

R.Trousson "Reflections on *Stoffgeschichte.*" *The Return of Thematic Criticism*, pp.290～293.

Michel Vanhelleputte. "The Concept of Motif in Literature: A Terminological Study." *The Return of Thematic Criticism*, pp.92～105.

Ulrich Weisstein. (1973) *Comparative Literature and Literary Theory*. Bloomington: Indiana University Press.

Rene Wellek. (1956) *Theory of Literature*. 3rd ed. New York: Harcourt Brace & World.

Theodor Wolpers. "Motif and Theme as Structural Content Units and "Concrete Universals".' *The Return of Thematic* Criticism, pp.80～91.

Alexander Zholkovsky. (1984) *Themes and Texts*. Ithaca: Cornell University Press.

Theodore Ziolkowski. (1983) "A Practical Guide to Literary Thematics," *Varieties of Literary Thematics*. Princeton: Princeton University Press, pp.201～252.

國家圖書館出版品預行編目資料

主題學理論與實踐／陳鵬翔著. --初版. --臺北市：萬卷樓, 民90

面；　公分

參考書目：面

ISBN 957-739-345-4(平裝)

1. 文學-評論　2. 文學-作品研究

812.07　　　　90006438

主題學理論與實踐

著　　者：陳鵬翔
發 行 人：許錟輝
出 版 者：萬卷樓圖書有限公司
台北市羅斯福路二段 41 號 6 樓之 3
電話(02)23216565・23952992
FAX(02)23944113
劃撥帳號 15624015
出版登記證：新聞局局版臺業字第 5655 號
網站網址：http://www.wanjuan.com.tw/
E-mail：wanjuan@tpts5.seed.net.tw
經銷代理：紅螞蟻圖書有限公司
台北市內湖區文德路 210 巷 30 弄 25 號
電話(02)27999490
FAX(02)27995284
承印廠商：晟齊實業有限公司
電腦排版：浩瀚電腦排版股份有限公司
定　　價：300 元
出版日期：民國 90 年 5 月初版

ISBN 957-739-345-4